H. 16075-

L'ESPRIT

DES USAGES

DES DIFFÉRENS PEUPLES.

TOME TROISIEME.

L'ESPRIT

DES USAGES

DES DIFFÉRENS PEUPLES,

Par M. DÉMEUNIER.

SECONDE ÉDITION.

TOME TROISIEME.

✳══════════════✳

Trois Vol. in-8°. *brochés,* 9 liv. *reliés,* 12 liv.

✳══════════════✳

A LONDRES,

Et se trouve à Paris,

Chez Pissot, Libraire, quai des Augustins,
près la rue Gilles-Cœur.

M.DCC.LXXX.

TABLE

DES LIVRES ET CHAPITRES

CONTENUS dans le troisieme Volume.

LIVRE DOUZIEME.

LIVRE TREIZIEME.

LIVRE QUATORZIEME.

LIVRE QUINZIEME.

LIVRE SEIZIEME.

Fin de la Table des Chapitres.

LIVRE

LIVRE DOUZIEME.

Société ou Usages domestiques. Manieres de
s'aborder, de passer quelque tems ensem-
ble, & de vivre dans l'intérieur des
familles, &c.

CHAPITRE PREMIER.

Habitations.

ON prend ici ce terme de *société* dans l'acception que lui donnent les grandes peuplades : on
parlera de l'intérieur des familles, & des usages
domestiques, lorsque les hommes se recherchent pour dissiper leur ennui, ou traiter leurs
affaires.

Il n'y a point encore de *société* chez les sauvages ; ils se rencontrent par hasard ; ils se quittent
sans cérémonie ; & le soin de pourvoir à leur

Tome III.   A

subſiſtance, les déſunit, au lieu de les rappro‑
cher.

On tâchera de donner une idée des ſociétés
des différens peuples. Les autres Livres de cet
Ouvrage ſuffiroient pour faire connoître l'hom‑
me ; mais on va l'examiner encore de plus près,
& pénétrer l'intérieur des bourgades. Afin de
ſaiſir l'enſemble de ce tableau, il faut ſe rappel‑
ler ce qu'on a dit de la parure des nations diver‑
ſes, de leurs idées ſur la beauté, & de la maniere
dont elles ſe déforment le corps ou le viſage.

Habita‑
tions. Les hommes vivent plus ou moins de tems
ſans avoir de cabanes, ſuivant que le climat eſt
plus ou moins rigoureux ; & même dans les pays
froids, ils ſe réfugient, comme les ours, dans
les cavernes, & ils s'y couvrent de peaux de
bêtes. Sans parler de beaucoup d'autres peuples,
les Zélandois couchent en plein air, ſous des
arbriſſeaux, & comme ils craignent toujours des
attaques, les hommes armés ſe rangent en demi‑
cercle autour des femmes & des enfans (1).
Les habitans de la nouvelle Galle méridionale
ſont nuds, & répandus, ainſi que des animaux,
le long de la côte & au milieu des bois (2).

(1) Voyage de Cook.
(2) *Ibid.*

Des peuples guerriers dédaignent par fierté, dans la fuite, les habitations ; & ils difent que les vivans ne doivent pas approcher de ces tombeaux (1).

Les cabanes commencent à s'élever ; & l'on reconnoît, à fon ouvrage, la groffiereté de l'homme. Il n'atteint pas encore au bon fens le plus fimple ; & la crainte de l'ennemi ne lui infpire pas encore la prévoyance la plus naturelle. On peut à peine fe tenir debout dans les huttes de la nouvelle Hollande, & elles ne font pas affez grandes pour s'y étendre de toute fa longueur. Les habitans fe couchent en fe repliant le corps en rond, de maniere que les talons de l'un touchent à la tête de l'autre. Souvent ils ne placent fous ces trous que la tête & la moitié du corps (2). La porte de celle des Zélandois eft fi étroite, qu'il faut, pour y entrer, fe traîner fur fes mains & fur fes genoux (3) ; & chacun voit combien cette forme eft dangereufe, fi un ennemi les attend à la fortie. Le centre de la hutte des Hottentots eft un trou qui fert de foyer : il eft environné de trous plus petits : chaque perfonne de la famille a le fien,

(1) Voyez Ammien Marçellin.
(2) Voyage de Cook.
(3) Ibid. & Kolben.

A ij

& l'on ne peut s'affeoir ni dormir dans celui de fon voifin.

D'autres fe creufent une taniere, ou dreffent un abri au dos d'une colline : on y allume du feu ; la fumée les étouffe, & leur fait perdre les yeux ; mais ils n'ont pas encore affez d'imagination pour conftruire un édifice qui prévienne ces inconvéniens. Les fauvages de la nouvelle France (1), & plufieurs peuples du nord, font, en effet, aveugles dans un âge peu avancé.

Le climat & les mœurs d'un peuple déterminent la forme de fes cabanes. A Otahiti, ce n'eft qu'un toît foutenu par des poteaux : on voit de dehors ce qui s'y paffe, & chacun peut y entrer (2) ; car on ne les ferme jamais.

Il eft aifé jufqu'à préfent d'attaquer les fauvages pendant le filence de la nuit, & d'égorger toute la famille au milieu du fommeil : la crainte des hommes & des animaux oblige de prendre d'autres précautions. Les Cynéciens couchoient fur des arbres, pour éviter les bêtes farouches (3). Les infulaires de Mindanao bâtiffent leurs maifons fur des pieux fi hauts, que la pique la plus

---

(1) Voyage de Champlain.
(2) Voyage de Cook.
(3) Boëmus, *Mores Gentium.*

grande ne peut pas y atteindre : ils y montent le foir, à l'aide d'une perche qui leur fert d'échelle(1).

Plufieurs Indiens de l'Amérique avoient auffi leurs huttes fur des arbres ; mais rien ne les garantit de la fureur dés Caftillans. Ceux-ci ne pouvant les tuer à coups de fufil, prirent le parti de couper les arbres (2).

Les inondations pourfuivent ailleurs les hommes , & les réduifent à un pareil expédient. Du mois de mai au mois de feptembre , l'Orenoque déborde d'environ vingt pieds , & les habitans des rives de ce fleuve pratiquent alors fur les arbres des huttes très commodes (3).

Des féroces guerriers , toujours combattans & toujours armés , tiennent la fociété fur leurs chevaux. On dit que les Huns n'en defcendoient prefque jamais ; qu'ils faifoient leur petit commerce , qu'ils délibéroient fur les affaires les plus importantes , qu'ils mangeoient & buvoient , fans quitter les étriers ; qu'ils s'appuyoient, pour dormir , fur le col de leur monture , & qu'ils paffoient les nuits dans cette attitude (4).

---

(1) Voyage de Gémelli Caréri.
(2) Coll. de Bry, t. VII des grands Voyages.
(3) Voyage de Raleigh.
(4) Ammien Marcellin.

Les maiſons s'embelliſſent peu-à-peu ; elles deviennent des palais : mais les nations les plus polies conſervent encore les uſages des premiers tems. Ainſi les Perſes n'avoient ni autels ni temples , & ils alloient en plein air , faire leurs ſacrifices ſur une montagne (1).

On devine quel doit être l'ameublement de toutes ces maiſons , & de quelle maniere on les habite : on dira ſeulement qu'à Ormuz, les maris & les femmes paſſoient jadis la nuit dans de grandes cuves remplies d'eau (2), & que les Bukkariens ſe couchent tout-à-fait nuds (3).

---

(1) Boëmus , *Mores Gentium.*
(2) Coll. de Bry , petits Voyages.
(3) Hiſt. des Turcs & des Mongols.

CHAPITRE II.

Ufages particuliers fur la proprieté.

IL y a des peuplades affez pacifiques pour mettre tout en commun. Les femmes, les enfans & les troupeaux des Ictyophages d'Afie, appartenoient indifféremment à tout le monde (1). Les Vaccaéens (2) cultivoient chacun une portion de terre : ils rapportoient dans un magafin, les fruits qu'ils recueilloient, & l'on puniffoit de mort celui qui en détournoit une partie.

Les hiftoriens de l'antiquité citent beaucoup d'autres ufages pareils ; mais cet état eft fi contraire à la nature, qu'il y a de l'exagération dans leur récit. D'ailleurs, il ne peut pas durer longtems, & les fociétés de moines ou de philofophes, établis fur ce principe, difparoiffent bientôt. Les difciples de Pythagore effayerent de mettre tout en commun, & l'enthoufiafme de la philofophie, ne put pas même foutenir ce régime.

Bientôt le plus puiffant ufurpe tout, & le

(1) Diod. de Sic. l. 3, ch. 7.
(2) *Ibid.* l. 5, ch. 22, (Peuples de la Celtibérie).

foible n'a rien. On a trouvé des fauvages qui
ne pouvoient cultiver la terre, fans la permiffion
de leur chef. Les Negres de la Côte d'Or, font
obligés d'obtenir cette permiffion à chaque fai-
fon de l'année (1), & même un Abyffin, qui
enfemence des champs, n'eft pas fûr d'en avoir
la récolte ; car le roi la donne à qui il lui
plaît (2). Le fouverain (3) des anciens habitans de l'Inde, poffédoit comme aujourd'hui,
tous les biens (4).

Les coutumes des différens peuples fur la propriété, demanderoient un ouvrage particulier :
on n'en parle ici que fous un point de vue général. Les lois de fucceffion dépendent de mille
circonftances, des idées qu'on fe forme du
mariage, du fort des femmes & de celui des
enfans.

Un Negre de la Côte d'Or n'hérite ni de fon
pere, ni de fa mere; les plus proches parens de
l'homme & de la femme, viennent s'emparer de
ce qu'ils laiffent (5). Bofman, qui a fait des

(1) Prevôt, t. V.
(2) Le Grand, Differt. 5.
(3) Diod. l. 2.
(4) On a cité ailleurs d'autres fouverains, maîtres de
tous les biens qui font dans leurs états.
(5) Defmarchais, t. I.

observations particulieres fur cette matiere, remarque qu'Akra eſt le feul canton de la côte,
où les enfans légitimes héritent de leur pere, &
qu'ailleurs un fils ne peut réclamer que fon fabre
& fon bouclier. Le mari rend aux freres ou aux
neveux de fon épouſe morte, tout ce qu'il en a
reçu. — Il femble que les peres & les freres, abu-
fant de la force, ont établi ces lois aux dépens
des enfans. Elles encouragent cependant l'induf-
trie, puiſque les fils n'ayant pas de fortune font
obligés de pourvoir à leur fubſiſtance : elles
excitent auſſi la population ; car il eſt utile pour
un pere, d'avoir beaucoup d'enfans, & pour un
fils, d'avoir beaucoup de freres.

En étudiant ces lois, elles paroiſſent plus naturelles que celles qui tranſmettent à un fils
l'héritage de fon pere : alors le hafard de la
naiſſance donne tout ; & l'on n'eſt point obligé
de travailler. Il eſt plus juſte qu'un pere hérite
de fon enfant : c'eſt du moins une récompenſe
de l'avoir élevé ; & les freres & les neveux, ne
pouvant fuccéder à ces biens que dans un âge
avancé, ils ont déjà payé à la fociété leur dette
de travail.

Le P. Duhalde dit que chez les Tartares, le
dernier des mâles eſt toujours l'héritier, parce
que les aînés fortent de la maiſon avec un trou-

peau que le pere leur donne, dès qu'ils font en état de mener la vie paftorale, & ils vont former une nouvelle habitation. M. de Montefquieu ajoute (1) qu'une pareille coutume s'obferve dans quelques petits diftricts d'Angleterre.

Il n'y avoit en Egypte que les prêtres, les rois & les foldats, qui poffédaffent des terres. Une portion appartenoit à ceux qu'on convoquoit en tems de guerre, afin que l'intérêt les liât davantage à leur patrie. Les Laboureurs ne tenoient les champs qu'à ferme (2). — C'eft la loi d'un gouvernement facerdotal & militaire.

La politique fit beaucoup d'autres réglemens, fans trop s'embarraffer de la juftice. Au Japon, les enfans de la femme donnée par l'empereur, fuccedent feuls: on veut que les biens donnés par le prince, ne foient pas trop partagés.

La vanité fe mêla auffi des fucceffions; le defir de foutenir fon nom & fa famille, établit d'autres lois, & la portion des aînés fut beaucoup plus confidérable que celle des cadets.

La propriété devint facrée, & le culte qu'on lui rendit, enfanta des coutumes bifarres. En voici une. Les Mandingos avoient jadis le droit

---

(1) Efp. des Lois, l. 18. ch. 20.
(2) Diod. de Sic. l. 1. fect. 2.

de reſtituer le prix, & de reprendre, avant le coucher du ſoleil, tout ce qu'ils vendoient. Il étoit dangereux de manger ſur le champ les volailles & les œufs qu'on venoit d'acheter ; car alors on en payoit dix fois la valeur, ſi on les redemandoit (1).

Le partage actuel des propriétés bleſſe la raiſon, & l'on imagina qu'il falloit rétablir l'ordre naturel. On s'égara, & on crut que le vol eſt permis. Il eſt même recommandable chez les Koriaques, pourvu qu'on ne dérobe rien à ſes parens, & qu'on ne ſoit pas pris ſur le fait, & chez les Tchouktchi, une fille ne peut ſe marier, ſans avoir donné des preuves de ſon talent pour le larcin (2).

La politique autoriſa ces vols, afin que chacun veillât mieux ſur ſa propriété. Les Mingreliens & pluſieurs autres peuples, racontent avec ſatisfaction ceux qu'ils ont fait. C'eſt une preuve d'adreſſe & de courage (3).

On obſerve que les voleurs en troupe ne manquent pas de principes, & qu'ils autoriſent leur brigandage par des ſophiſmes. Ils doivent, en effet,

---

(1) Voyàges de Labat. Jobſon, *Golden Traden.*
(2) Rel. de Krachenninicow.
(3) Voyage de Chardin.

réfléchir sur leur état, & leur âme dépravée doit se justifier par des raisonnemens. Ils disent qu'il n'y a d'autre droit que la force. Les jeunes Lusitaniens, qui n'avoient que du courage au lieu de fortune, se réunissoient sur des montagnes escarpées, & après s'être plaint en commun de l'injustice du fort, ils parcouroient de là toute l'Ibérie, & s'enrichissoient par leurs rapines (1).

On voit, dans tous les tems & dans tous les pays, de ces hordes de brigands, & comme s'ils vouloient expier leurs crimes, ils ont sur ce qu'ils appellent *l'honneur & la vertu*, des sentimens plus élevés que les autres hommes. On peut lire le Voyage de M. Brydone, sur les bandits de la Sicile.

Leurs associations prirent une forme de gouvernement, & il y a eu véritablement des républiques de voleurs. L'Europe en étoit remplie sous le gouvernement féodal : celle des montagnards d'Ecosse, qui est une des plus célebres, subsistoit il n'y a pas quarante ans.

Les chefs de ces voleurs avoient des officiers particuliers, & divers départemens.

On délibéroit dans un conseil général, sur les

_____

(1) Diod. de Sic.

expéditions ; mais les voix des chefs étoient toujours décifives.

Ils jugeoient eux-mêmes les affaires criminelles, & leurs repréfentans terminoient les procès
civils.

Quand les chefs fe difputoient entr'eux, &
qu'ils ne vouloient pas s'attaquer ouvertement,
ils avoient tous des brigands particuliers qui les
vengeoient en fecret ; mais ces guerres inteftines
étoient rares.

Il ne faut pas croire que ce fuffent des brigands épars. Sir Ewin Cameron, fameux capitaine de la bande, réfifta long-tems à Cromwell.

Le célebre Mac Gregor fit une fcience du
vol, & donna une nouvelle forme à la république. Il imagina d'envoyer fes fujets dans les
terres voifines ; ils extorquoient la rente des
fermiers, & leur accordoient des *récépiffés* au
nom des propriétaires.

Un fils de fir Ewin Cameron, perfectionna ce
fyftême. Le chef ne marcha plus à la tête des
expéditions. Il donnoit fes ordres aux petits voleurs ; ceux-ci obéiffoient, & à leur retour, ils
dépofoient dans le magafin général, ce qu'ils
avoient dérobé.

Les plus intriguans imaginerent qu'ils pouvoient avoir auffi des voleurs fubalternes à leur

folde , & ils prirent des commis ou domeftiques qui alloient piller pour eux.

Ce fils de fir Ewin Cameron fe croyoit un véritable fouverain. Il établit des impôts qu'on levoit en forme , & on étoit à l'abri des vexations , après les avoir payés. Il inventa la taxe *black meal* , qui fe percevoit avec autant de régularité , que dans les autres gouvernemens.

Il prenoit de bonne foi le titre de bienfaiteur du public & de confervateur de la tranquillité générale. Il avoit mis fur fon armure & fur fon fabre , cette infcription :

Hæ tibi erunt artes , pacis componere mores ,
Parcere fubjectis , & debellare fuperbos.

Comment les autres brigands n'auroient-ils pas eu l'efprit de leur état ? Le vol leur étoit fi familier , qu'ils s'acquittoient fcrupuleufement de ce devoir de leur profeffion. Lorfqu'ils alloient dévafter les grands chemins , ils prioient le ciel , avec ferveur , de les aider de fon fecours. » Seigneur, bouleverfez le monde, difoient-ils tous les jours, pour que les Chrétiens trouvent un moyen de pourvoir à leur fubfiftance. «

Les grands exploits de vol paffoient pour de l'héroïfme, & on obtenoit alors des marques de diftinction.

Manquer de fidélité , étoit pour eux le plus

énorme de tous les crimes : ils le puniſſoient d'une peine capitale.

Ils traitoient avec hoſpitalité tous les étrangers, & ils reſpectoient celui qui ſe confioit à la troupe. Deux de ces voleurs mirent le Prétendant ſous leur protection : ils alloient voler pour ſon entretien ; & même ils pillerent les officiers généraux de l'armée Angloiſe, afin de lui fournir du linge (1).

Des rêveurs attaquerent la propriété par d'autres raiſons. Suivant les Apoſtatiques (2) il faut renoncer aux biens du monde ; & ceux qui n'y renoncent pas ſont des réprouvés.

Les Meſſaliens ſe crurent obligés de vendre leurs biens, de les donner aux pauvres, & de vivre dans la plus parfaite oiſiveté (3).

(1) Pennant, *Voyage to the Hebrides.*
(2) Branche d'Encratites. Voyez l'Hiſt. Eccléſ.
(3) Voyez l'Hiſt. Eccléſ.

CHAPITRE LII.

Amis dans le commencement des sociétés.

CHAQUE fauvage d'une bourgade fent qu'il eft foible; & s'il peut efpérer du fecours en cas d'une attaque générale, il en a befoin d'ailleurs pour les difputes particulieres : & de-là vient l'ufage de fe choifir un ami.

L'homme ifolé cherche alors un appui : fa compagne n'eft pour lui qu'un fardeau, & il fe lie avec un autre homme.

Celui qui n'eft pas marié a befoin d'un ami, furtout lorfqu'il eft malade : les autres, embarraffés de pourvoir à leur propre fubfiftance, n'ont point de commifération. Les Negres de la Côte d'Or abandonnent les malades : on dit même que les femmes & les enfans, s'enfuient loin de leurs maris & de leurs peres; que cette défertion n'eft pas regardée comme une faute : l'amitié paroît plus facrée que les liens de la nature, & les *amis* prodiguent des fecours que refufe la piété filiale (1).

La débauche forme ailleurs ces liaifons, ou,

_____

(1) Voyage de Defmarchais. t. I.

du

du moins, elle en eſt la ſuite, & l'on ſe trouve alors engagé par le beſoin, par les plaiſirs & par l'habitude.

Les cérémonies dont on accompagne le choix d'un ami, ſont ſouvent ſingulieres ; mais elles ont toujours quelque choſe de touchant. Ces engagemens deviennent ſacrés, & ceux qui les contractent, ſe donnent des témoignages d'affection qu'on a peine à concevoir, depuis que le ſentiment de l'amitié s'eſt perdu. La plupart des Indiens de l'Amérique ſeptentrionale s'attachent à un de leurs camarades par des nœuds indiſſolubles ; & ils s'expoſent aux plus grands dangers, pour s'aider & ſe ſecourir mutuellement. Ils comptent ſe rejoindre dans l'autre monde, & ne plus ſe quitter ; & le beſoin qu'ils ont l'un de l'autre, leur ſemble *éternel*. Ils s'invoquent même comme des génies tutélaires, lorſqu'ils ſont en différens lieux (1) ; & cette paſſion, qui devient charnelle, prend chez les jeunes gens le caractere de l'héroïſme.

Si deux Jakutes amis, ſont obligés de ſe ſéparer, les adieux ſe font au milieu d'un bois. Celui qui reſte, monte ſur un arbre, dont il abbat les branches. C'eſt la plus grande marque

_____

(1) Mœurs des Sauvages Américains.

Tome III. B

d'amitié qu'il puiffe donner à l'autre, & il fe glorifie de cette belle action (1).

Un Scythe cherchoit un compatriote courageux pour fon ami, & dès qu'il le trouvoit, il lui faifoit fa cour, comme à une fille qu'on veut époufer. Le même homme avoit fouvent à choifir entre plufieurs prétendans; & celui qui montroit de l'intrépidité ou de la grandeur d'âme, fe voyoit entouré d'adorateurs. Voici quel étoit le fceau de ces ùnions. Les deux amis fe piquoient les doigts; ils laiffoient couler leur fang en même tems & dans la même coupe; après y avoir trempé la pointe de leurs cimeterres, ils buvoient ce qui reftoit, & ils juroient de *vivre enfemble, & de mourir l'un pour l'autre*. On mettoit au rang des femmes publiques, les hommes qui avoient plus de deux amis (2).

Les infulaires de Mindanao imaginent qu'on fe choifit ainfi des amis dans toutes les contrées; & dès qu'il arrive des étrangers fur la côte, ils vont leur demander s'ils ont befoin d'un *camarade*. Ce *camarade* les nourrit, les couche chez lui, fe bat pour eux; & s'il n'en

_____

(1) Voyage de Gmelin.
(2) Hift. anc. des peuples de l'Europe, t. V. Luçien
& II.

recevoit rien, on croiroit qu'il les aime tendrement (1).

Ces usages ne peuvent guères subsister, lorsque les sociétés ont pris de l'accroissement, mais on veut en conserver des vestiges. Blas Valera dit que la loi de *fraternité* obligeoit les Péruviens à s'aider mutuellement, à labourer, à semer, à récolter, à bâtir leurs maisons, &c. (2) — Il est probable qu'on la fit, lorsque les habitans du Pérou commençoient à se rassembler.

En étudiant l'histoire des nations, on voit que l'amitié s'affoiblit, à mesure que les peuples deviennent plus polis. On retrouve, en effet, dans les mœurs de nos bons ayeux, une naïveté intéressante. Les *amis* couchoient alors ensemble. On voit que Richard cœur de lion & Philippe-Auguste couchoient dans le même lit (3). Au siécle dernier, c'étoit encore la coutume de coucher avec son ami ; & même la pureté du lit nuptial ne s'effarouchoit point de l'approche d'un étranger. Louis XIII alloit souvent coucher avec le connétable ; & quoiqu'amoureux de la femme de son ami, il s'endormoit tran-

---

(1) Voyage de Gemelli Carreri.
(2) *Sketches of the history of Man.*
(3) Traité de l'opinion.

quillement fur le même chevet, *fans idées &*
fans defirs (1).

Préfens. L'ufage des préfens fi répandus dans les premiers tems, a la même origine, & voilà pourquoi dans bien des contrées, il eft honteux de
les refufer : les mœurs & les idées changent par
la fuite ; la fierté & l'orgueil dédaignent ces
préfens, & alors on rougit de les recevoir.

Chez les Odryfes, peuple de Thrace, on
n'ofoit pas les refufer : les Grecs avoient les
mêmes idées au tems de la guerre de Troye :
Ulyffe demandoit fans façon les préfens d'hofpi-
talité, & il fe vantoit même de les demander (2).

Les préfens paffoient pour des marques d'attachement & d'amitié : les chefs voulurent en
recevoir de leurs fujets, & fans les exiger, ils
acceptoient tous ceux qu'on leur offroit. Ainfi,
l'on n'aborde les capitaines de plufieurs fauvages,
qu'un préfent à la main. Les Germains en particulier & en corps, faifoient à leurs princes des
dons qu'ils étoient obligés par honneur de ne pas
renvoyer (3).

Bientôt ils les exigèrent, & ce ne furent plus

_____

(1) Effais hiftoriques fur Paris.
(2) Hift. anc. des peuples de l'Europe, t. 1.
(3) Tacit. *de Morib. Germ.*

que des impôts; car les peuples, accablés d'ailleurs, ne penſoient pas à en faire de bon gré. On continua de les appeller des *préſens*, parce que les noms en impoſent aux hommes, & même les princes *ſtipulerent* dans les traités de paix, qu'on leur donneroit de ces *préſens*.

La plupart des Negres ne peuvent aller à la cour de leurs chefs, qu'avec des préſens; & il y a des cantons où chaque ſujet eſt contraint d'apporter au pied du trône, un don, qu'on laiſſe à ſon choix.

Les princes faſtueux de l'Orient, malgré leur fierté & leur richeſſe, les extorquent ſans honte. Gama pria deux officiers de la cour, d'examiner celui qu'il deſtinoit au Samorin de Calicut. Les officiers ſourirent en voyant quatre pieces d'écarlate, ſix chapeaux, quatre branches de corail, du cuivre, une caiſſe de ſucre, deux barils d'huile & deux de miel; ils lui dirent: » Ce préſent n'eſt pas digne du Samorin; un pauvre marchand en fait de plus riche, & le prince n'en reçoit point qui ne ſoit d'or, ou de quelque matiere précieuſe (1). «

Les petits ſeigneurs imiterent bientôt les ſouverains : les anciennes charges impoſoient l'obli-

_____

(1) Prevôt, t. 1.

gation de faire des préfens & des étrennes à *fon feigneur* (1). Il y avoit des hommes qui exami-noient avec foin, fi ces préfens étoient bien conditionnés, ou, comme dit la loi romaine, s'ils étoient *dignes d'être approuvés* (2).

CHAPITRE IV.

Propreté.

ON lave fon corps, pour qu'il ne caufe point de dégoût aux autres ni à foi-même ; mais les fauvages, dont l'odorat n'eft pas affez perfection-né, ne fentent rien, & ils recherchent plutôt des parures groffieres, que la propreté, parce qu'elle tient à une délicateffe d'organes, qu'ils ne connoiffent pas encore. Ils font à cet égard comme les animaux : excepté les caftors & les chats, qui ont l'odorat très-fin, les autres fe roulent dans toutes les ordures, fans s'en apper-cevoir.

La faleté eft alors l'état naturel de l'homme: il eft couvert de pouffiere, de pluie & de peaux

---

(1) Cod. Theod. lib. 6. Tit. 35. liv. 3.
(2) Ann. 803. cap. 3.

qui ne font pas tannées ; il fe couche fur l'herbe
& fur la terre ; il porte à fa bouche des corps
huileux, & il ne fait pas qu'il y a des moyens
d'enlever les ordures. Cet état dure quelquefois
très-long-tems, furtout fi la nation trouve avec
peine fa fubfiftance. Ceci dépend plus particulierement de la fineffe des organes, puifque deux
peuplades, dans la même pofition, ne font pas
également fales.

La propreté ne fuit pas toujours le degré de
civilifation ; car les Kamtchadales & les Tartares ne lavent jamais ni leurs plats, ni leurs pots,
ni leurs mains, ni leur vifage (1).

La fuperftition confacre la faleté, parce
qu'elle favorife la pareffe & l'habitude. Les Tartares maltraitent ceux qui lavent leurs habits :
Dieu, difent-ils, eft irrité contr'eux, & il fait
gronder fon tonnerre, lorfqu'il voit des habits
qu'on a fufpendu pour les fecher (2).

Cette habitude devient fi invétérée que les
chefs des empires ne peuvent pas la détruire ;
& ils recourent en effet à des moyens finguliers.
Cortez trouva, dans le palais de Mexico, des
facs bien liés. Ojeda les ouvrit : ils étoient pleins

---

(1) Voyage de Rubruquis, & Rel. de Plan Carpin.
(2) Ibid.

B iv

de poux. Pour délivrer fon peuple de la ver-
mine, qui le dévoroit, l'empereur avoit imaginé d'impofer un tribut d'une certaine quantité
de poux (1), & Garcilaffo dit que les Péruviens étoient auffi contraints d'en livrer annuel-
lement un cornet aux Incas.

Lorfque les peuples commencent à aimer la
propreté, ils employent des expédiens qui femblent au premier coup d'œil, les éloigner de
leur but. L'urine dégraiffe un corps mieux que
l'eau, elle en ôte mieux la croute & les ordures,
& les premieres peuplades s'en fervent communément pour fe laver. Sans rappeller ce qu'on
a dit tant de fois des Hottentots, la plupart des
fauvages habitans des îles, fe lavent ainfi les
grands jours de fête.

Il paroît même que cette odeur leur eft agréable : les hommes, chez les Samoïedes Soegtfies, fe lavent avec l'eau de leurs femmes, &
celles-ci avec l'eau de leurs maris. Après s'être
lavé dans l'urine, les Groënlandoifes croient
exhaler une odeur fuave : c'eft leur eau de fen-
teur, & quand une fille s'eft ainfi parfumée,
on dit : *Elle fent la demoifelle* (2).

---

(1) Herrera Decad. 2. l. 8. ch. 5.
(2) Rel. de M. Crantz.

Les Celtiberiens se lavoient toutes les parties du corps d'urine, sans exception, & ils s'en frottoient même les dents (1).

On prend peu-à-peu de l'aversion pour la saleté: les usages absurdes ou cruels s'introduisent, & la superstition crée d'ailleurs, mille préjugés sur les besoins naturels.

Après qu'on a satisfait ces besoins, c'est une abomination à Ceylan de ne pas laver ses mains (2).

Les vents & les rots passent chez les Negres de la Côte d'Or, pour une très-grande indécence, & ils meurent plutôt que de la commettre volontairement (3).

Les insulaires des Marianes crachent rarement, & jamais sans beaucoup de précautions; mais ils ne crachent en aucun tems devant la maison d'un autre, ni le matin (4).

Il est honteux à un Maroquin d'uriner debout, & celui qui le fait, est privé du droit de témoigner en justice (5).

---

(1) Diod. de Sic. l. 5. ch. 22.
(2) Voyage de Knox.
(3) Prevôt, t. 4.
(4) Hist. des Isles Marianes.
(5) Saint-Olon, Braithwait.

Le Tartare qui piſſoit jadis dans ſa maiſon, étoit impitoyablement mis à mort; & il falloit que les malades qui ne pouvoient pas en ſortir, employaſſent bien des purifications (1).

On dit qu'en Egypte les hommes urinoient accroupis, & les femmes debout. Les ſauvages de la baye d'Hudſon & les Amboiniens ajoutent même que l'uſage contraire ne convient qu'à des chiens. — Il eſt aiſé de concevoir que les hommes s'accroupiſſent pour cacher une choſe ſale; mais pourquoi les Egyptiennes ſe tenoient-elles debout? S'il faut aſſigner à cette habitude une cauſe raiſonnable, on obſervera que le canal de l'urêtre eſt beaucoup moins long dans la femme, que dans l'homme; qu'il s'épanche aiſément & ſans effort; que les hommes, d'ailleurs, ſont ſouvent obligés de comprimer la veſſie, & l'accroupiſſement eſt alors une poſition favorable.

Les Azanaghis, Negres de la Côte d'Arguim, regardent le nez & la bouche comme des canaux fort ſales: ils les cachent ſoigneuſement avec un mouchoir, comme on cache ailleurs d'autres parties du corps (2).

---

(1) *Boëmus, Mores Gentium.*
(2) Voyage de Cadamoſto.

Quelques Maures du défert ne mangent que de la main droite ; & ils ne lavent jamais que la gauche, qu'ils réfervent pour d'autres exercices (1).

C'eft une indécence au Malabar, de toucher en buvant le vafe avec fes levres : les Portugais admis à l'audience du Samorin, furent obligés de fe conformer à cet ufage : les uns toufferent beaucoup, les autres répandirent fur leurs habits, une partie de la liqueur ; ce qui amufa toute la cour (2).

Les préjugés viennent auffi confacrer la propreté, & alors, il n'y a plus rien de vil, de tout ce qui peut y concourir. La loi oblige les Mahométans à prier cinq fois par jour, & à fe laver auparavant les mains, les bras, les oreilles, les narines, &c. *le derriere & les parties naturelles* (3).

Les nobles des Maldives fe font un honneur de rafer les rois & les feigneurs principaux de la cour ; & la plupart des infulaires vont fe rafer à la porte des mofquées (4).

---

(1) Voyage de Brue.
(2) Prevôt, t. 1. Voyez au premier livre l'origine de cet ufage.
(3) Boëmus, *Mores Gentium.*
(4) Voyage de Pyrard.

CHAPITRE V.

*Manieres de s'aborder, de se saluer. Révé-
rences. Complimens.*

Dès qu'on s'aborde d'une maniere amicale,
& qu'on montre de l'empressement & de la joie,
il importe peu qu'on remue telle partie du corps,
ou qu'on fasse telle cérémonie. Il doit y avoir
en ceci un grand nombre d'usages différens.
Chaque peuple dit qu'il suit les plus raisonna-
bles, mais ils sont presque tous également simples, & il ne faut pas les traiter de ridicules.

Cette multitude infinie de coutumes peut se
rapporter aux révérences ou salutations, & à l'attouchement de quelque partie du corps. Il paroît
que c'est un mouvement naturel de se baisser
& de se prosterner, lorsqu'on éprouve un senti-
ment de respect ; car les peuples épouvantés se
jettent tous à terre ou à genoux, pour adorer
les êtres invisibles. L'attouchement affectueux
de la personne qu'on salue, est une expression
de la tendresse.

Les simagrées & les farces ne tardent pas à
s'introduire ; & on en fait davantage, à mesure
que les nations s'éloignent plus de la simplicité.

La superstition, les mœurs d'un peuple, sa position, influent aussi sur les manieres de se saluer ; & l'on verra aisément tous ces rapports.

Ces manieres de saluer ont quelquefois des caracteres différens, & il est assez intéressant d'en examiner les nuances. Plusieurs annoncent un raffinement de délicatesse, & d'autres sont remarquables par la naïveté ou par une sensibilité exquise. En général, cependant, elles sont souvent les mêmes dans l'enfance des nations & dans les sociétés plus policées. Le respect, l'humilité, le néant & la crainte, s'expriment à-peu-près de la même façon, car c'est une suite de l'organisation du corps.

Bientôt ces démonstrations ne sont plus qu'une vaine politesse qui ne signifie rien : on dira ce qu'elles furent d'abord, sans s'embarrasser de ce qu'elles sont devenues.

Les premieres peuplades ne s'abordent pas d'une maniere particuliere ; elles ne connoissent ni les révérences, ni les salutations, ou elles les méprisent & les dédaignent. Les Groënlandois rient en voyant un Européen qui se tient debout, & la tête découverte, & qui courbe son corps, devant celui qu'il appelle son supérieur (1).

_____

(1) Rel. de Crantz.

On va rapporter ce qu'il y a de plus piquant chez les différens peuples, mais on fera contraint d'en élaguer une grande partie.

Les infulaires de Lamurec près les Philippines (1), & les habitans des Palaos (2), prennent la main ou le pied (3) de celui qu'ils faluent, & s'en frottent doucement le vifage.

Les infulaires de Socotora fe faluent en fe baifant l'épaule, & ceux de Horne fe couchent alors le ventre contre terre (4). Les habitans des Marianes paffent la main fur l'eftomac de celui qu'ils veulent honorer (5); & les Ethiopiens fe prennent la main droite, qu'ils portent à leur bouche (6).

Les Lapons appliquent fortement leur nez contre celui de la perfonne qu'ils veulent faluer; & les Ayénis lui foufflent dans l'oreille, en frottant doucement fon eftomac avec la main (7). Dampierre dit que les infulaires de la nouvelle Guinée fe contentent de mettre fur leurs têtes

---

(1) Le Gobien, Lettres édif.
(2) Rel. du P. le Clain.
(3) Suivant qu'ils font debout ou affis.
(4) Voyages de Le Maire & de Schouten.
(5) Hift. des ifles Marianes.
(6) Lettres édif. Rec. 4.
(7) Effais hift. de M. de Saint-Foix.

des feuilles d'arbre, qui ont toujours paffé pour des fymboles de l'amitié & de la paix; & dans l'une des grandes Cyclades, on fe jette de l'eau fur les cheveux, lorfqu'on s'aborde (1).

D'autres falutations font incommodes & pénibles pour celui qui n'y eft pas accoutumé ; car elles exigent une foupleffe dans les articulations & les membres, que l'exercice feul peut donner. Les infulaires d'une ifle du détroit de la Sonde, faluerent Houtman de cette maniere. » Ils lui prirent le pied gauche qu'ils pafferent doucement par-deffus la jambe droite jufqu'au genou de notre voyageur ; & de là fur fon vifage, depuis le bas jufqu'au fommet de la tête (2). Les habitans des Philippines plient le corps affez bas, en fe mettant une main ou toutes les deux fur les joues, & levant en même tems un pied en l'air avec le genou plié (3). Les peuples d'Arrakan joignent alors les mains au-deffus de la tête, en fe courbant.

Un Ethiopien ôte l'écharpe de celui qu'il fa-

---

(1) Second Voyage de Cook.

(2) Voyage d'Houtman. Il y a de l'obfcurité dans ce qu'on dit ici, mais il paroît que c'eft véritablement le pied du même homme qui va jufqu'à fon vifage.

(3) Voyage de Gémelli Carréry.

lue ; il l'attache au milieu de fon propre corps,
de forte qu'il le laiffe à moirié nud (1).

Cet ufage de fe déshabiller fen cette occafion,
prend d'autres formes. Souvent on fe met nud
devant les perfonnes qu'on veut faluer, & cela
fe conçoit très-bien : on les aborde avec humilité
pour montrer qu'on eft indigne de paroître en
leur préfence. Il n'eft pas alors queftion de pudeur. M. Banks reçut la vifite d'un chef Otahitien & de deux Otahitiennes, d'un rang diftingué. Voici quelles furent les cérémonies de
l'entrevue. Après quelques préliminaires, un
homme apporta neuf pieces d'étoffe qu'il étendit
à terre. Il en pofa d'abord trois l'une fur l'autre.
L'une de ces femmes releva fes vétemens jufqu'à
la ceinture, monta fur les tapis, & en fit trois
fois le tour, à pas lents, avec beaucoup de fang-
froid, & un air d'innocence & de fimplicité qu'il
n'eft pas poffible d'imaginer. Laiffant retomber
enfuite fes vêtemens, elle alla fe mettre à fa
place. On étendit trois autres pieces, fur lefquelles elle remonta, & fit la même cérémonie.
On étendit les trois dernieres, & elle en fit encore le tour pour la troifieme fois, & de la même
maniere (2).

_____

(1) Lettres édif. Rec. 4.
(2) Voyage de Cook.

Lorfqu'un

Lorfqu'un Otahitien choifit un de fes compatriotes, ou un étranger pour ami, il le revêt de
tous fes habits, & il fe met nud (1).

Peu-à-peu on ne fe déshabille plus en entier, mais on quitte toujours une partie de fes
vêtemens. Les infulaires des Philippines ôtent de
deffus leur tête le manputon qui la couvre : ailleurs on ôte fon chapeau : les Japonois dé-
chauffent une de leurs pantoufles ; & les peuples d'Arrakan ôtent leurs fandales & leurs bas
dans les antichambres. Plufieurs chefs exige-
rent ces marques de refpect, d'une maniere
plus humiliante, comme on l'a dit au Livre cinquieme.

Dans la fuite, il paroît fervile de fe découvrir.
Les grands d'Efpagne réclament encore le droit
de paroître couverts devant le roi, pour montrer
qu'ils ne lui font pas auffi foumis que le refte de
la nation, & l'on pourroit obferver que les Anglois fe découvrent moins que les autres nations
de l'Europe.

Enfin, il n'y a pas jufqu'aux peuples qui fe
tournent le dos en fe faluant. comme le dit Montagne, qu'on ne puiffe juftifier.

Quand on parle des ufages des Negres, il faut

(1) Ibid.

fe fouvenir qu'ils aiment les farces groffieres, &
qu'ils font un badinage de toutes leurs cérémonies.

La plupart prennent le pouce & les doigts
qu'ils font craquer (1). Ceux de Sierra-Leona &
du Cap Mefurado ne tirent que le pouce & le
premier doigt, en criant *akki ô! akki ô!* (2)

Les Mandingos fecouent la main entiere ;
mais s'ils faluent une femme, ils portent fa
main à leur nez, & ils en flairent le revers deux
fois (3).

Un envoyé du roi de Dahomay, accompagné
de cinq cens foldats, aborda Snelgrave de cette
maniere : tous les Negres armés d'épées nues,
de targettes, &c. firent des grimaces & des contorfions ridicules ; le capitaine & d'autres officiers
s'approcherent des Anglois l'épée à la main, &
la fecouerent fur leur tête ; ils en appuyerent
la pointe fur leur eftomac, avec des fauts & des
mouvemens frénétiques (4), & prenant enfuite
un air grave, l'envoyé leur tendit la main & but
à leur fanté.

Les Negres du Cap Lopès frappent deux ou

---

(1) Voyage d'Atkins.
(2) Voyage de Philipps.
(3) Voyage de Labat.
(4) Voyage de Snelgradve,

trois fois leurs mains l'une contre l'autre, lorſqu'ils ſe rencontrent. S'ils veulent ſaluer les vieillards ou un de leurs ſupérieurs, ils mettent un
genou à terre, & levent les mains à la hauteur
de l'épaule; ils les frappent trois fois l'une contre l'autre, & preſſent trois fois la droite de la
perſonne qu'ils reſpectent. S'ils témoignent à
quelqu'un une grande affection, ils élevent la
main auſſi haut que leurs bras peuvent le permettre (1).

Les Négreſſes de Sierra - Leona courbent le
coude & élevent les mains fort près de leur
bouche; elles ſe ſerrent très - doucement, & ſa
retirent enſuite en faiſant une légere inclination (2).

Les femmes de la Côte d'Or portent à leurs
cheveux de petits peignes à deux dents ; elles les
ôtent de la main gauche pour ſaluer ceux qui les
viſitent (3). D'autres fois des eſclaves apportent
de l'eau, de l'huile de palmier & un parfum gras,
& elles en frottent leurs hôtes (4).

Si deux Negres d'Ardra veulent ſe donner de
grandes marques de conſidération & d'amitié,

_____

(1) Voyage d'Atkins.
(2) *Ibid.*
(3) Voyage d'Artus.
(4) Boſman.

ils boivent tous deux à la fois dans le même verre (1).

On a dit ailleurs de quelle maniere on aborde les rois Negres; il faut expofer plus en détail comment on les falue. Les courtifans mettent d'abord un genou à terre, baiffent leurs mains, & après avoir touché la jambe du prince, ils fe retirent quelques pas en arriere (2).

On fe met à genoux & on pofe le coude contre terre pour faluer le roi de Quojas (3); & en fortant de l'audience de celui de Commendo, on leve les bras, & on joint les mains fur la tête (4).

Les grands de Loango fecouent les bras, & font deux ou trois fauts en avant & en arriere; & ceux qui font dans les bonnes graces du prince, pofent les mains fur fes genoux & la tête fur fon fein (5).

Si deux rois Negres fe vifitent mutuellement, ils s'embraffent en faifant craquer trois fois le doigt du milieu.

Les peuples barbares donnent fouvent à leurs

---

(1) Voyage d'Elbée.
(2) Jobfon *Golden trade*.
(3) Dapper.
(4) Bar bot.
(5) Relat. de Battell.

falutations, l'empreinte de leur caractère. Lorſque les habitans de Carmene vouloient bien accueillir un ami, ils s'ouvroient une veine du front, & lui préſentoient à boire le ſang qui en ſortoit (1).

Les Francs s'arrachoient un cheveu, & le préſentoient à la perſonne qu'ils venoient ſaluer. L'homme qui tomboit dans l'eſclavage, coupoit ſes cheveux & les offroit à ſon maître (2).

Enfin, le badinage ſe mêle quelquefois aux ſalutations des peuples polis, & l'on voit dans Plaute, qu'on ſaluoit jadis en ſe tirant l'oreille (3). En général, cependant, parmi les grandes nations, on courbe le corps, on ſe ſerre la main, & l'on s'embraſſe. Les Perſes autrefois ſe donnoient un baiſer ſur la bouche, s'ils étoient égaux en dignité, & ſur la joue, ſi l'un d'eux étoit inférieur à l'autre. Ils ſe proſternoient à terre en abordant un homme d'un rang très-diſtingué. Ils faiſoient plus de cas de ceux qui vivoient le plus près d'eux, comme ſi la valeur des hommes étoit en raiſon inverſe de leur diſtance (4).

---

(1) Athénée, *Deipnoſo.* L. 2. ch. 4.
(2) Agathias & Grég. de Tours.
(3) Plaute, *in Poën.*
(4) Hérodote, L. L.

On n'expoſera pas les raffinemens particuliers qu'on trouve en différens pays : ainſi dans le royaume d'Arrakan la politeſſe veut qu'on ne paſſe jamais ſous un pont de vaiſſeau, ou dans une chambre baſſe, lorſqu'il ſe trouve quelqu'un au-deſſus (1).

Ce ſeroit ici le lieu d'examiner comment la politeſſe ſuit les révolutions des empires ; comment elle eſt baſſe & rampante dans les pays d'eſclavage, & libre & dégagée chez les peuples libres ; comment l'époque de la politeſſe des Romains fut celle de l'établiſſement du pouvoir arbitraire (2). Les complimens en uſage chez les différens peuples, qui ne ſont ſouvent que ridicules & qui n'ont rien d'intéreſſant, ne méritent pas davantage de nous arrêter ; car la prétention & l'eſprit ſervile, l'affectation, la groſſiereté, la bêtiſe & le mauvais goût, y percent de tous côtés, & on ne peut pas y penſer ſérieuſement. On ne parlera que des Chinois, qui ont le plus abuſé des révérences & qui calculent les avantages politiques de ces puérilités.

Les hommes remuent d'une maniere affectueuſe les deux mains collés ſur la poitrine, &

_____

(1) Voyage de Schouten.
(2) Voyez l'Eſprit des Lois, L. 19, ch. 27.

baiſſent un peu la tête, en diſant *Tſin, tſin*. Si on
aborde une perſonne qu'on reſpecte, on éleve
d'abord les deux mains jointes, & on les baiſſe
enſuite juſqu'à terre, en ſe courbant. Si deux
perſonnes ſe rejoignent après une longue ſépa-
ration, elles tombent toutes deux à genoux, &
baiſſent la tête juſqu'à terre; & elles répetent deux
ou trois fois la même cérémonie.

Si l'on demande aux Chinois comment ils ſe
portent : ils répondent, *fort bien, graces à votre abondante félicité.* S'ils veulent dire à un homme qu'il ſe porte bien, ils ſe ſervent de ces ex-
preſſions : *la proſpérité eſt peinte ſur votre viſage,
ou votre air annonce le bonheur.*

S'ils s'apperçoivent qu'on s'empreſſe de leur
plaire, la réponſe eſt : *vous êtes prodigues de votre
cœur.* Si on leur a rendu quelque ſervice, ils diſent : *mes remercimens doivent être immortels.* S'ils
craignent d'avoir interrompu une perſonne occu-
pée, ils diſent : *j'ai commis une grande faute
en prenant trop de liberté.* Si on les prévient par
quelque politeſſe, ils s'écrient : *je n'oſe, je n'oſe,
je n'oſe,* en ſous-entendant *ſouffrir que vous preniez
tant de peine en ma faveur.* Si on leur donne quelque louange, ils répondent : *comment oſerai-je
me perſuader ce que vous dites de moi.* Si on a dîné
chez eux, ils diſent en vous quittant : *Nous*

C iv

n'avons pas traité N. avec affez de diftinction. Ils n'employent jamais dans leurs difcours la premiere ni la feconde perfonne. Au lieu de dire : *Je fuis fort fenfible au fervice que vous m'avez rendu,* ils difent : *Le fervice que le feigneur ou le docteur a rendu au moindre de fes ferviteurs, ou de fes écoliers, l'a touché très-fenfiblement ;* & il eft impoffible de traduire dans les diverfes langues de l'Europe, les différens titres qu'ils fe donnent mutuellement.

Il faut obferver que toutes ces réponfes font prefcrites par le rituel chinois ; qu'il détermine le nombre des révérences, les expreffions qu'on doit employer, les génuflexions, & les tours à droite & à gauche qu'on doit faire ; les falutations du maître devant la chaife où l'on va s'affeoir, car il la falue profondément, & en ôte la pouffiere avec un pan de fa robe ; & enfin jufqu'aux geftes muets, par lefquels on vous preffe d'entrer dans une maifon.

Les payfans & les gens du peuple ne manquent pas à toutes ces regles de civilité. Les étrangers eux-mêmes font obligés d'apprendre d'abord les cérémonies de l'empire, & les ambaffadeurs paffent quarante jours à les étudier avant de paroître à la cour.

Le tribunal des cérémonies les fait obferver

ponctuellement, & il en fort tous les jours des
arrêts finguliers. Les Chinois s'y foumettent avec
la plus grande exactitude : ils croyent que cette
attention à remplir les devoirs de la civilité,
dépouille l'ame de fa dureté naturelle, donne de
la douceur au caractère, & maintient l'ordre &
la fubordination dans l'état (1).

Les marques d'honneur font fouvent arbitraires & dépendent de la convention ; elles peuvent donc être différentes, car tout dépend dé la
maniere d'envifager les objets. Parmi nous, on
eft plus à l'aife affis que debout ; il femble qu'a-
lors on foit en repos, & qu'on ne s'occupe pas
beaucoup de ce qui nous entoure ; quand on eft
debout devant quelqu'un, on eft prêt à marcher
au premier ordre ; on fe tient par refpect dans
une fituation fatiguante, & il eft de la politeffe
de fe lever.

Ailleurs les princes veulent qu'on leur parle
affis, & c'eft une faveur de fe tenir debout en
leur préfence. Cet ufage appartient fur-tout aux
pays defpotiques ; un defpote fouffre avec peine
le port affuré de fes fujets ; il aime à courber

_____

(1) Relat. de Magalhaens, & Chine du P. Duhalde.
Autrefois les femmes de la Chine faifoient auffi des complimens, mais on ne leur permet plus aujourd'hui que des
révérences muettes.

leur corps & leur caractère ; fa préfence doit repouffer vers la terre ceux qui le voyent ; il ne
veut ni empreffement ni attention, mais de la terreur. Ces ufages commencent à la cour & fe répandent enfuite dans la fociété.

Il faut remarquer, que dans quelques pays où
c'eft une impoliteffe de fe tenir debout, les hommes ne s'afféyent pas ordinairement ; & alors on
ne fe met plus à fon aife en s'afféyant. Cette derniere pofition eft un état de contrainte & de
douleur ; & les Romains ne mangeoient affis que
dans les deuils & les grandes calamités. Ce qu'on
va rapporter n'a donc rien de furprénant.

Les courtifans font affis devant l'empereur du
Monomotapa ; les Arabes , les Portugais & quelques favoris jouiffent feuls du privilége de paroître debout (1).

A la cour de Ternate, c'eft la plus grande de
toutes les diftinctions de pouvoir fe lever (2) ;
& à Siam , il eft plus honorable d'être debout
qu'affis (3).

L'ufage de paroître couvert de haillons devant
les princes & devant fes fupérieurs, a la même
origine.

---

(1) Marmol, l. 5.
(2) Traité de l'Opinion, t. 6.
(3) Relat. de la Loubere.

Les conventions & le hafard femblent avoir déterminé fi la droite ou la gauche font des places d'honneur, & il n'eft pas étonnant que ce préjugé varie chez les différens peuples. Voici une conjecture. Il eft naturel que la droite foit une place d'honneur pour ceux qui fe fervent habituellement de la main droite, & que ce foit, au contraire la gauche, dans les pays où l'on fe fert habituellement de la gauche; & chez des Ambidextres toutes ces places devroient être indifférentes. On prend auprès de la perfonne qu'on refpecte la pofition où l'on peut plus aifément la fecourir, obéir à fes ordres, & employer la main à lui offrir ce qu'elle défire.

La droite eft communément la place d'honneur, parce que la plupart des peuples fe fervent habituellement de la main droite, & un gaucher ne pouvant plus fuivre fa commodité particuliere, eft obligé d'imiter l'exemple des autres.

Lors même qu'il s'établiroit des coutumes univerfelles qui démentiroient ce principe, une explication n'a pas befoin de rendre raifon de tous les détails. Ainfi la gauche eft réputée la place d'honneur dans prefque toutes les parties de l'Orient, & fur-tout parmi les peuples de la Tartarie qui fuivent la religion de Maho-

met (1). — On voudroit favoir fi les Orientaux ne font pas plus fouvent gauchers que nous,
& fi leur parure, leurs vêtemens, leurs exercices,
&c. &c. ne demandent pas l'ufage de la main
gauche plutôt que de la droite.

CHAPITRE VI.

Ufages particuliers de quelques peuples dans la fociété.

LE but de ce chapitre eft de peindre par des
traits les ufages domeftiques des différens pays,
& c'eft la feule maniere de faire connoître ce
qui s'y paffe, lorfqu'on ne les a pas vus foi-
même.

Comme c'eft auprès des chefs & des princes
qu'il faut fur-tout étudier ces ufages, on renvoie
au Livre cinquieme, où l'on en parle fort au
long ; & l'ouvrage entier étant deftiné à faire
connoître l'homme par les mœurs & les coutumes des diverfes nations, ce Livre des ufages
domeftiques eft intimément lié avec tous les autres. Il reftera peu d'explications à donner ici.

(1) Hift, des Turcs & des Mongols, &c.

Les peuples d'Afie, au lieu de s'affeoir comme nous, fe couchent fur des tapis & des carreaux, & cette maniere eft plus naturelle ; mais elle n'eft pas fi commode pour fe lever. Les Japonois, & plufieurs autres, fe revêtent de leurs habits de cérémonie dans la maifon, & ils les quittent en fortant (1).

On fufpend dans le palais de quelques rois de Guinée, en forme de portraits ou d'ornemens, les têtes des bœufs que le roi a fait tuer pour les feftins royaux, & on orne ces têtes de fétiches (2).

Lorfqu'un feigneur Madagafcarois reçoit la vifite d'un autre, il offre à l'étranger celle de fes femmes pour laquelle il marque le plus de goût, & ce feroit une impoliteffe de ne pas s'en fervir (3).

Les femmes de Loango ont fans ceffe de longues pipes à la bouche : celle qui laiffe prendre la fienne par un homme, & qui lui permet de fumer un moment, lui donne des droits fur elle & s'engage à lui accorder fes faveurs (4).

(1) Charlevoix & Rel. de Sarris.
(2) Rel. d'Artus dans la Coll. de Bry.
(3) Rel. de Rennefort.
(4) Rel. d'Ogilby & de Merolla.

Les femmes les plus diftinguées fument à Carthagene dès l'enfance ; c'eft une grande marque d'eftime & d'amitié d'allumer du tabac & de l'offrir aux hommes (1).

Sous Henri III, & même long-tems après, les bilboquets étoient à la mode dans toutes les vifites. Chacun portoit le fien , & on s'attachoit à mettre les boules dans l'écuelle ou fur la pointe (2). Cet exercice interrompoit fouvent les converfations (3).

A Siam & dans le royaume de Laos , les parens & les amis fe lavent mutuellement à la pleine lune du cinquieme mois. Les Talapoins lavent leurs idoles , & le peuple lave les Sancrats & les Talapoins : les enfans lavent leur pere fans aucun égard pour le fexe ; & on va laver le roi de Laos lui-même dans une riviere (4).

On eft obligé au Tonquin d'éviter , dans les converfations , les fujets triftes , & de mettre de la gaité dans tous les difcours. On vifite rarement les malades , & lorfqu'on les voit fur le point de mourir , ce feroit une offenfe de les en

_____

(1) Prevoft, t. 13.

(2) Traité de l'Opinion , t. 6.

(3) On trouvera plus bas un chapitre particulier fur les amufemens & les plaifirs.

(4) Relat. de la Loubere.

avertir. La plupart quittent en effet la vie fans faire de teftament, ce qui donne lieu à des procès continuels. Si l'on remarque à l'air du vifage, que quelqu'un foit indifpofé, on ne lui demande point s'il eft malade, mais combien de taffes de riz il mange à chaque repas, & s'il a bon appétit (1).

Les ufages domeftiques (2) qu'imagina la fuperftition, font infinis. Les Paffalorynchites croyoient qu'il faut, pour être fauvé, garder un filence perpétuel, & ils tenoient toujours un doigt fur la bouche (3). Les Anthiafiftes regardoient le travail comme un crime, & paffoient leur vie à dormir (4); & les Déchauffés difoient qu'on ne peut aller en paradis, fans marcher nuds pieds (5).

Il feroit peut-être intéreffant de parler des myftères, & de tout ce qu'on inventa pour gouverner les peuples; mais on ne rapportera que la confeffion des Japonois. Il y a fur les côtes du Japon des rochers d'une grandeur extraordi-

---

(1) Relat. de Baron dans Churchill.

(2) On rapporte quelques autres ufages au chapitre de l'infociabilité des peuples, Livre feptieme.

(3) Voyez l'Hift. Eccléf.

(4) Voyez Philaftrias, & l'Hift. Eccléf.

(5) Aug. *de Hær.* 68.

naire, qui s'avancent en faillie. On plaçoit autrefois au fommet de l'un d'eux, une longue poûtre
de fer, garnie de crans, montée fur un pied, &
à fon extrémité, on fufpendoit une balance. Par
un méchanifme, femblable à celui du *cri*, la
poûtre fe poulfoit plus ou moins au-deffus de la
mer ; ce qui éloignoit plus ou moins la balance
des bords du rocher. On plaçoit dans un des
baffins l'homme dont on exigeoit la confeffion ;
on obligeoit ce malheureux de révéler fes péchés
devant tout le monde, & à mefure qu'il en
avouoit un, on mettoit une pierre dans le baffin
vuide, pour le rapprocher de l'équilibre, & s'il
ne parloit pas au gré des prêtres, on le verfoit,
par un foubrefaut, dans les flots (1).

_____

(1) Coll. de Bry, tome 12 des grands Voyages, où l'on
trouve une figure qui repréfente le méchanifme de cette
machine.

CHAPITRE

CHAPITRE VII.

Amuſemens. Plaiſirs. Muſique.

LA vie eſt inſipide & monotone ; on eſſaye de ſe diſtraire par quelques amuſemens ; & l'homme a un goût ſi vif pour le plaiſir, que, dès les premiers tems, les fêtes groſſieres & barbares lui ſont abſolument néceſſaires. Les Iroquois en célebrent chaque année une fameuſe, qu'ils appellent *la Folie* : ils ſe maſquent, ſe défigurent, ſautent, bondiſſent, renverſent & caſſent tout ce qu'ils trouvent, & l'on ne manque pas d'accomplir régulierement cette belle cérémonie (I). Comme tous les peuples ſe reſſemblent, il faut rappeller ici la *fête de l'Ane* & celle *des Foux,* dont on a tant parlé.

Les Sauvages des pays froids ſont très-embarraſſés de paſſer l'hyver : ceux de la nouvelle France font des maſcarades continuelles ; ils vont mutuellement dans leurs cabanes demander les meubles, inſtrumens & alimens qu'ils déſirent : ils s'en retournent enſuite chantant, *un tel m'a*

(I) Voyage de la Potherie.

donné cela ; & fi on ne leur donne rien, ils fe
fâchent & difent des injures (1).

Chaffes.   Ceux que le foin de leur fubfiftance occupe
fans ceffe, n'ayant pas d'autre moyen de goûter
des plaifirs, font de la chaffe un amufement : les
Indiens de la Floride fe couvrent de peaux de
cerfs ; le chaffeur voit par les yeux de la peau ,
comme à travers un mafque, & il attire ainfi les
cerfs qu'il tue bientôt à coups de fleches (2).
D'autres fois il guette fur le bord des rivieres l'arrivée des crocodiles, & s'il en voit un, il appelle
dix ou douze camarades qui s'avancent hardi-
ment, avec une longue poûtre qu'ils enfoncent
dans fa gueule & fes entrailles, & après l'avoir
tué à coups de maffue, ils danfent autour de la
bête (3).

  Les préliminaires de la chaffe de l'ours, chez
les Lapons, font très-curieux ; & dès qu'on l'a tué,
on félicite par des chants l'animal de fon arrivée ;
on le remercie de ce qu'il n'a fait aucun mal aux
chaffeurs ; on le conjure de ne point fe venger
fur ceux qui l'ont tué ; on le foüette avec des
verges, & on va l'écorcher dans une cabane qui

---

(1) Voyage de Champlain.
(2) Relat. de la Laudonniere, & Coll. de Bry.
(3) *Ibid.*

eft conftruite à deffein. On s'abftient pendant un an de fe fervir du renne, attelé au traîneau qui l'amene à la bourgade. Les femmes broyent de l'écorce d'aulne entre leurs dents, & la crachent au nez de leurs maris, pour effuyer leur vifage couvert du fang de la bête. Les chaffeurs paffent trois jours fans approcher de leurs époufes ; prenant enfuite d'une main la chaîne où l'on pend les chaudieres, ils fautent trois fois autour du feu : les femmes leur jettent alors des cendres, & les purifient par des luftrations.

Les Oftiakes font la même chaffe en troupe & armés d'un long couteau. Dès qu'ils ont tué l'ours, ils lui coupent la tête, & après l'avoir cloué à un arbre ; ils fe profternent & danfent devant l'animal. Ils lui demandent : *Qui t'a ôté la vie ? Ce font les Ruffes,* répondent-ils auffi-tôt. — *Qui t'a coupé la tête ? C'eft la hache d'un Ruffe.* — *Qui t'a ouvert le ventre ? C'eft le couteau d'un Ruffe.* Enfin ils attribuent tout aux Ruffes.

Les grandes chaffes des Hottentots forment un fpectacle guerrier, & un exercice de bravoure & de courage. Tous les habitans de la bourgade fortent enfemble pour tuer une bête féroce. Ils l'environnent & l'attaquent avec leurs zagayes : ils ménagent fi bien leurs coups que l'un ou l'autre frappent fans ceffe l'animal par

D ij

derriere, tandis qu'il fe tourne vers l'un en particulier, & qu'il tombe couvert de bleffures,
avant de diftinguer ceux qui le bleffent. Il
s'élance quelquefois fi impétueufement que l'on
tremble pour les chaffeurs, mais dans un clin
d'œil, ils échappent au danger. La bête rugit,
écume, & fe roule en vain par terre, de fureur ;
les Hottentots fe garantiffent de fes griffes &
de fes morfures, & l'on ne peut, dit Kolben,
contempler un pareil fpectacle fans admiration.
Enfin les accidens, qui arrivent affez fouvent, ne
diminuent par leur intrépidité. Si l'animal s'enfuit, ils le fuivent à quelque diftance ; & comme
leurs fléches font empoifonnées, ils emportent
bientôt fa peau pour fruit de leur victoire.

Jeux.　　Les premiers jeux font groffiers, puériles &
même fatiguans ; car alors on aime l'exercice &
l'agitation violente. Les habitans de Bantam
jouent à la paume, en ne chaffant la balle qu'avec
les pieds (1).

Les Mexicains fe fervoient d'une pelotte compofée de la gomme d'un arbre, & qui voloit auffi
légerement qu'un balon. Un des joueurs la diri-
geoit contre un but, & l'autre empêchoit qu'elle

_____

(1) Coll. de Bry, à la fin de la cinquieme partie des
petits Voyages.

b'en approchât : ils ne la pouffoient qu'avec les feffes & les hanches fur lefquelles ils appliquoient un cuir bien tendu pour la faire mieux rebondir. Ils regardoient entre les cuiffes ou de côté, & ils fe préfentoient enfuite mutuellement le derriere pour la renvoyer. Les Indiens jouoient de l'or, des tapis, des plumes, & fouvent même leur perfonne. Celui qui mettoit la pelotte dans un petit trou, remportoit d'ailleurs une victoire extraordinaire ; & pour prix de fon adreffe, un ancien ufage le rendoit maître des robes de tous les fpectateurs : mais celui qui ne l'y plaçoit que par hafard, devoit une offrande à l'idole du tripot (1).

Les jeux de feul intérêt excitent mieux les paffions ; ils agitent l'ame par l'efpérance & la crainte, & ils plaifent encore davantage. L'abus ne tarde pas à devenir extrême, & l'on effaye en vain de le réprimer par des lois. On défend aux Negres de Juida de jouer leurs femmes, leurs enfans, & leur propre perfonne ; mais ils ne s'embarraffent pas de la prohibition (2). Les conftitutions de Sicile & d'autres ordonnances déclarent infâmes & incapables de fervir de té-

(1) Herrera.
(2) Bofman.

D iij

moins, ou d'exercer aucun emploi, les joueurs
de profession & ceux qui donnent à jouer (1);
mais ces réglemens furent inutiles.

Musique.
Danse.

L'ame du Sauvage le plus actif est dans la tor-
peur & l'engourdissement, & il essaye de l'en tirer par la musique & la danse. L'homme recherche toutes les agitations violentes, & il a besoin
d'être remué fortement. Certains fanatiques de
l'ancienne Egypte se frottoient les yeux avec
une drogue pour avoir des visions & des exta-
ses, & les Scythes s'en procuroient jadis en se
balançant sur une planche suspendue, ou en tournant avec vîtesse vers le même côté : il subsiste
encore des traces remarquables de cet usage parmi les Turcs (2).

La danse & la musique des différens peuples
ne doivent pas nous arrêter. La flûte des insulaires d'Otahiti n'a que deux trous ; tandis qu'ils
soufflent dans l'un avec le nez, ils bouchent l'autre avec le pouce (3). La plupart des instrumens
de musique des Negres (4) ne sont pas moins

---

(1) *Constitutionum Sicularum*, Lib. 3.
(2) Recherches philos. sur les Egyptiens, t. 1.
(3) Voyage de Cook.
(4) L'abbé Prevôt, tome 3, donne la description de
quelques-uns de ces instrumens.

grossiers : cependant ils aiment si passionnément la danse, qu'en chaque canton, on célebre toutes les années des Folgars. Ils s'y rendent de toutes les parties du pays. Ils passent le jour entier & une partie de la nuit à sauter (1). Les habitans des villes & des villages se rassemblent le soir sur la place publique ; ils dansent & se réjouissent l'espace d'une heure avant de se coucher. Ils se parent de leurs habits les plus beaux ; & les femmes portent aux pieds des grelots, pour que la danse soit plus animée (2).

Les Hottentots s'accroupissent en rond : plusieurs couples se présentent pour danser ; mais on n'en laisse entrer que deux à la fois dans le cercle : la plupart de leurs pas sont des sauts accroupis à la maniere des coqs (3). Les Péruviens aiment beaucoup à remuer les bras & la tête. Les femmes laissent pendre leurs bras, ou elles les cachent sous un manteau ; de sorte qu'on ne voit que les inflexions du corps & l'agilité des pieds (4).

Enfin, jusqu'à ce que la danse fasse une partie

---

(1) Barbot.
(2) Voyages d'Artus, de Villault, &c.
(3) Kolben.
(4) Rel. d'Ulloa.

des beaux arts, elle n'offre que des fauts, des contorfions & des mouvemens puériles. Elle fe mêle quelquefois à la religion, & l'on ne s'avife que fort tard de la blâmer. Les peres du Concile de Trente donnerent un bal à Philippe II, roi d'Efpagne ; toutes les dames de la ville y furent invitées : le cardinal de Mantoue ouvrit le bal, & Philippe II & tous les peres du Concile y danferent (1).

Bientôt, pour amufer les peuples, des bardes & des guiriots ambulans, joignant la poëfie à la danfe & à la mufique, courent les hameaux & divertiffent les habitans. On en trouve chez les infulaires des environs d'Otahiti qui font à peine fortis de l'état de nature. Les rois & les feigneurs Negres ont toujours des guiriots. Jobfon remarque qu'ils en traînent plufieurs à leur fuite lorfqu'ils viennent vifiter les Anglois. Ces bardes jouent de quelque inftrument, & chantent l'ancienneté, la nobleffe, la valeur, les graces & les exploits de leurs maîtres. Ils font improvifateurs, & prêts à célébrer le premier qui veut les récompenfer. Les Negres, très fenfibles à ces éloges, les payent fort libéralement : il y en a qui fe dépouillent de leurs habits pour les don-

(1) Hift. du Concile de Trente du card. Pallavicini.

her à ces lâches flatteurs. Leur poëſie ne demande pas de grands efforts de génie ; ils répétent
cent fois : *Il eſt grand homme ; il eſt grand ſei-*
gneur ; il eſt généreux ; il eſt puiſſant ; il a donné
de l'eau-de-vie. Parmi différens couplets qu'un de
ces guiriots adreſſoit aux François, il leur dit
qu'*ils étoient les eſclaves de la tête du roi*, & ce
trait excita des applaudiſſemens infinis (1).

Leur vie ſervile & rampante les couvre de
déshonneur ; & nous dirons tout-à-l'heure combien on les mépriſe, malgré les careſſes qu'on
leur fait pour en être loués ; ils paſſent pour des
valets ; & les muſiciens en Pologne ſont mis encore au-deſſous des domeſtiques.

Les jeux dramatiques s'introduiſent peu-à-peu,
& on en trouve dans tous les pays. Ce goût ne
ſe rallentit plus & s'accroît ſans ceſſe. Les Athéniens, au tems de Démoſthène, firent une loi
pour punir de mort celui qui propoſoit de con-
vertir aux uſages de la guerre l'argent deſtiné
aux théâtres.

Les critiques déraiſonnerent enſuite & tom-

---

(1) Boſman & Barbot. On ſait quel rôle jouérent dans
la Grèce les anciens bardes, & parmi les rapſodes, il y
avoit des grands orateurs, de bons poëtes & d'excellens
muſiciens.

berent dans des contradictions : par exemple, tandis qu'on excommunie les comédiens en France & en quelques autres pays de l'Europe, la plupart des théâtres d'Italie portent le nom d'un faint. On trouve le théâtre de S. Charles à Naples, de S. Auguftin à Gênes, de S. Angelo à Venife, &c.

Ces hommes, qui fervoient aux plaifirs du public, tomberent dans l'avilifſement, & parce que leur métier a quelque chofe d'ignoble, on devint injufte à leur égard. Les Negres n'ofent pas montrer aux guiriots le mépris qu'ils ont pour eux ; mais ils placent leur cadavre dans des arbres creux ; ils ne méritent pas, dit-on, une autre fépulture : comme ils ont un commerce familier avec le diable, ils répandroient un charme fur les grains & les fruits, fi on les enterroit. On ne les jette pas même au milieu des flots, parce qu'on imagine qu'ils empoifonneroient la riviere & les poiſſons (1).

On met une bride de paille dans la bouche des comédiennes Japonoifes, quoiqu'elles ayent fervi de maîtreffes aux premiers feigneurs du Japon : après les avoir traînées ignominieufement au milieu des rues, on dépofe leurs cadavres fur

(1) Barbot & Voyages de Labat.

un fumier, & on les abandonne aux chiens & aux oiseaux de proie (1).

La politique, l'art de la guerre & la religion s'emparerent bientôt de la musique ; & en effet, c'est un moyen sûr d'inspirer à l'homme du courage & de l'émouvoir. Les joueurs d'instrumens eurent le premier rang dans la division du peuple que fit Numa, parce qu'ils accompagnoient les sacrificateurs (2).

On a peine à croire qu'elle étoit l'influence de la musique chez les Anciens. Clinias & Achille s'en servoient pour réprimer leur colere (3). Les accens de Tyrtée remplissoient les Spartiates d'une ardeur guerriere, & l'on peut voir dans M. de Montesquieu , comment un changement dans la musique, entraînoit un changement dans les états (4).

La musique éblouit alors les peuples & leur inspira une vénération qui a subsisté long-tems. Plusieurs nations n'avoient cependant pas les mêmes idées. Les Egyptiens la défendirent ;

(1) Voyage de Sarris.
(2) Ælien , l. 13 , ch. 23.
(3) Voyez aussi dans le Craftman, n. 29 , t. 1. l'explication de cette maxime ; on y examine l'influence de la musique sur les lois & les mœurs des peuples.
(4) Voyez l'Esprit des Lois.

elle leur parut inutile, & contraire aux mœurs,
parce qu'elle amollit l'ame (1); & la musique
& la danse passent pour indécentes chez les Arabes (2).

On ne suivra point les bisarreries qui s'introduisent dans les usages dont parle ce chapitre. Il
suffit d'en citer des exemples, sans les lier au corps
de cette histoire. Le maire & les échevins de
quelques villes de France, mettent une ou deux
douzaines de chats dans un panier, & les brûlent
dans le feu de joie la veille de la S. Jean (3).
La reine Marguerite de Valois, première femme
d'Henri IV, fit venir des Augustins Déchaussés,
qu'elle dota, à condition qu'ils chanteroient les
louanges de Dieu sur des airs particuliers, qui
seroient composés par son ordre. Ils s'obstinerent à
ne vouloir que psalmodier, & sur leur refus, on
les chassa (4).

Le goût des plaisirs bruyans s'éteint avec l'acti-
vité de l'ame, & on y substitue la mollesse dans
les grandes sociétés. Les Lydiens craignirent que
leur sommeil ne fût troublé; ils ordonnerent aux

_____

(1) Diod. de Sic. l. 1. sect. 2.
(2) Voyage de Niehbuhr.
(3) Essais hist. sur Paris, par M. de Saint-Foix.
(4) *Ibid.*

muficiens de chanter ou de jouer des inftrumens, depuis le lever jufqu'au coucher du foleil, & de s'enyvrer pendant la nuit (1). Les Sybarites eurent la précaution de chaffer de leur ville les forgerons & les autres ouvriers qui faifoient du bruit, & même les coqs (2). Xerxès ne rougit pas de promettre, par un édit public, une récompenfe confidérable à celui qui inventeroit un plaifir nouveau (3). Ariftodeme, tyran de Cumes, voulut énerver le courage des jeunes gens ; il leur commanda d'orner leurs cheveux de fleurs, de fe faire fuivre en allant au bain par des femmes qui portoient des parafols, des éventails & des parfums ; & cette éducation duroit jufqu'à l'âge de vingt ans (4).

Quelque fût le luxe des Anciens, il paroît que les Modernes ont fait fur eux bien des progrès, & cela devoit arriver. On peut voir dans Athénée quel étoit ce luxe qu'il reproche aux Perfes, aux Lydiens & aux autres peuples : l'ufage des gants en hyver lui paroît un grand trait de molleffe (5).

---

(1) Athénée, l. 12.
(2) *Ibid.*
(3) Cic. Tufcul. Val. Maxim. l. 9.
(4) Denys d'Halicarnaffe, l. 7.
(5) *Deipnos*, l. 12.

CHAPITRE VIII.

Voyages ; manieres de voyager.

L'HOMME ne tarda pas à fentir que les voyages font fatiguans , & il forma le deffein de dompter les animaux & de fe faire porter par eux. Les chevaux font prefque par-tout ceux dont on fe fert le plus dans les voyages ; mais un grand nombre de peuples en emploient beaucoup d'autres que nous dédaignons.

Dans les pays froids , il ne faut pas une grande force pour tirer des traîneaux fur la neige ; les Offiakes & les peuples du Nord fe fervent de rennes : d'autres fois ils attelent fix ou huit chiens (1), qui ne ceffent de hurler & d'aboyer jufqu'à ce qu'ils atteignent le premier relais, & on a peine à croire la vîteffe de leur marche. Si la traite eft plus longue qu'à l'ordinaire, ils fe couchent d'eux-mêmes & fe repofent un inftant. On leur donne du poiffon fec , & après ce léger rafraîchiffement, ils fe remettent en marche. Quatre de ces chiens , chargés de trois cents livres, font douze ou quinze lieues en un jour. Dans la partie feptentrionale de

_____

(1) Leur traîneau eft long de huit ou dix pieds , fur un pied de largeur.

la Sibérie, il y a des postes de chiens, & les relais y sont fixés de distance en distance, comme en Europe (1).

On s'en sert ailleurs pour avoir une voiture plus douce, & ne pas être exposé aux accidens que causent quelquefois des animaux fougueux. Les missionnaires Jésuites rencontrerent une femme Tartare qui revenoit de Pekin, & qui avoit cent chiens à ses traîneaux ; & on les assura qu'ils sont souvent cent lieues sans se reposer (2).

Les Tartares Taguris ne voyagent que sur des buffles (3), & le char du roi de Baly & des seigneurs de sa cour, est aussi traîné par des buffles (4).

Plusieurs Maures d'Afrique ne montent que des bœufs (5). Les Negres de San-Blaz qui ont le même usage, leur passent dans les narines un morceau de bois qui les rend dociles (6), & l'on parle ailleurs d'un roi d'Afrique qui montoit une vache.

_____

(1) Voyage de Muller.
(2) Lettres édifiantes.
(3) Voyage d'Isbrand Ides.
(4) Coll. de Bry, petits voyages, à la fin de la troisieme partie.
(5) Voyage de Brue.
(6) Prevôt, t. 1.

Moore vit, dans son voyage d'Afrique, un homme qui voyageoit sur une autruche.

Tous les peuples ne montent pas les chevaux de la même maniere. Ceux des Negres ne font pas ferrés (1). Les Indiens du Chili n'ont pour étrier qu'un petit morceau de bois creux, où ils mettent le gros doigt du pied (2). Les Negres de Benin les montent comme nos dames en Europe : ils laissent pendre les deux pieds du même côté (3). Les Japonois croisent les jambes sur deux paniers placés sur le dos du cheval : les vieillards ont en outre un dossier contre lequel ils s'appuient (4), & ils ont soin de monter à cheval à droite, parce que, dans une action si noble, il ne faut pas appuyer sur le pied gauche (5).

Enfin l'homme s'ennuya ; il vouloit voler avec rapidité sur les routes, & comme le pas naturel du cheval lui parut trop lent, il abrégea les jours de ses coursiers, en les contraignant à des marches forcées. On sait que les chevaux de poste ne vivent pas long-tems, & c'est une re-

---

(1) Prevôt, t. 3.
(2) Supplément au Voyage d'Anson.
(3) Gynæcius dans Prevôt, t. 4.
(4) Relat. de Charlevoix.
(5) Kæmpfer.

marque

marque qu'il ne faut pas négliger dans cette histoire.

La barbarie accusoit encore leur lenteur, &
on a cherché des manieres de voyager plus promtement : on dit que les Chinois ont des chariots
à voile qui font pouffés par le vent (1).

On perdit l'ufage des jambes par l'habitude
de fe laiffer trainer, & lorfque la diftance étoit
trop peu confidérable, ou que la nature des lieux
ne permettoit pas de fe fervir d'animaux, on fe
fit porter par des hommes, & cet ufage révoltant eft établi prefque par-tout.

On ne parlera pas de mille autres voitures
qu'inventerent la molleffe & la jaloufie. Les dames Chinoifes fortent dans des chaifes de bois
doré, bien fermées, & fufpendues, comme des
cages, par un anneau paffé dans un long bâton.
Ces chaifes font fi baffes, qu'on eft obligé d'y
refter affis les jambes croifées à la maniere des
Turcs (2).

Les ufages qu'établit la vanité font fans nombre. Les hommes & les femmes de diftinction
portoient autrefois en voyage un épervier fur le
poing (3).

(1) Coll. de Bry, premiere partie des petits voyages.
(2) Voyage de Gemelli Careri.
(3) Effais hift. fur Paris, par M. de Saint-Foix.

Bientôt on fit des lois fur la maniere de voyager, & on imagina toutes fortes de prohibitions
tyranniques. Le dey d'Alger & fes principaux
officiers jouiffent feuls du privilége d'aller à cheval : les autres Algériens ne peuvent monter que
des ânes, ou aller à pied (1). Philippe le Bel,
voulant réprimer le luxe, défendit de marcher
en voiture dans les rues de Paris.

Lorfque les hommes changent de place, leur
imagination s'échauffe aifément : on craint des
malheurs ; on redoute ces nouveaux cantons
qu'on ne connoît point, & les idées fuperftitieufes naiffent en foule. Les Negres de Loango
ne voyagent jamais fans porter un fac de reliques, qui pefent quelquefois dix ou douze livres.
Ils les traînent fouvent dans une marche de quarante ou cinquante milles. Ce poids, ajouté à
leur charge ordinaire, eft capable de les épuif-
fer ; mais ils difent que ce précieux fardeau ne
fatigue point, & fert à rendre l'autre beaucoup
plus léger (2).

Les Mouris des Indes Orientales font au
nombre de quatre cents mille, & partagés en
quatre tribus, occupées fans ceffe à tranfporter

---

(1) Grammaye, l. 7. ch. 10. Davity.
(2) Rel. d'Ogilby.

des denrées d'un pays à un autre. La premiere
ne se charge que du bled ; la seconde, du riz ;
la troisieme, des légumes, & la cinquieme, du
sel. Les Indiens de la premiere portent au milieu
du front une marque de gomme rouge de la
grandeur d'un écu, & le long du nez une raie
sur laquelle il y a des grains de bled en forme
de rose. Ceux de la seconde ont une marque de
gomme jaune, avec des grains de riz. Ceux de
la troisieme sont marqués avec de la gomme grise
& des grains de millet ; & ceux de la quatrieme
suspendent à leur col une masse de sel de huit à
dix livres (1).

Les Indiens qui vont en pélerinage au temple
de Jagrenat, font quelquefois plus de trois cents
lieues, en se prosternant continuellement par
terre sur la route. Ils se couchent de leur long,
les mains étendues au-delà de la tête, & se
relevant ensuite, ils se prosternent de nouveau,
en mettant les pieds où étoient leurs mains, &
ils achevent ainsi leur pélerinage, qui dure souvent plusieurs années. On en voit qui traînent de
pesantes & longues chaînes attachées à leur ceinture, & plusieurs enferment leurs têtes dans une
cage de fer.

(1) Prevôt, t. 11.

E ij

D'autres Indiens n'arrivent à la pagode du grand Lama, qu'après treize ou quatorze mois de marche, parmi des déferts remplis de bêtes féroces & de Tartares : les plus dévots viennent jufqu'en Sybérie vifiter des kutuktus ou évêques particuliers ; & il y en a qui apportent de l'eau & des provifions fur leur dos, depuis Calicut jufqu'à Selinginskoï, vers le cinquantieme degré de latitude-nord (1).

Nous ne parlerons pas des caravanes des Mufulmans.

––––––––––––––––––––

(1) Recherches philof. fur les Egyptiens , t. 2,

Fin du douzieme Livre.

LIVRE TREIZIEME.
LOIS PÉNALES.

CHAPITRE PREMIER.
Différentes espèces de châtimens.

Il n'y a point de lois pénales parmi les peuplades qui fortent à peine de l'état de nature (1). Personne ne s'intéreſſe alors aux outrages que reçoit un individu: ſi on le vole, ou ſi on l'attaque, il ſe défend ſeul, quand il a de la force, & il gémit & ſouffre, dès qu'il eſt foible. Voilà pourquoi la vengeance eſt la plus impérieuſe des paſſions parmi les Sauvages, & qu'elle

---

(1) Les Hurons n'en vouloient aucune, *parce que*, diſoient-ils, *l'homme eſt né libre, & l'on n'a jamais droit d'attenter à ſa liberté.*

dure très-long-tems chez tous les peuples barbares. Les amis d'un Groënlandois affaffiné diffi-
mulent leur colère jufqu'au premier moment favorable, & l'on en voit qui depuis trente ans
méditent le projet d'exterminer un meurtrier.
S'ils le rencontrent à propos, ils lui rappellent
fon crime : ils le lapident, ou ils le précipitent
dans la mer. Souvent après l'avoir mis en pieces, ils lui mangent le cœur & le foie, *pour ôter
à fes parens, difent-ils, le courage de venger fa
mort* (1).

Dès que les hommes forment des affociations nombreufes, il eft important de punir ceux
qui troublent le repos général, & par une convention tacite, ils établiffent des lois pénales,
qui ne font communément ni écrites ni promul-
guées, mais qui fe confervent par tradition. On
eft peu frappé à cette époque des grandes con-
fidérations de l'utilité publique, & l'efprit groffier des peuples ne regarde la Juftice que comme un moyen de réparer, en quelque maniere,
le tort qu'a fouffert un particulier. On donne
au fils d'un Sauvage affaffiné ou volé, la confolation de tourmenter le coupable. La fociété
eft un mot vague qu'on ne connoît point, &

_____

(1) Relat. de M. Crantz.

on ne la compte pour rien dans l'expiation des délits. Les lois pénales conservent ce caractère, jusqu'à ce que les nations soient plus policées.

Le Méxicain, qui se plaignoit d'un vol, étoit obligé d'en nommer l'auteur, & s'il prouvoit la vérité de l'accusation, on le chargeoit de l'office de bourreau (1).

Dans plusieurs pays de l'Afrique, on remet aux parens du mort le meurtrier qui n'est pas en état de payer l'amende fixée pour un homicide ; ils lui font souffrir mille tourmens (2), & à Fez, la Justice arrête ses poursuites, lorsque la partie est satisfaite.

En général, les châtimens que décernent les premieres lois sont séveres, parce que les hommes ne connoissent alors que des moyens violens, & qu'ils ignorent les adoucissemens & les palliatifs indiqués par la raison perfectionnée : mais ces peines sont plus ou moins dures, suivant le caractère du peuple & les circonstances où il se trouve. Des insulaires, par exemple, ont un moyen de se débarrasser de tous les cou-

---

(1) S'il manquoit de preuves, il étoit puni lui-même par le ministère de l'accusé, dit Herrera.

(2) Voyage d'Artus.

E iv

pables, fans les mutiler ou fans les faire mourir ;
ils les reléguent dans une autre ifle, ou ils les
expofent à la merci des élémens, & c'eft ce qu'on
voit aux ifles Palaos (1).

Une action indifférente dans une contrée eft
dangereufe dans une autre , & on la défend fous
peine de mort ; ce qui nous paroît ou bifarre ou
cruel, & ce qui n'eft fouvent qu'un effet de la
néceffité.

Puifque les lois font relatives à la pofition des
peuples, elles ne doivent pas être jugées fur un
principe général ; & cette vérité , méconnue des
efprits fyftématiques , eft très-bien fentie par les
barbares. Ceux qui inonderent l'Europe, nous en
donnent un exemple frappant. Le Bourguignon
étoit gouverné par la loi des Bourguignons, le
Romain par la loi Romaine ; & bien loin qu'on
fongeât à rendre uniformes les lois des peuples
conquérans , on ne penfa pas même à fe faire
légiflateur du peuple vaincu (2).

Les lois civiles & les lois criminelles s'accu-
mulent & fe compliquent à mefure que les richeffes d'un état augmentent ; & pour affurer la liberté, la vie, l'honneur & la propriété des ci-

_____

(1) Prévôt, t. 17.
(2) Efprit des Lois, l. 28. ch. 4.

toyens, les moyens simples, employés dans les premiers tems, ne suffisent pas. Le législateur doit être plus vigilant ; il doit, à chaque instant, punir & menacer ; &, à cet égard, il est plus févere, lorsque les sociétés sont plus policées. Voici à-peu-près la gradation qu'on remarque dans la dureté des peines. Celles qu'on décerne contre le vol & contre le meurtre sont presque toujours capitales chez les Sauvages les plus abrutis ; elles s'adoucissent ensuite chez les peuples barbares, & elles redeviennent ensuite capitales, lorsque la civilisation est très-avancée.

La plupart des naturels de l'Amérique assommoient les voleurs & les assassins à coups de massue. Sous le gouvernement des Goths, des Germains & des Gaulois, les peines qu'on leur imposoit n'étoient le plus souvent que pécuniaires, & depuis quelques siecles, on les punit de mort dans toute l'Europe.

Il paroît que les législateurs se trompent presque toujours en un point bien important ; ils semblent ignorer que c'est l'impunité des criminels, & non pas la modération des châtimens qui augmente la corruption de la nature humaine.

Le premier objet des lois est de maintenir la propriété par la force. On va examiner les peines que différens peuples établirent contre les voleurs : on verra quel étoit leur caractère ; & l'on peut même deviner par-là dans quelle position ils se trouvoient.

Lois péna-les sur la propriété, & contre le vol. Les Hurons reprennent au voleur ce qu'il a dérobé, & ils enlevent en outre tout ce qu'ils trouvent dans sa cabane : après l'avoir dépouillé lui-même, ils laissent absolument nuds sa femme & ses enfans (1). Les habitans de l'isle Espagnole punissoient le vol plus séverement que le meurtre & les autres délits (2). Le coupable étoit empalé, sans qu'il fût permis à personne d'intercéder pour lui (3). — Ces insulaires obéissoient à un Cacique : le chef d'une peuplade guerriere aime mieux avoir des sujets courageux, que des sujets pacifiques ; & comme l'habitude de verser le sang donne de la férocité & de l'audace, il est indulgent sur le meurtre : d'un autre côté, il est de son intérêt de les exciter au travail, & il ne faut pas souffrir que des hommes qui ont un penchant extrême à l'indolence & à la paresse enlevent impunément la propriété des autres.

---

(1) L'Escarbot. Champlain.

(2) Beaucoup d'autres peuplades étoient aussi plus indulgentes sur le meurtre que sur le vol.

(3) Hist. de S. Domingue.

Les portes, chez les Indiens de Cumana, ne
se fermoient qu'avec un fil de coton, & quiconque rompoit ce fil étoit puni de mort (1).

Les anciens Arabes étoient déja des brigands,
& pour réprimer le larcin, on coupoit *sur le champ*
la main droite à quiconque étoit surpris com-
mettant un vol.

Les légiflateurs du Malabar se conduisent sur
le même principe ; souvent on fait mourir un
homme pour avoir volé quelques grappes de rai-
sin (2). Dracon punissoit aussi de mort ceux qui
voloient des herbes & des fruits dans un jardin ;
& afin de se justifier, il disoit que les plus petites fautes lui paroissoient dignes de mort, & qu'il
ne pouvoit trouver d'autres punitions pour les
grandes (3).

Il y a des pays où l'on ne connoît que
les peines capitales, les mutilations & l'escla-
vage ; & où les amendes, la prison, la
bastonade, &c. ne peuvent pas devenir des châ-

---

(1) Herrera.

(2) Voyage de Dellon.

(3) A Quito, on ne traite point de voleur celui qui
dérobe des choses comestibles, ou des ustensiles de table :
on croit que, malgré le partage des biens, chaque individu a un droit inaliénable à sa subsistance & à tout ce
qui peut y avoir rapport.

timens : alors on mutile volontiers les coupables
qu'on ne fait point mourir ; & les peuples barbares trouvent beaucoup de plaifir à défigurer
ainfi des hommes. Dans l'iflé d'Amboine , on
coupe le nez & les oreilles aux voleurs, & on les
fait efclaves pour leur vie.

Actifanes , roi d'Ethiopie & conquérant de
l'Egypte, fit couper le nez à tous les voleurs : il
les envoya enfuite dans le fond du défert, &
leur bâtit une ville qui s'appella *Rhinocolure,*
mot qui exprime le châtiment qu'ils fouffrirent (1).

Le maraudage des foldats étoit le feul crime
puni de mort chez les Péruviens (2). Il eft aifé
de donner plufieurs motifs de cette loi. — Les
fociétés fe font formées pour défendre la foibleffe
contre la force. Un foldat qui abufe de fes armes
pour voler eft très - dangereux , & l'on ne peut
trop le punir. — Le foldat qui va marauder tuera
fans façon quiconque voudra lui réfifter ; il mérite donc un grand châtiment. — Le maraudeur
quitte fa troupe & enfreint la difcipline militaire. Plus un empire eft doux & modéré , plus
il eft expofé aux invafions des voifins , & par

---

(1) Diod. de Sic. liv. 1. fect. 2.
(2) *Sketches of the hiftory of man.*

conféquent plus il a befoin de foldats foumis. Or tel étoit l'empire des Incas.

Chez plufieurs Negres, il n'y a parmi les vols que ceux des beftiaux & des enfans qu'on puniffe de mort, *parce que , difent - ils , les animaux font des créatures muettes qui ne peuvent crier au fecours , & les enfans font incapables de fe défendre* (1). Le defpotifme de ces contrées qui porte un caractère particulier enfanta d'autres abus. Si un Iffinois fait un vol confidérable , & qu'il craigne d'être découvert, il donne au roi la moitié de fon butin, & le crime refte impuni (2).

Un voleur, au royaume de Benin , eft obligé de reftituer ce qu'il a pris & de payer une amende, & on ne punit corporellement que ceux qui n'ont pas affez de biens pour fatisfaire à la loi (3).

Les Tartares puniffent les petits larcins par des coups de bâton : le nombre de ces coups finit toujours par *fept ;* c'eft-à-dire, qu'il eft de fept , dix-fept, vingt-fept , &c. Mais le voleur d'un cheval eft coupé en deux, à moins qu'il ne ra-

---

(1) Rel. d'Artus.
(2) Voyage de Loyer.
(3) Rel. de Nyendal.

chete fa vie, en rendant neuf fois la valeur de ce qu'il a pris (1).

D'autres peuples ne conçoivent pas quelle proportion il y a entre de l'argent & des effets, ou la vie d'un homme, & ils ne puniffent point de mort les voleurs. Les Negres du royaume de Loango ont imaginé un expédient, qui pour eux vaut peut-être mieux que les peines capitales. Ils expofent les coupables à la rifée des paffans, en les attachant à un arbre, les mains liées derriere le dos (2).

Afin de prévenir toute efpèce d'invafion de la propriété, on obligea les peuples à la conferver avec foin. Lorfqu'un Banian a perdu quelque chofe, il eft condamné à porter la même valeur au grand-prêtre des Bramines, comme une amende qu'on impofe à fa négligence. Les anciens habitans d'Halifax devoient, fous peine de confifcation de leurs biens, pourfuivre le voleur, & l'amener au bailli, comme on le dira tout-à-l'heure ; & les Arabes Nabatéens impofoient une amende à celui dont les richeffes fe trouvoient diminuées (3).

(1) Voyage de Marco Polo.
(2) Battel. Dapper. La Croix. Ogilby.
(3) Herod. Strabon.

LES Egyptiens crurent qu'en dépit des lois, la cupidité ou le befoin produiroient toujours des vols, & pour engager les propriétaires à veiller fur leurs biens, ils établirent une loi finguliere. Un homme déclaroit à un magiſtrat qu'il étoit dans le deſſein de voler : un autre homme alloit dire de fon côté ce qu'on lui avoit pris ; on le lui rendoit bientôt, mais on en ôtoit la quatrieme partie qu'on donnoit au larron.

Les Siamois font encore plus féveres ; car toute poſſeſſion injuſte en matiere réelle, eſt regardée comme un vol. Celui qui eſt dépouillé par un procès d'un bien dont il jouiſſoit, paye en outre la valeur de ce bien, & la moitié de l'amende appartient à fon adverſaire & l'autre moitié au juge (1).

Les peuples indifciplinés & féroces, à qui les arts ne fourniſſent pas des moyens de fubſiſtance, font très-portés au vol, & l'on voit que la légiſlation des fiecles de barbarie cherche fur-tout à le réprimer. Les peines qu'elle inflige reſſemblent aux tems où on les établit : elles font groſſieres & atroces, & elles varient fuivant le caractère & les befoins particuliers de chaque peuplade. Autrefois en Angleterre, on coupoit un pouce,

(1) Relat. de la Loubere.

une oreille, un pied ou une main pour les plus petits vols (1). Les habitans d'Halifax, au comté d'York, tranchoient la tête à quiconque voloit des effets, ou de l'argent, de la valeur de treize *pences* & demi (2). On amenoit le coupable au bailli du lieu, qui étoit tout à la fois son juge & son bourreau. Ce bailli gardoit une hache qui servoit à l'exécution des criminels : il assembloit quelques jurés ; & pour épouvanter, par la promtitude du châtiment, il décapitoit sur le champ le voleur.

Les peines ont ailleurs un raffinement de dureté qui inspire de l'horreur, & l'on trouve, dans ces tems gothiques, une cruauté qui ne ressemble point à celle des nations policées. Sous Edouard I, voici comment on punissoit l'ouvrier qui voloit pour la troisieme fois dans les mines d'étain de Derby. On clouoit sa main droite à une table, & on plaçoit près de lui un couteau ; on le laissoit mourir de faim en cet état,

---

(1) Voyez les lois d'Angleterre dans l'Ouvrage intitulé *Principles of penal Law.*

(2) *History of the parish of Hallifax, by Watson.* Un homme qu'on voloit ne pouvoit pas dire, *j'abandonne au voleur ce qu'il m'a dérobé* ; s'il ne poursuivoit pas luimême le voleur, on confisquoit tous ses biens.

s'il

s'il n'avoit pas la force de se couper le poi-
gnet (1). — Le commerce de l'étain étoit alors
la principale richesse de l'Angleterre ; soit
qu'il s'administrât au nom du roi, ou au nom
de quelques fermiers , la cupidité est toujours
atroce , & il ne faut s'étonner de rien , puisque
le gouvernement Espagnol condamne aux galeres quiconque porte sur lui une prise de tabac
étranger. — C'étoient probablement des serfs qui
travailloient à ces mines. L'imagination des maîtres s'épuise à inventer des châtimens terribles pour les punir ; & nous dirons ailleurs que
les Anglois modernes font expirer les Negres des
colonies dans des tourmens bien plus affreux.

L'aversion pour le larcin a produit des lois fort
extraordinaires. Lorsque les Carinthiens *soupçon-
noient* quelqu'un de vol, on le pendoit d'abord ;
ensuite on jugeoit du soupçon ; si l'on prouvoit
l'innocence du mort, on l'enseveliffoit, & on lui
faisoit des funérailles aux dépens du public (2).

_____

(1) *Sketches of the history of man.*

(2) Boëmus , *Mores Gentium.* Si Boëmus n'annonçoit
pas ce fait d'une maniere aussi positive , on pourroit croire
que la loi des Carinthiens ressembloit aux arrêts de nos
Cours souveraines , qui condamnent souvent un homme à
être pendu, pour avoir volé telle chose, *ce dont il a été
véhémentement soupçonné.*

Tome III.   F

Tous les vols devroient être punis indistincte- ment & de la même maniere, sans acception de personnes. Mais les peuples ne tarderent pas à distinguer les vols faits à un homme riche & à un homme pauvre, à celui qui est distingué par son rang & à celui qui est dans le dernier état de la société ; & sur ce point, comme sur les autres, les lois sont toujours en faveur de la puissance & de la richesse. On trouva bientôt plusieurs délits dans quelques larcins, & l'on crut qu'il falloit les punir plus sévérement. Les vols faits dans les tem- ples passerent pour des sacriléges, & on les vengea d'une maniere particuliere. La loi des Frisiens ordonne qu'on conduise les *voleurs sur le bord de la mer, qu'on leur fende les oreilles, qu'on les châtre, & qu'ils soient immolés aux Dieux dont ils ont violé les temples.*

Le terrible droit de la propriété enfanta des lois dures contre les débiteurs ; car l'existen- ce des sociétés n'est fondée que sur cette ri- gueur ; mais on a mis de la bisarrerie dans cette sévérité. A Ceylan, on déshabille un débi- teur, & on lui donne des gardes. On lui met sur le dos une grosse pierre, dont on augmente le poids de jour en jour, jusqu'à ce qu'il paye son créancier ; d'autres fois on entrelace d'épines ses jambes nues : enfin, le créancier le menace sou-

vent de *s'empoifonner*, fi on ne le fatisfait pas, &
fi réellement il s'empoifonne, le débiteur eft mis
à mort.

A Achem, on lui attache les mains derriere le
dos, & on lui laiffe d'ailleurs fa liberté. Il faut
qu'il fe préfente chaque jour en cet état devant
le juge, & celui qui le délie eft puni de mort.
Le débiteur fatigué fe déclare infolvable, &
devient l'efclave du créancier.

En Ruffie, on donne tous les jours aux débiteurs des coups de bâton fur les os des jambes,
pendant un certain tems. Ce châtiment dure un
mois pour cent roubles.

Un Franc préfentoit à fon créancier des cifeaux
en fe coupant les cheveux, & il devenoit fon
ferf.

Un Rhodien devoit payer les dettes de fon
pere (1), lors même qu'il renonçoit à fa fucceffion,
& fa perfonne reftoit engagée (2).

Les peuples les plus policés n'ont pas ba-
lancé à mettre la liberté d'un homme à la merci

_____

(1) Sextus Empiricus hypoth. l. 1. ch. 14.

(2) Il faut citer ici la loi de Genêve, qui eft très-
modérée : elle exclut de la Magiftrature & du Grand-
Confeil les enfans de ceux qui font morts infolvables, à
moins qu'ils n'acquittent les dettes de leurs peres. On reviendra plus bas fur cette matiere.

d'un créancier ; car , chez les Athéniens, on vendoit les débiteurs (1).

Mutilations
ordonnées
par les lois.
Quand les nations examinerent comment elles
puniroient les coupables, les mutilations se pré-
senterent naturellement à l'esprit, & l'on espéra
que ces châtimens, toujours visibles, seroient
un frein capable d'arrêter le crime. La politique
eut soin de multiplier des objets d'horreur,
qu'elle s'efforce maintenant d'abolir. Si ces peines blessent aujourd'hui les yeux, si elles révoltent la sensibilité, c'est aux progrès des lumieres que nous devons cette révolution, & on
les inflige encore dans une contrée de l'Europe à demi-barbare ; car les Russes ont coupé
le nez à quelques-uns des complices de Pugat-
chew.

Les mutilations devinrent si communes, qu'au
huitieme siecle les abbés coupoient à leurs moines une oreille, un bras & une jambe ; ils leur
faisoient aussi quelquefois crever les yeux, au lieu
de leur imposer des peines canoniques ; & le
Concile de Francfort (2), auquel présidoit l'empereur Charlemagne, fut obligé de défendre ces
châtimens.

---

(1) Platon, *in vitâ Solonis.*
(2) Tenu en l'an 784.

Il y a cependant des nations ambulantes qui ne refpirent que la guerre, & qui n'aiment pas des hommes ainfi mutilés. Quoique la cruauté de leur caractère les porte d'ailleurs à infliger ces peines, ce penchant eft contrebalancé par un autre motif qui en diminue les effets. Les lois Saxones ne faifoient couper la main qu'aux facriléges (1). Les Vifigoths ôtoient les parties viriles aux pédéraftes, & c'eft la feule mutilation qu'ordonne leur code.

Les mutilations recommencerent fous le gouvernement féodal, & elles ont fubfifté très-longtems. Au quinzieme fiécle un délateur fut fouetté dans tous les carrefours de Paris ; on lui coupa une oreille, & on lui perça la langue d'un fer chaud : on le mena enfuite à Montferrand en Auvergne, lieu de fon origine ; il fut fouetté de nouveau ; on lui coupa l'autre oreille, & il fut banni du royaume (2).

Les Anglois en particulier conferverent fort tard ces ufages, & la plupart des peuples modernes ne les ont abolis que pour y fubftituer des marques fur le vifage, ou fur d'autres parties du corps.

(1) Encycl. art. Wantage.
(2) Hift. de France de l'abbé Garnier, t. 19.

On trouve même dans l'Antiquité un peuple
célebre qui mutiloit la plupart des criminels. Les
Egyptiens (1) coupoient la langue à ceux qui découvroient aux ennemis les secrets de l'état ; on
coupoit aussi les deux mains à ceux qui faisoient
de la fausse monnoie, qui se servoient de faux
poids ou de fausses mesures, ou qui contrefaisoient
le sceau du prince & des particuliers , &c. On
rendoit eunuque celui qui violoit une femme
libre : on coupoit le nez à la femme adultere,
&c. &c. (2)

En général, ces supplices dégoûtans se répandent avec une grande promtitude , & il y a des
pays remplis d'hommes estropiés par la main du
bourreau. Le bannissement & les mutilations sont
les seuls châtimens qu'inflige le roi d'Achem :
on coupe les pieds & les mains aux coupables,
& si cette opération ne les fait pas mourir, on
lie leurs bras à des béquilles ; on met leurs jambes dans des sabots, & on les renvoie ainsi pour
servir d'exemple (3). D'autres fois on coupe
les oreilles, la lévre supérieure & le nez. — Le

---

(1) Les lois de ce peuple sombre & mélancolique sont
souvent barbares, comme on le dira plus bas.

(2) Diod. de Sic. liv. 1. sect. 2.

(3) Coll. de Bry , huitieme partie des petits voyages.

fouverain n'a jamais occafion de revoir ces miférables ; & il ignore quel affreux fpectacle ils forment dans fon empire : cette maniere de punir convient au defpote & au defpotifme.

Les mutilations, ordonnées en certains cas, parurent fondées fur la juftice. Les premieres nations de l'Antiquité imaginerent la peine du talion pour la punition des crimes, & on l'obfervoit avec beaucoup de rigueur. Le coupable *rendoit œil pour œil, & dent pour dent*, comme le dit Moyfe.

On voit par-tout les légiflateurs embarraffés fur le choix des peines qu'ils décerneront contre les coupables : les uns adoptent l'efclavage ; les autres, les galeres & les travaux publics. Les boulangers de Lima font chargés de punir les efclaves : ils les font travailler nuit & jour. On les nourrit mal, & on leur laiffe peu de tems pour le fommeil. Enfin l'efclave le plus vigoureux eft affoibli dans quelques jours (1).

On imagina auffi des peines qui réuniffent tout à la fois l'infamie & la douleur. Les Chinois mettent au col d'un criminel des piéces de bois de quatre pieds en quarré & de cinq ou fix

_____

(1) Voyage d'Ulloa. Cet Auteur nous dit que le même ufage étoit établi chez les Grecs & chez les Romains.

F iv

pouces d'épaiſſeur , & qui peſent de cinquanté à deux cents livres. Avec ce fardeau , il ne peut ni voir à ſes pieds , ni porter la main à la bouche. Pluſieurs meurent ainſi de honte ou de douleur.

Lois pénales ſur le meurtre. On parlera des lois ſur le meurtre dans le chapitre prochain. Mais on a cru que les obſervations ſuivantes ont un rapport plus immédiat à la matiere que l'on traite ici.

Des peuples féroces & accoutumés à la guerre déteſtent peu le meurtre , & ce crime , le plus noir de tous , n'eſt pas celui qu'ils puniſſent le plus ſévérement. Un Franc avoit droit de vie & de mort ſur ſa femme : s'il la tuoit dans un emportement de colere , voici tout le châtiment qu'on lui infligeoit ; il étoit privé quelques mois de porter ſes armes , & pendant cette époque , il ne prenoit jamais le titre d'*homme de guerre* (1).

Dès qu'on penſa qu'un homme riche pouvoit expier ſes crimes avec de l'argent , il étoit ſimple d'en conclure qu'on pouvoit auſſi racheter ſa vie aux dépens d'un eſclave ; & l'on trouve , en effet , que les lois pénales de différens pays permettent aux coupables de livrer à l'exécuteur

(1) Mém. de l'Acad. des Inſcript. t. 2.

un efclave en leur place. Si un Negre de Benin tue fon ennemi d'un coup de poing, ou d'une maniere qui ne foit pas fanglante, il échappe au fupplice à deux conditions, s'il enterre le mort à fes dépens, & s'il fait exécuter un efclave à fa place (1).

Un Egyptien qui avoit tué fon enfant n'étoit pas condamné à mort. On le menoit fur une pla-ce publique, & on le forçoit à tenir embraffé le cadavre pendant trois jours & trois nuits (2). — Les peres avoient droit de vie & de mort fur leurs enfans, & l'on fubftitua cette peine à une peine capitale.

Pour infpirer plus d'horreur du meurtre, on fit des lois fingulieres ; celles de Moyfe per-mettoient au parent ou à l'héritier d'un homme tué par cas fortuit, de *venger fon fang,* c'eft-à-dire, dégorger le meurtrier involontaire, s'il le trouvoit hors des bornes de l'afyle, lors même que le malheureux homicide étoit déclaré inno-cent par le légiflateur (3).

Le prytanée , chez les Grecs , jugeoit & condamnoit des animaux , des ftatues & des

---

(1) Defcr. de la Guinée. Barbot. Bofman.
(2) Diod. de Sic.
(3) Nombre , ch. 26.

inſtrumens , lorſqu'ils concouroient à quelque meurtre (1).

Lois pénales dans les gouvernemens deſpotiques.

La ſévérité des lois pénales augmente à meſure que les peuples perdent leur liberté. D'un autre côté, on ne reſpecte pas les droits du Citoyen, lorſqu'on outrage ceux de la nature humaine, & l'hiſtoire nous montre aſſez ſouvent les nations aſſervies & opprimées à ces époques où les lois ſont cruelles. Les hommes ſe livrent naturellement à la cruauté, lorſqu'ils le peuvent impunément, & voilà pourquoi les peines ſont preſque toujours atroces dans les gouvernemens arbitraires. Comme tous les ſujets appartiennent au maître, quiconque trouble la ſociété générale, attaque ſa propriété ; le deſpote ſe venge autant qu'il eſt en ſon pouvoir, & dans ſa fureur, il extermineroit le genre humain. » Si les ſupplices des Orientaux , dit Monteſquieu (2), font horreur à l'humanité, c'eſt que le deſpote qui les ordonne ſe ſent au‑deſſus des lois. Il n'en eſt pas ainſi dans les républiques, les lois ſont toujours douces , parce que celui qui les établit s'y ſoumet. «

___

(1) Ælien. Coll. de Gron. t. 6. de Juriſdictione veterum græcorum.

(2) Voyez l'Eſprit des Lois.

Le roi d'Ava découvrit une petite émeute de quelques-uns de ſes ſujets qui refuſoient de payer le tribut ; on en ſaiſit quatre mille : il les fit conduire ſur *la même place publique*, & brûler tous à la fois dans *le même feu* (1).

Les ſujets d'un état deſpotique ne ſont que des eſclaves ; on ſe joue de leur vie : on ne peut les contenir que par la terreur, on invente des ſupplices qui révoltent la nature ; & comme il ne faut pas qu'ils oublient un inſtant leur ſervitude, on les conduit avec des bourreaux.

Le roi de Maroc vient de découvrir qu'un de ſes alcades étoit d'intelligence avec la garniſon de Melille. Après l'avoir attiré dans ſa cour, il l'a fait mourir à coups de bâton dans une audience publique.

Une petite faute eſt punie à la Chine de la baſtonnade, & les Chinois riches ou pauvres, nobles ou diſtingués, y ſont également ſoumis. Il n'y a pas long-tems que, pour le moindre délit, on écrivoit ſur les deux joues des coupables avec un fer chaud ce qu'ils avoient fait. Un mandarin repréſenta à l'empereur que cette punition étoit trop rigoureuſe & trop répandue dans une ville où réſidoit ſa majeſté. Depuis cette épo-

---

(4) Coll. de Bry, petits voyages, ſeptieme partie.

que, la marque des lettres ne s'applique plus que sur le bras gauche (1).

Les Orientaux ont exposé des femmes à des éléphans dressés pour un abominable genre de supplices, & l'histoire des persécutions qu'essuyerent, au commencement du dix-septieme siecle, les chrétiens du Japon, surpasse tout ce qu'on peut imaginer. » On fit mettre les jeunes femmes nues dans les places publiques, & on les contraignit à marcher à la maniere des bêtes. Une dame fort honnête fut exposée à être violée publiquement par son propre fils, âgé de dix-huit ans : une si grande horreur ayant fait frémir la mere & le fils ; on saifit la mere, on lui tint les bras & les mains, & on la présenta à un étalon.....Cette scene se passoit sous les yeux du fils (2). «

Parmi les lois particulieres au despotisme, il ne faut pas oublier celle qu'on trouve dans le code des Lombards. Elle punissoit de mort la *pensée*, comme si l'on pouvoit constater un pareil délit (3).

_____

(1) Rel. de Magalhaens.

(2) Recueil des Voyages qui ont servi à l'établissement de la Comp. Hollandoise, t. 5.

(3) *Si quis contra animam regis cogitaverit, aut con-filiatus fuerit, animæ suæ incurrat periculum.* Legis Longobardorum, tit. 10.

La race humaine èſt ſoumiſe à des carnages
épouvantables, & l'on ne retrouve pas la moindre trace de juſtice ou de commiſération dans
les lois de la guerre, ni dans celles d'un état
militaire. Eulin de Romans apprend que la ville
de Padoue s'eſt révoltée contre lui ; il charge
de fers onze mille Padouans qu'il avoit dans ſon
armée ; il les condamne à mourir au milieu des
ſupplices les plus atroces (1) ; & ſi l'on en croit
les hiſtoriens, Mithridate fit maſſacrer en un jour
quatre-vingt mille Romains.

L'empire de la ſuperſtition n'eſt pas moins
terrible, & les lois qu'elle fait ſont auſſi cruelles.
Autrefois on verſoit du plomb fondu dans la
bouche d'un Mahométan qui avoit bu du vin.
Les Algériens, qui abjuroient l'alcoran, étoient
précipités ſur des crocs de fer placés au bas des
murs de la ville ; ainſi ſuſpendus, ils vivoient
aſſez long-tems dans d'horribles ſouffrances (2).

On remarque même que la religion la plus
ſainte n'établit pas toujours les peines les plus
douces. Les prêtres obtinrent de l'aſcendant ſous
Charlemagne : les lois changent tout-à-coup, &
la plupart des peines, qui n'étoient que des amen-

---

(1) *Sabellicus Exemplar*. Lib. 8.
(2) Voyage de Shaw.

des, furent converties en peines de mort (1).
On voulut imiter celles de Moyse.

On ne dit pas que les principes établis ci-
deſſus ſoient applicables à tous les états deſpotiques. L'article des exceptions eſt toujours con-
ſidérable (2).

CHAPITRE II.

Tarif des mutilations & des meurtres.

E N examinant cette foule de lois abſurdes
qu'établirent des légiſlateurs ignorans ou cor-
rompus, le tarif des mutilations & des meurtres
paroît mériter un chapitre particulier. On éva-
lua les crimes en argent : on étoit lavé , ſi on
payoit le prix du tarif. Il n'y avoit que les pauvres qui fuſſent punis ; & l'Europe entiere n'a
pas ſuivi d'autres lois pendant pluſieurs ſiecles.

On y trouve des détails qui les rendent en-

(1) Voyez le ſixieme Livre des Capitulaires de Charlemagne.

(2) Les Indiens du Malabar n'empriſonnent point les
criminels, & on ſe contente de leur mettre les fers aux
pieds, juſqu'à la déciſion de leur procès , diſent des Voyageurs qui ſe ſont peut-être trompés.

core plus singulieres, & l'on peut en conclure que la barbarie des peuples ressembloit alors à la démence. Cette partie de l'histoire de l'homme est intéressante, & l'on a cru devoir tirer des anciens codes ce qu'on va lire. Mais on n'a pas le courage de rapporter toutes ces lois, & elles sont si extravagantes, qu'au premier coup-d'œil, on les prendra pour un badinage.

Si un homme libre frappe un autre homme libre à la tête, il donnera pour une tumeur 5 écus d'or.

Pour une déchirure de la peau, *pro cute ruptâ,* 10 écus d'or.

Pour une plaie jusqu'à l'os, 20 écus.

Pour un os brisé, 100 écus (1).

Si on prend quelqu'un aux cheveux avec une main, on payera 2 écus.

Si on le prend des deux mains, 4 écus (2).

Si on donne un coup à main fermée, 9 écus.

Si on blesse un homme à la tête, de maniere qu'il en sorte trois os, on payera 30 écus.

Si on voit paroître la cervelle, 45 écus.

Si on lui fait perdre un œil, 100 écus.

Si l'œil n'est pas entierement crevé, & qu'il voie encore un peu, une livre d'or.

_____

(1) *Codex legis Wisigothorum*, Lib. 6.

(2) Loi Salique, ch. 19.

Si on écrase le nez, 100 écus d'or.

Pour une main coupée ou écrasée, 100 écus.

Pour un pouce coupé ou écrasé, 50 écus.

Pour l'index, 40 écus.

Pour le doigt du milieu, 30 écus.

Pour le quatrieme doigt, 20 écus.

Pour le cinquieme, 10 écus.

Le même tarif s'applique aux doigts du pied.

Pour chaque dent brisée, 12 écus.

Si un homme coupe à un autre la ride supérieure du front, 2 écus (1).

S'il coupe la seconde, 4 écus.

S'il coupe la troisieme ride, qui est près des yeux, il payera 2 écus d'or.

S'il coupe le sourcil, 2 écus.

S'il coupe ou écrase la mâchoire, 6 écus.

S'il coupe ou écrase la membrane, à laquelle pendent le foie & la rate, 18 écus.

Si on fait sortir du corps les poumons, on payera 4 écus d'or, au-dessus du taux, pour la blessure en elle-même.

La loi Salique ordonnoit que si la blessure étoit faite entre les côtes & alloit jusqu'aux aînes, on payât 45 écus.

Si un homme fait une blessure à la paupiere

_____

(1) *Legis Frisionum*, tit. 22.

supérieure

fupérieure d'un autre, de maniere que celui-ci ne puiffe la fermer, il payera 6 écus d'or (1).

S'il bleffe la paupiere inférieure, de maniere que le bleffé ne puiffe plus retenir fes larmes, 12 écus.

S'il lui fait fortir un œil, 40 écus.

Si l'homme bleffé au nez ne peut plus contenir la morve, 12 écus.

Celui qui emportera la levre fupérieure, de maniere qu'on voie paroître les dents, 6 écus.

Celui qui bleffera cette levre, de façon qu'elle ne puiffe plus contenir la falive, 12 écus.

Si on a percé le bras au-deffus du coude, 6 écus.

Si on a percé le coude, 3 écus.

Si on a coupé l'extrémité du pouce, 6 écus.

Si on a coupé le pouce entier, 12 écus.

Si on a coupé la premiere jointure de l'index, 2 écus & demi.

On fupprime les trois quarts de ces détails.

Si quelqu'un prend un homme par les parties naturelles, il payera 4 écus.

S'il ampute en entier les parties de la géné-ration, 40 écus.

---

(1) *Lex Alamanorum*, ch. 65. Voyez auffi la loi des Ripuaires.

S'il ampute seulement les testicules sans enleæ ver la verge, 20 écus d'or.

Si quelqu'un en frappe un autre jusqu'à le rendre muet, 18 écus (1).

S'il le frappe jusqu'à le rendre sourd, il payera 300 écus.

S'il transperce la bourse des testicules & les hanches, 9 écus.

Si quelqu'un frappe ou blesse une *femme* ou une *fille qui fait ses nécessités ;* si une femme ou une fille se déshabille pour quelque besoin, & qu'on la frappe à l'endroit où on la voit nue, (*comme nous savons*, dit le législateur, *que cela est arrivé dernierement*,) il payera 80 écus (2).

Voici maintenant le tarif des injures & des outrages.

Si quelqu'un donne à un autre le nom de *cænitum*, il payera 15 écus d'or.

S'il l'appelle *concagatum*, 3 écus.

S'il l'appelle *vulpicula*, 3 écus.

S'il l'appelle *liévre*, 6 écus.

---

(1) *Lex Angliorum & Werinorum*, tit. 5.

(2) *Si quis ut modo factum esse cognoscimus, mulierem aut puellam sedentem ad necessitatem corporis, vel in alio loco, ubi ipsa fœmina pro sua necessitate, nuda esse videatur, pungere aut percutere præsumpserit, componat ad* 80 *solidos.* Legis Longobardorum, lib. 1, tit. 16.

Si on donne à une femme le nom de *putain*, on payera 45 écus d'or.

Si on dit qu'un homme est lâche & qu'il a fui dans un combat, 3 écus.

Si, sans prouver son assertion, on dit qu'il est délateur, 15 écus (1).

Si on l'appelle *Hereburgium* ou *Strioportium*, 62 écus.

Si un homme rencontre en son chemin une vierge libre, & que par force il lui découvre la tête, il payera 6 écus.

S'il releve ses vêtemens jusqu'aux genoux, 6 écus.

S'il la met nue, de maniere qu'on voie son *derriere*, ou ses parties naturelles, 12 écus (2).

Ces peines n'étoient pas encore assez absurdes en elles-mêmes ; on retrouve dans la maniere de les infliger une barbarie particuliere, dont il est difficile de se former une idée. Il y a des lois qui condamnent à autant de pieces de monnoie qu'il en faut pour couvrir les *fesses d'une femme*.

____

(1) *Lex Salica*, cap. 32.

(2) *Lex Alamanorum* , cap. 58. *Si ejus vestimenta levaverit, ut usque ad genua denudet, 6 solidos componat ; si eam denudaverit ut genitalia ejus appareant, vel posteriora.*

G ij

C'eſt l'amende qu'infligeoit Howel Dda, en cas de féduction (1). Le même légiſlateur ordonna qu'on payeroit 3 vaches pour un parjure, 12 pour l'enlevement d'une fille, & 18 pour celui d'une matrône.

On voit auſſi ce qu'il en coûtoit lorſqu'on avoit mutilé des animaux, & l'on eſt étonné tout à la fois du goût des peuples pour ces mutilations, & de la prévoyance des légiſlateurs.

Si quelqu'un creve l'œil du cheval, du bœuf, ou d'un autre quadrupede de ſon prochain, il payera la troiſieme partie de la valeur de cet animal.

S'il lui arrache la corne, il payera 2 ſaigas.

S'il lui coupe la queue, il payera 7 ſaigas (2), &c.

Enfin, l'homme a tant de goût pour les mutilations, qu'une loi des Viſigoths condamne celui qui coupe *par malice* les teſticules aux animaux de ſon voiſin, à payer deux fois la valeur de cet animal (3).

---

(1) *Vir ſi factum denegaverit, jurabit ſuper campanam ecclefiæ malleo deſtitutam, quod ſi faſſus fuerit, compenſabit denariis totidem, quot* nates fœminæ operientur. Leges Wallicæ. Ces lois furent faites en 914.

(2) *Legis Bawariorum,* tit. 13.

(3) *Codex legis Wiſigothorum,* lib. 8.

La vie des hommes fut mife à prix, & même Tarif des
ce prix paroît fi bas, que les riches tuoient à meurtres.
peu de frais ceux qui leur déplaifoient. Dans le
pays de Galles, le meurtrier d'un chancelier
payoit 189 vaches (1).

Ailleurs, celui qui fe fervoit de fléches empoifonnées, ou de poifon pour faire mourir un homme, payoit 12 écus d'or.

Les lois Saliques, Ripuaires, ou Bourgui-
gnones, n'impofoient qu'une amende de 400 écus
à l'affaffin d'un évêque; 200 à celui d'un prêtre.
Il en coûtoit beaucoup moins lorfqu'on n'affaf-
finoit qu'un laïque, & fur-tout fi c'étoit un homme du commun. On tuoit un laboureur ou un
berger pour 30 écus; un bijoutier pour 150;
un orfévre pour 100; un ferrurier pour 50, &
un charpentier pour 40 (2), &c.

Il y avoit différens prix pour les enfans tués
dans le ventre de leur mere, les enfans en bas
âge, les petites filles, les femmes enceintes, &c.
& même le titre 5 de la loi des Frifiens,
porte: *des hommes qu'on peut tuer fans compofi-
tion.*

On imagine aifément que ces lois font rem-

---

(1) *Leges Wallicæ.*
(2) *Lex Burgundiorum*, cap. 10.

G iij

plies d'ailleurs de bifarreries inexplicables. Ainfi celle des Vifigoths décerne une peine de 10 coups de fouet pour un foufflet ; de 20 , pour un coup de poing , ou un coup de pied ; & de 30 , pour un coup à la tête , qui n'a pas été fuivi d'effufion de fang (1) ; tandis que les mutilations & les meurtres n'étoient punis que par des amendes.

Celle des Lombards ordonnoit de payer environ 100 écus d'or pour un meurtre , & 20 ou 30 pour l'amputation d'un membre ; & elle condamnoit à 1400 écus celui qui paffoit devant une fille , ou une femme , qu'il rencontroit en chemin , ou celui qui lui faifoit quelque outrage (2). — Quoiqu'alors on refpectât beaucoup les femmes , il n'y avoit pas de proportion dans la punition de ces délits.

Conjectures fur l'origine de ces lois. On ne peut propofer que des conjectures fur l'origine de toutes ces lois , & jamais on ne leur trouvera un motif raifonnable.

Il eft probable qu'elles furent établies par des hommes puiffans , & qu'on ne fit aucune attention aux pauvres ; car on fait l'hiftoire de cet impertinent de Rome , qui donnoit des foufflets

---

(1) *Codex legis Wifigothorum* , lib. 6.
(2) *Legis Lengobardorum* , lib. 1. tit. 12.

à tous ceux qu'il rencontroit , & leur faifoit préfenter les 25 fols de la loi des douze Tables (1).

Cette partie de l'ancienne Jurifprudence n'eft pas affez connue pour qu'on puiffe approfondir l'origine ou l'atrocité de ces lois. Il faudroit favoir fi ces fommes du tarif étoient confidérables alors ; fi les hommes pauvres ou d'une fortune médiocre les acquittoient aifément ; fi les riches tomboient dans l'indigence après les avoir payées ; fi les peines afflictives auroient été plus dures que ces châtimens , & enfin fi ces amendes excluoient toute autre punition : ces peines avoient du moins cet avantage qu'elles ôtoient des jouiffances aux coupables.

Des peuples indulgens fur le meurtre font portés à évaluer en argent les autres délits. Dans ces tems de l'anarchie Gothique , on étoit bien embarraffé de châtier les criminels: il y avoit des inconvéniens à retenir les coupables en prifon ; on ne condamnoit ni aux galeres, ni aux travaux publics ; la baftonnade paffoit peut-être pour une correction paffagere qu'on oublioit bientôt , au-lieu que le befoin qu'entraînoit l'amende duroit plus long-tems.

_____

(1) Aulugelle , liv. 20. chap. 1.

G iv

Les coups de bâton étoient d'ailleurs le plus sanglant des outrages qu'on pût recevoir, & les législateurs ne vouloient pas blesser la fierté des sujets. On a déjà dit que ces peuples guerriers abhorroient les mutilations, & comme chacun étoit soldat, ils n'aimoient pas remplir leurs armées de sujets difformes.

Quoique la plupart de ces réglemens se trouvent dans les codes, ils ressemblent à des lois de police, qu'on porte ou qu'on abolit, suivant les circonstances. En effet, ces lois conviennent à des peuples ambulans qui passoient sans cesse d'un pays à un autre pour le dévaster.

Enfin, ces peines annoncent peut-être l'impuissance des législateurs. Des châtimens corporels auroient blessé ces brigands attroupés, & l'on n'osoit pas trop réprimer leur penchant pour le désordre. Chaque individu mettoit son honneur à se venger lui-même, & les administrateurs respectoient cette délicatesse. La politique le laissoit repousser les outrages qu'il recevoit ; & la partie publique ne poursuivoit pas le coupable, qui s'acquittoit envers elle en payant l'amende ; mais les criminels avoient toujours à redouter l'offensé, ou les parens du mort, & cette terreur étoit plus efficace que les supplices. — Un meurtrier craignoit à son tour d'être assassiné;

il n'y avoit plus pour lui ni tréve ni repos ; il falloit qu'il pérît, ou qu'il extirpât jusqu'au dernier vengeur de son premier crime. Le duel est une invention abominable, & ses effets sont plus abominables encore ; mais ce frein a poli les mœurs & arrêté l'insolence. Les vengeances particulieres produisoient, à cet égard, un meilleur effet, puisqu'on toléroit les plus lâches assassinats ; cette licence entretenoit le courage de la nation, qui n'étoit alors gouverné que par le point d'honneur.

Toutes ces lois, qui encourageoient la vengeance particuliere, l'ordonnerent bientôt : les fils d'un homme assassiné aimerent mieux vivre en paix, que de poursuivre les meurtriers de leur pere, on les condamna, dans une assemblée générale des Francs, à perdre tous leurs biens patrimoniaux, selon les lois Romaines qui les déclaroient déchus de l'héritage paternel (I).

Les chefs eux-mêmes étoient soumis à cet usage.

Philippe-Auguste fit cette Ordonnance : » Lorsqu'il se commettra quelque meurtre, ou quelque violence, l'offensé pourra surprendre de nuit les parens de l'offenseur, qui demeurans

(I) Aimoin, l, 4. chap. 28. Orig. & ant. de la France, t. 3.

loin de-là ne favent rien du méfait, & les occir ?
ceux qui feront abfens, auront feulement quarante jours de tréve , pour apprendre ce qui
advient en leur lignage , & fe pourvoir ou guer-
royer (1). « S. Louis & le roi Jean renouvelle-
rent dans la fuite la même Ordonnance.

Il y a des nations polies qui font aujourd'hui
très - indulgentes fur ces fortes de meurtres , &
qui ne les puniffent point.

CHAPITRE III.

Peines bifarres.

Tout ce qui fe paffe chez les peuples , dont
nous ne connoiffons ni les mœurs ni le caractère,
contrafte avec les coutumes & les préjugés reçus,
& doit paroître bifarre : c'eft l'effet que produi-
fent d'abord les rapprochemens dont cet Ouvrage eft rempli ; mais il n'y a point de bifarrerie
dans la nature, & l'on ne fe fert de cette expref-
fion que pour fe conformer à l'ufage.

Les légiflateurs cherchent des peines qui faf-
fent impreffion fur les peuples, & ils ne favent

---

(1) Beaumanoir , chap. 60. Ord. du Louvre, t. 1.

qu'inventer : ils adoptent tous les châtimens qui effrayent par leur fingularité ; ils raffinent les fupplices pour qu'ils foient plus terribles, & enfin comme les criminels eux-mêmes craignent le ridicule, on a voulu quelquefois l'introduire dans les lois pénales, & on les a fouvent rendues bifarres.

Il y en a qui bleffent tout à la fois la pudeur & l'honnêteté, & qui arment les élémens contre les coupables. Nos ancêtres condamnoient ceux que la pénitence publique dégradoit, à parcourir le *pays nuds*, & armés feulement d'une épée (1). Les Daces dépouilloient un parjure, & ils le forçoient à paffer le refte de fa vie comme les bêtes ; *puifqu'il a ceffé d'être homme,* difoient-ils, *il ne doit plus porter de vêtemens.* On voit au livre du mariage, que fouvent on mettoit nuds les adulteres.

D'autres peines font fi groffieres & fi bruta-les, qu'il faut les rapporter fans y joindre aucune réflexion. Les anciens Polonois condam-noient un calomniateur à fe mettre à quatre pattes, & à aboyer pendant un quart-d'heure, comme un chien.

_____

(1) *Cap. Aquis gran. ann.* 789. *cap.* 77. & les Origi-nes & les Antiquités de la France, &c. par M. le comte du Buat, t. 3.

Lorfque les épreuves étoient en ufage, on ordonnoit aux accufés de combattre contre des animaux. Sous le regne de Charles V, ou, fuivant quelques écrivains, fous celui de Philippe-Augufte, ou de Louis VIII, Aubry fut affaffiné : fon chien reconnut *Macaire* pour le meurtrier, & il le mordit en aboyant avec fureur. Le roi, frappé de plufieurs indices, jugea qu'il écheoit *gage de bataille*. Le champ-clos fut marqué dans l'ifle Notre-Dame. Macaire étoit armé d'un gros bâton ; le chien avoit un tonneau percé pour fa retraite & fes relancemens. Après un combat opiniâtre, il faifit Macaire à la gorge, le renverfa par terre, & l'obligea de faire l'aveu de fon crime, en préfence du peuple & de toute la cour (I).

En quelques pays de l'Inde, un criminel condamné à mort, obtient fa grace, s'il combat contre un lion, fans en être dévoré. — Les hommes ont toujours refpecté le courage & la bravoure, & l'on croit, qu'avec ces deux qualités, on eft digne de pardon.

(I) Effais hiftoriques fur Paris, par M. de Saint-Foix, t. I. Ce combat eft attefté par un monument. Il eft peint fur une des cheminées de la grande falle du château de Montargis. Voyez Jules Scaliger & le P. de Montfaucon.

Les Francs condamnoient le voleur d'un chien de chasse à faire trois tours sur la place publique, en lui *baisant le derriere ;* & le voleur d'un épervier, à une amende de huit écus d'or, ou à se laisser manger par cet oiseau cinq onces de chair sur les fesses (1).

Un Algérien, qu'on surprend à voler, perd sur le champ la main droite, & on le promene sur un âne, le visage tourné vers la queue, avec sa main pendue au col (2).

On a voulu que tout ce qui entouroit le coupable, portât des marques de son délit, & qu'ainsi sa honte fût plus durable & plus manifeste. Les anciennes lois d'Angleterre imposoient une peine afflictive au ravisseur d'une femme, & ce châtiment s'étendoit jusques sur son chien, son cheval & son faucon (3).

Un roi de l'Orient fit mourir un juge prévaricateur. On remplit de crin la peau de ce juge ; on en fit un coussin, & son fils, qui lui succéda,

---

(1) Loi Gombette.

(2) Voyage de Shaw.

(3) *Equus ejus ad dedecus suum dedecorabitur , caudâ quam propius natibus possit , abscissâ ; eodem modo canis leporarius dedecorabitur , & accipiter ejus perdet beccum , ungues & caudam.* Staunford , 22. B. & l'Ouvrage intitulé *Principles of penal Law.*

fut obligé de s'affeoir deffus, lorfqu'il donnoit fes audiences.

Comme les Romains recherchoient les peines qui affectoient le plus les coupables ; ils faifoient faigner les foldats qui avoient commis quelque faute. Aulugelle (1) donne de mauvaifes raifons de cette coutume : celle de M. de Montefquieu paroît affez vrai-femblable ; la force étant la principale qualité du foldat, c'étoit le dégrader que l'affoiblir.

Quand les jeunes Méxicains commettoient des fautes, on injectoit de la fumée d'anis fec dans leurs narines, & fi ce châtiment ne les corrigeoit pas, on les expofoit nuds aux injures de l'air, ou à la chaleur du foleil.

On remarque que les légiflateurs prétendent fouvent punir un délit d'une maniere qui ait quelque rapport avec la faute, & l'on a établi pour cela des peines fingulieres. Lorfque, par négligence, le feu prend au Tonquin, le maître de la maifon eft affis fur une chaife haute de douze ou quatorze pieds, & on l'expofe ainfi pendant trois jours à la plus cuifante ardeur du foleil (2).

_____

(1) Liv. 10. chap. 8.
(2) Voyage de Dampierre.

D'autres fois on emploie des châtimens qui ne font qu'exciter la rifée du public. Si on obferve avec négligence les ufages & les cérémonies prefcrites par l'alcoran, on attache au col des coupables une planche garnie de plufieurs queues de renard, & après les avoir ainfi traîné par toute la ville, on les condamne à une amende (1).

On accompagna les châtimens d'un appareil déshonorant & lugubre. En 1523, on dégrada de noblefle le gouverneur de Fontarabie qui avoit rendu honteufement cette place aux Efpagnols ; » on l'arma de pied en cap ; on le fit monter fur un échaffaud, où douze prêtres affis & en furplis commencerent à chanter les Vigiles des Morts, après qu'on lui eût lu la Sentence qui le déclare traître, déloyal, vilain, & foi menti. « — » A la fin de chaque pfeaume, ils faifoient une paufe, pendant laquelle un héraut d'armes le dépouilloit de quelque piece de fon armure, en criant à haute voix : *Ceci eft le cafque du lâche ; ceci fon corfelet ; ceci fon bouclier,* &c. Après d'autres cérémonies, on le couvrit d'un drap mortuaire, & on le porta à l'églife où les douze prêtres l'environnerent, & lui chanterent fur la tête

----

(1) Boëmus, *Mores Gentium.*

le pfeaume *Deus, laudem meam ne tacueris*, qui renferme plufieurs imprécations contre les traîtres (1). «

Il fut difficile de contenir cette multitude indifciplinée qui s'enrôloit pour les croifades, & le vol en particulier étoit dangereux pendant ces expéditions. Voici un des réglemens que firent les rois de France & d'Angleterre en 1189, avant de s'embarquer pour la Paleftine : » Si quelqu'un eft convaincu de vol, on lui coupera les cheveux ; on verfera fur fa tête de la poix bouillante ; on la couvrira enfuite de plumes, & on l'expofera dans cet état fur le premier rivage. «

Les tems Gothiques nous offrent un grand nombre de lois, qui ont un caractère particulier de bifarrerie. Par une ancienne ordonnance d'Angleterre, fi quelqu'un fouilloit le lit du prince, il payoit *une verge d'or pur, de l'épaiffeur du doigt d'un laboureur qui avoit labouré neuf ans, & affez longue pour, que de terre, elle touchât à la bouche du prince, quand il étoit affis* (2).

D'autres lois font ridicules par les prétentions de celui qui les porte. Philippe-Augufte ayant voulu répudier fa femme, le pape mit fon royau-

---

(1) Effais hift. fur Paris, & le vrai Théâtre d'honneur.
(2) *Sketches of the hiftory of man.*

me

me en interdit : *les œuvres du mariage étoient illicites*, & l'on excommunia les maris & les femmes qui habitoient ensemble.

Les peuples d'Asie mettent aussi de la bisarrerie dans l'exécution des lois pénales. La bastonnade est un châtiment ordinaire chez les Tartares, & si la Sentence porte cent coups, on se sert pour cela d'autant de bâtons différens (1).

La superstition consacra ces bisarreries, & elle en inventa beaucoup d'autres : on n'en citera qu'un exemple. Les anciens Gaulois célébroient leurs mystères dans des bois : ils n'y entroient que liés ; & s'ils tomboient, il ne leur étoit pas permis de se relever ; ils devoient marcher à genoux ou se rouler, jusqu'à ce qu'ils fussent sortis de cette enceinte.

Il paroît que l'usage de soumettre les animaux à des supplices, étoit connue de l'antiquité. L'aréopage & le sénat des Juifs, qui vouloient inspirer de l'horreur du meurtre, faisoient le procès aux animaux meurtriers. Plusieurs Voyageurs rapportent que sur le haut des montagnes d'Afrique, on attache des lions en croix pour servir d'exemple aux autres ; & les juges du comté de Valois condamnerent à être pendu un

---

(1) Voyage de Rubruquis,

Tome III. H

taureau qui avoit tué un homme d'un coup de corne. Le Parlement confirma cet arrêt en 1314, & l'animal fut exécuté.

CHAPITRE IV.

Lois pénales contre des actions indifférentes ou bonnes en elles-mêmes, ou contre des chimères.

LEs tyrans défendent les actions les plus indifférentes en elles-mêmes ; & comme tout dépend de leurs caprices, & qu'il est de la nature de l'homme de les satisfaire, ils recourent aux peines de mort. La condamnation se porte quelquefois sur le champ & sans forme de procès, & d'autres fois il y a des lois permanentes qui décernent ces châtimens. Un individu, qui est le maître d'établir des lois, les fera conformément à ses passions & à ses erreurs ; car il n'est pas question de bien public, ou d'amour de la justice. N'est-ce pas ainsi que la moitié de la terre fut gouvernée dans tous les tems ? & qui pourroit dire avec quelle frenésie les lois se sont jouées de la vie des innocens ?

Mon but n'est pas de m'étendre sur cet arti-

cle ; les despotes veulent regner par la terreur,
tout leur paroît crime de lèse-majesté, & ils ont
des caprices sanguinaires. Voici des peines relatives à ces trois cas. Au Japon, deux demoiselles
furent enfermées jusqu'à la mort dans un coffre
hérissé de pointes de fer ; l'une, pour avoir eu
quelque intrigue de galanterie ; l'autre, pour ne
l'avoir pas révélé (1).

Henri VIII ordonna, par une loi, que tout
homme instruit d'une galanterie de la reine, ou
de la femme que veut épouser le roi, iroit l'ac-
cuser, sous peine de haute trahison.

Une autre loi, passée sous le même regne,
déclaroit coupable de ce crime quiconque prédit la mort du roi. Ce prince tomba malade ; les
médecins n'oserent jamais dire, qu'il fût en danger (2).

Suivant les anciennes lois, c'étoit un crime de
haute trahison de *connoître* les femmes qui servent les enfans du prince.

Une des femmes du roi d'Achem poussa, en
rêvant, un cri qui éveilla toutes les autres, le
prince demanda la cause de ce tumulte, on ne

---

(1) Recueil des Voyages qui ont servi à l'établissement
de la Comp. Hollandoise, l. 5. part. 2.

(2) Hist. de la réformation de Burnet.

H ij

lui fit pas de réponse satisfaisante. Il les appliqua pendant trois ou quatre heures à des tortures effroyables ; enfin, on leur coupa les pieds & les mains, & on les jeta dans la riviere. Beaulieu fut témoin de l'exécution.

Un des coqs de ce roi ayant été vaincu dans un combat par un autre coq de moindre grandeur, il voulut savoir pourquoi le petit avoit plus de force que le grand. Le seigneur, chargé de nourrir cet animal, répondit avec beaucoup de respect à sa majesté, qu'il n'en comprenoit pas la raison : *& moi, je la comprends bien*, reprit le monarque ; *c'est que vous avez mal nourri mon coq* ; & à l'instant il lui fait couper les mains sous ses yeux (1).

Par une fatalité déplorable, on est en droit d'adresser les mêmes reproches à la plupart des états. Rome étoit inondée de sang, quand Lépidus triompha de l'Espagne, & il ordonna de se réjouir sous peine d'être proscrit (2). Appien a conservé la formule des proscriptions (3) : il faut voir, dit M. de Montesquieu, avec quelle

---

(1) Rel. de Beaulieu.

(2) *Festis & epulis dent Romani, hunc diem, qui secus faxit inter proscriptos esto.*

(3) Des guerres civiles, l. 4.

adreffe on en préfente les avantages, de maniere à faire croire aux lecteurs que véritablement elles étoient néceffaires. » Il femble qu'on n'y a d'autre objet que le bien de la république, tant on y parle de fang froid, tant on y montre d'avantages, tant les moyens que l'on prend font préférables à d'autres, tans les riches font en sûreté, tant le bas peuple fera tranquille, tant on craint de mettre en danger la vie des citoyens, tant on veut appaifer les foldats, tant enfin on fera heureux. «

Lorfqu'il ne coûte rien d'établir des lois, on en fait fans raifon & fur toutes les matieres, & l'on décerne fouvent une peine capitale, ou une peine grave, contre les prévaricateurs. N'y a-t-il pas un pape qui excommunie par une bulle ceux qui s'aviferont de copier ou de répandre le *Miferere*, qu'on chante le jeudi faint dans la chapelle Sixtine ?

Les lois pénales de la fuperftition défendent prefque toujours des actions indifférentes en elles-mêmes. Dès qu'on adore une paille, une pierre & un chat, on extermine le malheureux qui profane la paille, la pierre ou le chat. L'homme ne tarde pas à s'établir le vengeur de la divinité ; & cette idée naît dans la tête des fauvages. Si l'on décompofe le fanatifme, on remarquera que c'eft

H iij

l'orgueil qui défend par le fer & par le feu le
fentiment qu'il adopte.

On peut voir dans le livre intitulé *Culte des*
Dieux fétiches, quels malheurs font arrivés aux
Anglois & aux Portugais pour avoir touché ou
emporté par mégarde les *fétiches* des Negres. Un
cochon hollandois mangea un de ces dieux,
& on tua bientôt prefque tous les porcs du
pays.

C'eft un crime capital chez les Tartares de
mettre un couteau dans le feu, de fendre du bois
près du foyer, de s'appuyer contre un fouet, de
battre un cheval avec fa bride ou de rompre un
os avec un autre; de répandre à terre quelque
liqueur, d'uriner dans fa maifon; de jetter hors
de fa bouche un morceau de viande qu'on ne
peut avaler, ou de marcher fur le feuil de la maifon des princes (1).

Le *droit du zèle* permettoit à tous les Juifs
de tuer fur le champ celui qu'on furprenoit blaf-
phémant, ou facrifiant à Moloch; & les lévites
paſſerent au fil de l'épée environ trois mille ado-

---

(1) Voyez la Rel. du Frere Jean Duplan-Carpin , & la
Coll. d'Hakluyts. Il faut remarquer cependant que toutes
ces peines ne dérivent pas immédiatement de la fuperftition.

rateurs du veau d'or, & Phinées tua Zimri & Cofby (1).

L'Indien du Malabar qui répand, par mégarde ou à deffein, du fang fur les terres facrées, ne peut éviter la mort : la févérité va fi loin que s'il prend la fuite, on exécute à fa place fon plus proche parent (2).

Les peuples éclairés d'ailleurs ne font pas les moins féveres, & l'on remarque que leurs lois pénales font très-abfurdes & qu'ils fufcitent les perfécutions les plus atroces. Les Athéniens dévouoient à la mort quiconque faifoit tomber un gland de la forêt des héros (3), & l'aréopage condamna Stilpon à l'exil pour avoir dit que la Minerve de la citadelle n'étoit pas réellement une déeffe, mais une fculpture de Phidias.

Le peuple d'Egypte fe jettoit fur celui qui tuoit par mégarde un chat ou un ichneumon : après l'avoir bien tourmenté, il le maffacroit fans aucune forme de procès. Diodore cite plufieurs de ces faits, & un entr'autres dont il fut témoin pendant fon féjour en Egypte.

---

(1) Voyez le Pentateuque.

(2) Le Voyageur Dellon en cite un exemple, dont il a été témoin.

(3) Ælien, liv. 5. ch. 17.

H iv

Les lois des nations modernes font auffi rigou-
reufes ; mais depuis cent ans, on ne les obferve
plus dans toute leur rigueur. Il n'y a pas long-
tems qu'on arrachoit les dents, ou qu'on pendoit
pour avoir mangé de la viande en Carême ; on
dit même qu'en 1629, on fit mourir un gentilhomme, qui étant preffé par la faim, fe nourrit, un jour de jeûne, de la cuiffe d'un cheval.

Le zèle eft impitoyable & les légiflateurs pacifiques oublient leur caractère. Les établiffemens
de S. Louis décernent des peines cruelles contre
les hérétiques ; & ce monarque, fi refpectable
d'ailleurs, difoit à fon ami Joinville, *quand*
un laïc entend médire de la religion chrétienne, il
doit la défendre, non-feulement de paroles, mais à
bonne épée tranchante, & en frapper les médifans &
les mécréans à travers le corps, tant qu'elle pourra
entrer (1).

Un Concile tenu en 1096 exclut de la communion des fideles, ceux qui portent de longs
cheveux, & il ordonne qu'on ne prie point pour
eux après leur mort (2).

Une ancienne loi d'Angleterre condamnoit à

---

(1) Voyez le Joinville, publié par Ducange.
(2) Pommeraye, hift. des archev. de Rouen.

mort celui qui contractoit un mariage avec un Juif ou avec une Juive (1).

On imagina que l'Être suprême ne veut pas qu'une veuve se remarie, & on brûloit l'homme qui connoissoit une veuve (2).

Les Péruviens adoroient le Soleil, & ils attachoient la plus grande importance à la garde du feu sacré. On chargeoit des vierges de ce soin, & si l'une d'elles manquoit à son vœu de chasteté, on l'enterroit vive, & on pendoit son amant : on punissoit d'un crime si énorme la femme du coupable, ses enfans, ses serviteurs, ses parens, tous les habitans de la ville où il demeuroit, jusqu'aux enfans à la mammelle, & on rasoit la ville de fond en comble (3).

Ce seroit une terrible association que celle de l'homme avec le diable ; & dès qu'on la croit possible, on conçoit très-bien comment on la punit par des supplices affreux. Les Indiens de l'Amérique septentrionale poursuivoient, sur le

Lois pénales relatives à la magie & à la sorcellerie.

_____

(1) On a dit dans le livre de la distinction des rangs & de la noblesse, comment on a traité d'ailleurs les Juifs.

(2) Cap. 61, *Edicti Theodorici in Codice legum antiquarum.*

(3) Hist. Générale des peuples du monde, t. 13. On n'ose pas croire que M. l'abbé Lambert ait inventé ce fait.

champ & fans relâche, tous ceux qu'on accufoit de maléfice, & ils les condamnoient au fupplice des prifonniers de guerre.

Les idées de magie & de forcellerie fermenterent en Europe, fous l'empire des barbares; cette folie devint une maladie épidémique, & eut des fuites défaftreufes. Les lois & les magiftrats voyoient par-tout des forciers, & l'on alluma des bûchers (1). Quoique l'homme foit fufceptible de toutes les illufions, il y a, fur cette matiere, des faits très - extraordinaires. Une foule de miférables avouent que véritablement ils ont fait un pacte avec le démon, qu'ils affiftent aux fabbats, &c. & ils racontoient beaucoup d'hiftoires de ces affemblées. Comme ils prenoient les rêves de leur imagination pour des réalités, ils

---

(1) Cette manie de brûler des forciers fe répandit furtout dans les colonies. Il femble que les Européens, tranfplantés en Amérique, foient devenus auffi infenfés que les fauvages Indiens, qui voyent continuellement des charmes & des démons, & qui leur infpirerent probablement ces folles idées. On eft étonné de la multitude innombrable de forciers qu'on fit brûler dans la nouvelle Angleterre, à la fin du dernier fiecle. On trouvera l'hiftoire de ces procédures & les dépofitions des accufés qui avouoient un pacte avec le diable, dans l'Ouvrage intitulé *Hiftory of the colony Maffachufet's bay by Hutchinfon.*

étoient convaincus de ce qu'ils diſoient. — Ces aveux fréquens perſuaderent encore mieux les dépoſitaires des lois, qui ne négligeoient rien pour extirper cette chimere. Pendant un long eſpace de tems ils appellent des bourreaux ; & en ouvrant les anciens ouvrages de Juriſprudence, on eſt étonné de la ſtupidité des magiſtrats : on ne citera que des exemples remarquables.

Le Parlement de Bordeaux fit dans un an brûler ſix cens ſorciers. En 1574, celui de Dôle condamna au feu, Gilles Garnier, pour avoir renoncé à Dieu, & s'être obligé à ne plus ſervir que le diable, qui le changea en loup-garou. L'Arrêt dit que, ſous la forme de loup-garou, il a ſaiſi & dévoré des petits garçons, & que le coupable avoua pluſieurs fois tous ces crimes (1).

Les premiers Imprimeurs Allemands, qui apporterent des livres à Paris, furent condamnés par le Parlement à être brûlés vifs comme ſorciers, & ils n'échapperent au ſupplice que par la fuite.

S. Agobard nous apprend qu'il eut beaucoup de peine à délivrer des étrangers que le peuple

---

(1) Voyez La Rocheflavin.

traînoit au supplice ; *parce qu'ils étoient tombés de nues dans l'intention d'enlever la récolte par le pouvoir du diable.*

Absurdité de l'ancienne Jurisprudence. Les lois de la plûpart des peuples renferment toutes sortes de défauts ; mais il paroît que celles des nations de l'Europe ont un caractère particulier de férocité. Il semble que c'est dans cette partie du monde qu'on a le plus multiplié les formes des procédures , & insensiblement l'on est arrivé à de grands excès. En Angleterre , en Allemagne , en Hollande , on imagina qu'un coupable , convaincu d'un crime , devoit lui-même confesser son délit (1) , & pour lui arracher cet aveu , on employa des tortures épouvantables. Si un Anglois s'opiniâtroit à le nier , on l'appliquoit de nouveau à la question , & enfin lorsque les juges étoient fatigués , ils disoient : » Qu'il soit mené en prison ; que là il soit dépouillé nud ; qu'on l'étende par terre tout de son long ; qu'on fasse sous sa tête un trou ; que sa tête soit mise dans ce trou ; que l'on jette sur toutes les parties de son corps autant & plus de fer & de pierres qu'il en pourra porter ; tant qu'il vivra , qu'on lui donne le plus mauvais

―――――――――――――――

(1) On oblige ainsi les prisonniers de l'Inquisition à dire eux-mêmes à leurs juges le sujet de leur détention.

pain & la plus mauvaise eau ; que le jour où il
mangera, on ne lui donne point à boire, & point
à manger le jour qu'il boira ; que ce régime soit
observé jusqu'à sa mort. «

Les circonstances obligent souvent à établir
des lois pénales contre des actions indifférentes
en elles-mêmes ; & les législateurs seroient excusa-
bles, s'ils n'en portoient jamais que dans le cas
de nécessité. En citant des exemples, on ne veut
que prouver comment les hommes s'aveuglent ;
& dans quel besoin ils se trouvent.

Nécessité
des circon-
stances.

Les Arabes Nabatéens défendirent, *sous peine
de mort*, de semer du bled, de planter des arbres
fruitiers, de boire du vin, ou de vivre sous des
toits ; parce que ceux qui contractent ces habitudes s'assujettissent bientôt à des maîtres pour
les conserver (1).

Après que les Carthaginois eurent conquis la
Sardaigne, ils détruisirent tout ce qui pouvoit
la rendre propre à nourrir des hommes, & comme ils vouloient qu'elle fût déserte, ils établirent
une peine de mort contre ceux qui cultiveroient
la terre (2).

Les sacrifices que fait la politique au salut

---

(1) Diod. de Sicile.
(2) Arist. *de Mirabilibus.*

public, font en très-grand nombre ; elle établit des peines capitales contre le maraudage à l'armée, les attroupemens en différentes occafions, les converfations fur certaine matiere, l'entrée d'un lieu défendu, &c. &c. &c.

En 1496, le Parlement de Paris défendit, *fous peine d'être pendus,* à tous ceux qui étoient atteints du mal d'Amérique, de fe montrer dans les rues, & aux étrangers infeétés, de refter plus de vingt-quatre heures dans la capitale (1).

Le roi d'Efpagne, pendant la guerre de 1740, contre les Anglois, punit de mort fes fujets qui introduifoient des marchandifes d'Angleterre, & il infligeoit la même peine à ceux qui portoient dans les états d'Angleterre des marchandifes d'Efpagne.

L'intérêt d'un pays eft fouvent lié à des actions indifférentes, & on les interdit par des lois prohibitives. Une loi d'Egypte prononçoit une peine de mort contre ceux qui tuoient un vautour. — On croit que cet oifeau détruit les infeétes & les reptiles, & l'on pourvoyoit à fa confervation. On a décerné la même peine dans les établiffemens françois d'Amérique, contre ceux qui tuent des vaches ; & en Angleterre,

_____

(1) Cet édit eft dans Fontanon.

c'eſt encore aujourd'hui un crime capital de couper un ceriſier dans un verger (1).

Une loi de Solon déclare infâmes ceux qui ne
prennent point parti dans une ſédition : il ne
vouloit pas qu'on fût inſenſible aux malheurs
publics , & qu'on mît ſa perſonne & ſes biens
en ſûreté, ſans s'embarraſſer de la patrie (2).
Les colonies d'Amérique ſemblent adopter le
même principe.

Il eſt défendu à Veniſe, ſous peine de mort,
de porter des armes à feu.

En pluſieurs états de l'Europe , on pend les
contrebandiers ou on les envoie aux galeres.

Un Athénien tua un moineau qui s'étoit réfu-
gié dans ſon ſein pour éviter un faucon ; on
le punit de mort , & l'aréopage condamna au
même ſupplice un enfant qui creva les yeux d'un
petit oiſeau (3). — On crut que le meurtrier de
cet animal avoit un caractère féroce & dangereux
dont il falloit délivrer la ſociété.

Les Anglois inſpirerent l'horreur du meurtre
d'une maniere plus frappante. Par un acte de la
cinquante-deuxieme année du regne d'Henri III,

(1) *Principles of penal Law.*
(2) Plutarque.
(3) Quintilien , Inſtit. liv. 5. ch. 9.

l'homicide commis par hafard, ou pour fe défendre foi-même, étoit puni de mort; & cette loi a été obfervé jufqu'en 1661.

César dit que les Gaulois tailloient en pieces ceux qui arrivoient les derniers aux affemblées. Si l'on prend ces expreffions à la lettre, ils mettoient quelqu'un à mort à chaque affemblée; mais il faut croire qu'ils ne puniffoient ainfi que ceux qui arrivoient après l'heure fixée.

Eufebe nous a confervé ce paffage de Bardefanes. Chez les Seres, la loi défend le meurtre, le libertinage, le larcin, & toute efpèce de *culte religieux.* — Quand on prouveroit que le légiflateur interdit feulement l'exercice des religions dangereufes, le réglement feroit encore abfurde.

Les Negres & les Negreffes du Pérou, ne peuvent avoir aucun commerce d'amour avec les Indiens & les Indiennes, fous peine, pour les hommes, d'être mutilés, & pour les femmes, d'être fuftigées vigoureufement (1).

» Quiconque aura coupé le poil de l'épaule droite de fon chien, dit Charlemagne, fera ajourné à notre cour (2). «

_____

(1) Rel. d'Ulloa.

(2) Troifieme Capitul. art. 15. ann. 803.

Enfin,

Enfin, les lois font tombées dans les mêmes défauts, lorfqu'elles prétendent régir ce qui eft du reffort des mœurs & de l'opinion.

Un Capitulaire de l'empereur Louis défend de fe recoucher après Matines (1). Un autre de Pepin le Bref commande de donner la baftonnade à tout eccléfiaftique, & à tout moine qui viendra à la cour porter des plaintes contre fon évêque, ou fon abbé (2).

Parmi les anciennes Ordonnances de police, on en trouve une qui établit une amende de cent livres, contre quiconque achetera une truite, une carpe, ou un barbot, au-deffous de fix pouces de long entre l'œil & la queue ; & une perche, au-deffous de cinq, &c. &c.

Les Thébains mettoient à l'amende les peintres & les fculpteurs qui travailloient mal (3).

Caligula fonde à Lyon une académie, & il impofe à ceux qui concouroient aux prix d'éloquence grecque & latine ces conditions : » Les vaincus fourniront à leurs dépens les prix aux vainqueurs ; ils effaceront en outre leurs ouvrages avec une éponge : on battra de verges, &

---

(1) *In add. Capitul. Caroli magni.*

(2) Le trentieme article d'un Capitulaire de 755.

(3) Ælien, lib. 4. cap. 4.

on précipitera dans le Rhône ceux qui s'y refu-
feront. "

Il ne faut pas oublier la loi du royaume de
Benin, qui condamne à mort tout Negre qui
outrage un Européen ; on abbat d'un coup de
hache la tête du coupable (1).

CHAPITRE V.

Lois pénales contre des innocens.

QUEL eft donc le défordre des fociétés , puifqu'on trouve par-tout des lois pénales contre les
innocens? Parmi les vices qui dégradent les codes
des différens peuples , celui-ci eft le plus monf-
trueux & le plus répandu. Les nations oublient les premieres maximes du bon fens & de
la raifon : parce que les hommes forment des
affociations particulieres, on a voulu qu'ils répon-
diffent mutuellement de leurs actions ; & comme
on ne peut adminiftrer les états fans faire de
grands facrifices, au lieu de reftreindre cette néceffité malheureufe , il femble qu'on ne cherche qu'à l'étendre le plus qu'il eft poffible. Le

---

(1) Rel. d'Artus.

législateur n'est pas toujours corrompu ; quelquefois il déplore son fort, & il a regret d'envelopper ainsi l'innocence dans la proscription des coupables ; mais il se laisse entraîner par le mouvement de la machine politique, & souvent il multiplie les maux avec de bonnes intentions.

On va réduire, sous différens chefs, les lois contre les innocens, & rechercher comme on est parvenu à les établir.

On a dit dans le livre de la distinction des rangs & de la noblesse, combien il y a sur la terre de races aviles & proscrites dont les enfans sont condamnés, avant de naître, à l'infamie & au malheur. On peut se rappeller le sort des Pouliats.

Comme la propriété n'est originairement fondée que sur l'usurpation, le riche redoute les hommes qui n'en ont point : il a recours à des précautions tyranniques, & parce que la tranquillité est essentielle à l'ordre des gouvernemens, on favorise les vues des propriétaires, & l'on n'a pas cru pouvoir aller trop avant. Ainsi l'on connoît une foule de pays où le créancier saisit la femme & les enfans du débiteur (1).

Au Pégu, il les attache à sa porte ; il les y

_____

(1) C'est ce qui s'observe à Bantam. Prevôt, t. 1.

expofe aux ardeurs brûlantes du foleil, jufqu'à ce qu'il foit payé. Il a même le droit de coucher avec la femme de fon débiteur, mais alors la dette eft acquittée (1).

A Loango, on fe faifit de la perfonne d'un des parens du banqueroutier, & on le tient en prifon (2).

Le Coréen, qui n'acquitte pas fes dettes, reçoit deux ou trois fois par mois des coups fur les os des jambes : s'il meurt durant cet intervalle, fes plus proches parens font obligés de payer pour lui, ou de fubir le même châtiment (3).

Si les créanciers demandent trois fois devant des témoins ce qui leur eft dû par un Negre, que fa puiffance & fa fortune ne leur permettent pas d'arrêter, ils ont droit de faifir le premier efclave qu'ils trouvent, en difant : *Je t'arrête pour telle fomme qui m'eft dûe par un tel*. Le maître de cet efclave eft obligé de payer la fomme en vingt-quatre heures, finon le créancier peut le vendre : fi un feul efclave ne fuffit pas, ils en arrêtent plufieurs (4).

---

(1) Rel. de Balby.

(2) Ogilby & Dapper.

(3) Rel. d'Hamel.

(4) Defcript. de la Guinée, Barbot.

D'autres Negres imaginerent de rendre le public responsable des engagemens d'un débiteur, afin que les sollicitations, le mépris & les outrages, engagent celui-ci à payer ce qu'il doit. Les créanciers enlevent le bien de ses voisins. Ils menacent un pere de famille de tuer quelqu'un qu'ils nomment, s'il n'acquitte pas sur le champ une somme prêtée à son fils ou à son neveu : le malheureux pere de famille est responsable du crime.

Les hommes, entourés de furieux égarés par leurs passions ont souvent à craindre pour leur vie, & le meurtre est si épouvantable que les lois prennent des précautions extrêmes, afin de prévenir les assassinats. Elles poursuivent, ou du moins elles encouragent à poursuivre les parens du coupable, comme on l'a vu plus haut. Les Arabes ne punissent pas l'homicide ; on laisse à la famille du mort le soin de le venger. Elle a droit de tuer tous ceux que les liens du sang unissent au meurtrier. Il faut que l'un d'eux périsse par le fer ou par le poison ; mais si un parent du défunt meure dans ce combat, il n'y a plus de paix à espérer, avant que deux hommes de l'autre parti subissent le même sort (1).

_____

(1) Voyage de Niehbuhr.

Qui le croiroit! on a impofé des peines encore plus terribles pour de moindres crimes. — » Au Malabar, les hommes de la tribu d'une femme adultere peuvent tuer, pendant trois jours, tous ceux de la tribu du féducteur, fans diftinction d'âge ni de fexe. Les Naïres fe vengent fur les Tives & fur les Chates ; ceux-ci fur les Maucouats, & les Maucouats fur les malheureux Pouliats (1). «

On punit de bonne heure les peres pour les fautes de leurs enfans ; car c'étoit l'ufage du Pérou (2), & on l'obferve encore aujourd'hui à la Chine.

Afin qu'ils fe furveillent mutuellement, on fit courir aux uns & aux autres les mêmes dangers : un capitulaire de Charlemagne (3) défend d'exécuter les peres pour les enfans & les enfans pour les peres.

Bientôt ces châtimens ne fe bornerent pas aux parens qui habitoient fous le même toit : on les étendit fur ceux qui étoient les plus éloignés. M. le Gendre fait un long détail des peuples qui

(1) Voyage de Dellon. On a parlé ailleurs de cet ufage.

(2) Voyez Garcillaffo de la Vega.

(3) Liv. 6.

exterminoient, avec un criminel, toute fa pa-
renté (1).

Les Egyptiens condamnoient fouvent les coupables, & toute leur famille, à fervir dans les
mines. Ces malheureux, enchaînés par les pieds,
portoient des lampes à leur front : on livroit les
vieillards, les femmes, les enfans, les malades &
les eftropiés à la merci des bourreaux, qui les
accabloient de travail, jufqu'à ce qu'ils mouruf-
fent (2).

La république de Tlafcala condamnoit à une
peine capitale tous les parens d'un traître, jufqu'au feptieme degré (3) ; & une loi d'Athenes
dévouoit à la mort les gens inutiles, lorfque la
ville étoit affiégée (4). Lyfias, dans une de fes
harangues, rapporte en paffant & comme une
maxime fimple, que fi la république manquoit
d'argent, on exécutoit bientôt un homme riche,
foit citoyen, foit étranger, pour confifquer fes
biens.

On ne parle point ici des tyrans ; on fait
affez qu'ils ne s'embarraffent pas de punir l'in-

(1) Traité de l'Opinion, t. 6.
(2) Diod. de Sic. l. 3.
(3) Herrera.
(4) *Inutilis ætas occidatur.* Syr. in Hermog.

nocence. La loi de Sylla faifoit mourir l'homme qui accordoit un afyle aux profcrits, & même fes enfans étoient exclus de tous les emplois.

Sarris vit exécuter au Japon deux hommes & une femme ; voici leur crime. La femme, dans l'abfence de fon mari, donna un rendez-vous aux deux hommes à différentes heures ; celui qui devoit venir le dernier fe préfente au moment où l'autre y étoit encore, & furieux il fe venge à coups de fabre. Le bruit attire les voifins, qui fe faififfent des trois perfonnes, & fans mettre de diftinction entre leurs crimes, l'empereur les envoye fur le champ au fupplice.

Le meurtre d'un fouverain, ou l'attentat fur fa perfonne eft un abominable forfait ; mais à ne confulter que la raifon, les fils d'un coupable de haute trahifon devroient être difgraciés plutôt que punis. Ainfi le refcrit des empereurs Arcadius & Honorius (1), cité dans la note, avance une maxime qui n'eft pas vraie.

───────────────

(1) Voici comment ils s'expriment au fujet des fils d'un coupable de haute trahifon : *Filii verò ejus, quibus vitam imperatoriâ fpecialiter lenitate concedimus, (paterno enim deberent perire fupplicio, in quibus paterni, hoc eft hæreditarii criminis exempla metuuntur), à maternâ, vel avitâ, omnium etiam proximorum hæreditate ac fucceffione habeantur alieni ; teftamentis extraneorum nihil*

Enfin, il y a des gouvernemens où l'on souffre qu'un innocent soit exécuté à la place d'un criminel. Gemelli Careri a vu donner la baftonnade à un Chinois qui la recevoit pour un autre.

CHAPITRE VI.

Lois contraires à la nature & à la raifon.

OUTRE les lois dont on a déjà parlé, on en trouve d'autres qui bleffent plus particulierement la nature & la raifon.

Des peuples groffiers croyent qu'un criminel Afyles. eft à l'abri des pourfuites, lorfqu'il fe réfugie vers la divinité, & il y a dans cette erreur un fentiment qui la rend pardonnable; mais on a lieu de déplorer leur aveuglement. Quand on ordonne de ne plus pourfuivre un coupable, dès qu'il eft fur la porte d'un temple, la religion favorife les criminels; cependant il y avoit beaucoup d'afyles chez les Payens, & les villes de

capiant : fint perpetuo egentes & pauperes, infamia eos paterna femper comitetur . . . . fint poftremò tales ut his fit & mors, & folatium, & vita fupplicium. **L. 5.** Cod. ad leg. Jul. Majeft.

l'Egypte, de la Syrie, de la Grèce & de la Cal-
dée en étoient remplies (1).

Lois qui bleffent la nature. Une loi des Bourguignons (2) réduifoit en
efclavage la femme ou le fils qui ne révéloit pas
le vol de fon mari ou de fon pere. D'autres condamnent à mort la fille devenue groffe, qui ne
déclare pas fa turpitude, ou l'homme charitable
qui retire chez lui un citoyen impliqué dans
une confpiration.

Si un Japonois eft accufé d'un crime, & que
fes réponfes contiennent la moindre fauffeté, il
eft fur le champ puni de mort.

Les Athéniens propofoient à un criminel de
choifir entre différentes peines ; mais la loi ordonnoit de le traiter févérement, s'il choififfoit
la plus modérée.

L'ancien code des Anglois bleffe fur-tout les
fentimens naturels. Ces infulaires auroient un caractère pareil à celui des Japonois, fi la tyrannie
les corrompoit ; & il faut remarquer que ces peuples, placés aux deux extrémités de notre continent, fe reffemblent beaucoup par l'atrocité de
leurs lois, comme le prouvent différens traits
épars dans ce livre.

---

(1) Ofiander, *de Afylis gentium*. Coll. de Gron. t. 6.
(2) *Lex Burgundiorum*, tit. 41.

Au douzieme siecle, des magistrats qu'on appelloit *Justiciarii in itinere*, faisoient tous les sept ans le tour du royaume pour juger les criminels. La moitié des accusés mouroit ordinairement en prison, en attendant qu'on les jugeât, & lorsqu'on les exécutoit, on ne se souvenoit plus de leurs crimes (1).

Un gentilhomme avoit un daim blanc dans son parc, Edouard IV le tua. Le maître du daim dit en colere : *Je voudrois que celui qui a conseillé ce divertissement au roi, eut le daim & ses cornes dans le ventre.* Comme personne n'avoit donné de conseil au prince, cette imprécation passa pour un crime de lèse-majesté, & on fit mourir le gentilhomme (2).

On a long-tems condamné à la mort un homme qui voloit dans la poche, ou qui prenoit un effet de la valeur de douze pences.

Les criminels profitoient autrefois du *bénéfice du clergé.* Si un coupable, condamné à mort, savoit lire, il échappoit au supplice : on le marquoit à la main d'un fer chaud, & il étoit absous. Cette loi n'est pas même aujourd'hui entierement abolie.

(1) *Principles of penal Law.*
(2) *Ibid.*

Enfin, les lois qui bleffent trop le bon fens & la raifon deviennent ridicules. Les Vifigoths obligerent les Juifs à manger tout ce qui étoit apprêté avec du cochon, mais on leur défendoit de manger du cochon (1).

On ne peut mieux terminer ce chapitre que par ce paffage de Suétone (2). Les bourreaux romains violoient une fille vierge avant de l'étrangler, parce qu'il étoit défendu d'étrangler une vierge.

CHAPITRE VII.

Lois pénales contre des actions qui ne font pas ordinairement défendu s par les légiflateurs.

Parce que l'homme eft difficile à conduire ; parce qu'il trouble la terre, on a multiplié les lois & les fupplices, & il feroit intéreffant d'examiner jufqu'où cette multitude de réglemens & de peines, a dépravé & corrompu les peuples ; car, dès qu'il regne un abus, on l'interdit par

(1) *Codex Wifigothorum*, l. 12. tit. 2.
(2) *In Tiberio.*

une loi, fans examiner fi cet expédient aggrave le mal.

Parmi les lois que l'on va citer, il y en a dont nous ne pouvons pas fentir la fageffe, & qu'on n'a pas deffein de critiquer.

Les Péruviens puniffoient l'oifiveté comme le plus grand crime, parce qu'elle eft la fource de tous ceux qu'on peut commettre : les vieillards & les infirmes, incapables de travailler, étoient nourris par le public ; mais on les chargeoit de préferver du dégât des oifeaux les terres enfe-mencées. — Cette loi étoit bonne pour un peuple qui commençoit à fe civilifer.

Le farouche Dracon décerna une peine de mort contre la pareffe & l'oifiveté : Solon permit à chacun d'accufer un homme oifif, & fi celui ci ne fe juftifioit pas, il étoit déclaré *infâme*. Cette loi fe répandit dans la fuite jufqu'en Si-cile (1).

Charondas défendit, fous de très-graves pei-nes, de fréquenter les méchans (2).

On peut voir ailleurs la loi des Gaulois contre les hommes trop gras, & celle de Pittacus con-tre les fautes commifes pendant qu'on eft yvre.

---

(1) Plutarque, *in vitâ Solonis*. Hérod. & Diod.
(2) Diod. de Sic. l. 12. ch. 7.

Dans le royaume d'Ardra, le propriétaire de la maison par où commence un incendie, est impitoyablement puni de mort.

Les lois d'Egypte décernerent des peines capitales contre le parjure ; contre ceux qui ne déclaroient pas leur nom, leur profession & leurs revenus ; & même contre celui qui ne défendoit pas son compatriote qu'on vouloit tuer, ou à qui l'on faisoit outrage (1).

La république de Tlascala condamnoit à la mort, pour un mensonge (2).

Un Japonois qui hasarde de l'argent au jeu, est puni de mort (3).

Les décemvirs porterent une peine capitale contre les auteurs des libelles & contre les poëtes.

Autrefois une courtisane qu'on trouvoit pour la troisieme fois dans la rue, étoit punie de cette maniere, *amputabatur ei tressoria & tondebatur ;* & la quatrieme fois, on lui coupoit la lévre supérieure (4).

Les circonstances amenent des découvertes

(1) Diod. de Sic. l. 1. sect. 2.
(2) Herrera.
(3) Esprit des Lois, l. 6. ch. 13.
(4) *Principles of penal Law.*

auxquelles on n'auroit jamais penfé, & l'on établit des lois qui paroiffent fingulieres. Voici un article de la Déclaration de Louis XIV en 1677 : » Les criminels condamnés à fervir fur nos galeres, comme forçats, lefquels, après leur jugement, *auront mutilé ou fait mutiler leurs membres,* feront punis de mort, pour réparation de leurs crimes (1). «

On traite les Chinois comme des enfans : les cours des tribunaux font remplies d'hommes *en pénitence.* Un jeune marié, qui aimoit le jeu, perdit une partie de la fomme que fon pere lui avoit donnée pour fon établiffement : les exhortations, les réprimandes & les menaces ne purent le corriger, & fes parens l'amenerent au tribunal. Le mandarin voulut d'abord lui faire donner la baftonnade, mais il fut moins févere ; il prit enfuite un livre compofé par l'empereur pour l'inftruction de fes fujets, & l'ouvrant à l'article de l'obéiffance filiale, il dit au jeune homme : » Vous me promettez de renoncer au jeu & d'écouter les confeils de votre pere. Je vous pardonne pour cette fois ; mais allez vous mettre à genoux dans la galerie, du côté de la falle de l'audience, & tâchez d'apprendre

---

(1) Code pénal.

par cœur cet article : vous ne quitterez le tribunal qu'après me l'avoir répété , & m'avoir juré
de l'obferver pendant tout le refte de votre vie.
Cet ordre fut exécuté ponctuellement. « Le jeune
homme eut befoin de trois jours pour apprendre
l'article (1).

CHAPITRE VIII.

Invariabilité & dureté des lois pénales.

COMMENT a-t-on imaginé que les lois font
bonnes pour tous les tems ? Ce préjugé eft la
fource de la plupart des abus qui regnent fur la
terre , & c'eft lui qui défend les lois barbares
qui gouvernent aujourd'hui l'Europe. On les établit dans des tems d'ignorance ; les circonftances
les rendoient excufables alors , & on les conferve
maintenant que nous fommes éclairés & qu'elles
font dangereufes. Les tribunaux , chargés du
dépôt des lois , reftent attachés aux anciennes
formes ; & , par une illufion inconcevable, ils
croyent qu'il eft de leur devoir de les maintenir
toujours.

(1) Duhalde,

Oij

On a voulu d'ailleurs plier les hommes fous le joug des lois, au lieu de plier les lois fous celui des circonftances : on a fait une fcience de l'art de gouverner les peuples ; on a établi des maximes & des principes généraux ; de toutes ces combinaifons, on a formé de faux réfultats, & pour rendre le mal incurable, on a porté en différens pays des peines contre ceux qui entreprendront de le guérir. Il n'étoit plus au pouvoir du roi des Medes de révoquer une loi, & on l'appelle dans l'écriture, *irrévocable* (1).

Les Scythes condamnoient à mort celui qui propofoit le moindre changement à leurs coutumes & à leurs lois (2). Charondas les faifoit obferver, lors même qu'elles étoient injuftes (3).

Les légiflateurs répandent avec trop de profufion le fang des coupables ; & des philofophes croyent qu'il faudroit abolir les peines capitales pour y fubftituer des châtimens qui frappaffent

Dureté des lois.

(1.) Daniel, cap. 6.

(2) Herod.

(3) Diod. de Sic. l. 22. ch 7. Tant qu'une loi mauvaife n'eft pas abolie, l'ordre public veut qu'on lui obéiffe ; mais c'eft au légiflateur à la changer, dès qu'il la reconnoît vicieufe.

Tome III. K

davantage les fociétés ; mais, hélas ! ce projet, bon ou mauvais, ne fera jamais exécuté, & en l'examinant on eft obligé d'y mettre des reftrictions.

Les peines font trop féveres dans les grandes fociétés, & il eft permis de fe récrier contre la dureté des lois, lorfqu'on voit fufiller un déferteur, ou pendre un valet qui a dérobé cinq fols. Le meurtre cependant ne mérite ni pardon ni indulgence. On plaint l'homme paffionné ou brutal qui tue fon femblable ; mais c'eft un être dangereux dont il eft important de délivrer l'état. La terreur qu'infpire l'afpect de la mort, arrête fouvent les fcélérats quoiqu'on en dife, & l'efclavage perpétuel, des travaux durs & pénibles, ni même l'infamie publique, ne répriment pas aufli fortement. D'ailleurs, ce feroit un affreux fpectacle que celui de tant de miférables fans ceffe fous la main des bourreaux. Il eft bon d'écarter ces images autant qu'il eft poffible, & les gouvernemens modernes fentent cette vérité : on exécute promtement les criminels ; on veut que l'appareil de la mort dure affez pour épouvanter, mais non pas pour contrifter habituellement la nation.

L'homme eft difficile à gouverner, & foit qu'il fe déprave, ou qu'il naiffe corrompu, il eft fouvent méchant. Le légiflateur paffera pour cruel quoiqu'il faffe, & telle eft la déplorable condition de notre efpèce, que les rêves des écrivains fenfibles fur l'harmonie des corps politiques ne font qu'une chimere.

Les peines capitales devroient être abolies dans toutes les contrées, où l'on peut en établir d'autres équivalentes : ainfi le margrave de Bade - Dourlach les a fupprimées fans inconvénient, & la Ruffie elle-même ne s'eft pas mal trouvée d'avoir fuivi à-peu-près le même plan fous le dernier regne. Quelques peuples y font trop accoutumés pour qu'on en fubftitue d'autres, & quoiqu'on ne doive peut-être pas les établir dans une fociété naiffante, fi ce n'eft contre les meurtriers, l'habitude les rend néceffaires à ceux qui en ont depuis des milliers d'années.

La plupart des délits qu'on punit de mort ne méritent point ce châtiment, & le progrès des lumieres, diminuera la févérité des lois ; les réclamations des philofophes, par exemple, excitent le zèle des gouvernemens fur la peine qu'on inflige aux déferteurs, & plufieurs fe font déjà corrigés. Une foule de lois tombent en défuétude, & l'on voit que, depuis un ou deux fiecles, on exécute beaucoup moins de criminels.

K ij

Les regiftres des différens tribunaux de l'Europe, atteftent la vérité de cette obfervation,
& pour ne citer qu'un exemple remarquable,
Harrifon dit que, fous le regne d'Henri VIII,
depuis 1509 jufqu'en 1547, on fit mourir, en
Angleterre, foixante & douze mille criminels,
(c'eft-à-dire, à-peu-près fix par jour,) tandis
qu'aujourd'hui on n'en condamne plus à mort
qu'une centaine par année (1).

(2) *Sketches of the hiftory of man.*

LIVRE QUATORZIEME.

DES ÉPREUVES.

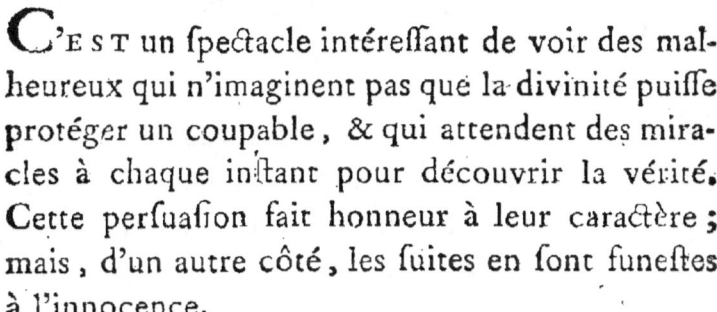

C'est un spectacle intéressant de voir des malheureux qui n'imaginent pas que la divinité puisse protéger un coupable, & qui attendent des miracles à chaque instant pour découvrir la vérité. Cette persuasion fait honneur à leur caractère ; mais, d'un autre côté, les suites en font funestes à l'innocence.

Il importe souvent aux hommes de découvrir la vérité ; & comme ils manquent de moyens pour y parvenir, dans leur embarras, ils recourent à la divinité. Il semble que l'Être suprême doive répondre à ce qu'exigent de lui les mortels ; ils ne craignent point de lui demander d'intervertir le cours de la nature, ou d'en arrêter les opérations. Les épreuves commencent de bon-

ne foi ; mais les prêtres ou les magiſtrats éta-
bliſſent par la ſuite celles qui ſont les plus favo-
rables à leur deſſein.

**Univerſa-
lité des é-
preuves.** Tous les peuples ont une époque de barbarie
où ils adoptent les épreuves , & ils les conſervent quelquefois dans les tems les plus éclairés. Sophocle , & les Auteurs anciens , nous
apprennent qu'elles furent adoptées par les
Grecs (1).

On a inventé toutes ſortes d'épreuves ; mais
on s'arrêtera davantage ſur celles du feu , de
l'eau & du duel, qui ont été mieux approfondies
par les peuples de l'Europe.

**Épreuves
par leſquel-
les on ne
demande
point à la
divinité des
miracles.** Autrefois lorſqu'un Arabe ſoupçonnoit la fidélité de ſa femme , & qu'il entreprenoit un voyage , il lioit enſemble des branches d'un arbre
appellé *al-ratam*, & ſi , à ſon retour, il les trouvoit dans la même poſition , il concluoit que ſa
femme étoit fidelle (2).

Ce premier expédient fait naître une réflexion.
Il y a peut-être eu dans les épreuves une gra-

_____

(1) Voyez l'Antigone de Sophocle. Euſthatius l. 8 & 9,
de *Amoribus Iſmeniæ & Iſmenias.* Tatius, l. 9. de *Amoribus Clitoph.*

(2) Vid. *Specimen Hiſtoriæ Arabum* du docteur Po-
cock.

dation de folie, & peut-être qu'on ne recourut pas tout de fuite à celles qui demandent des miracles. Ainfi l'on en trouve plufieurs qui ne renverfent pas abfolument les lois de la nature, & alors on prend un événement naturel pour une atteftation de la divinité.

Moyfe imagina les *eaux de jaloufie ;* on en donnoit à boire, avec beaucoup de cérémonies, à la femme foupçonnée, & fi elle étoit coupable, fon ventre s'enfloit, dit-on, jufqu'à *crever.* — Il eft aifé de concevoir que certaines potions font capables de produire l'enflûre, & il eft sûr que c'eft un effet du tempérament & non pas de l'innocence, ou du crime.

Les Negres de Loango emploient une liqueur empoifonnée, appellée *Bonda.* » Les miniftres du Bonda font au nombre de neuf ou dix, qui fe tiennent ordinairement affis dans les grandes rues. L'accufateur leur apporte les noms de ceux qu'il foupçonne, & jure, par les Mokiffos, que fes dépofitions font finceres. Les accufés font cités avec leur famille ; car il arrive rarement que l'accufation tombe fur un feul, & fouvent tout le voifinage y eft compris. Ils fe rangent fur une ou plufieurs lignes, pour s'approcher fucceffivement du miniftre, qui ne ceffe point, pendant ces préparatifs, de battre fur un

petit tambour : chacun reçoit fa portion de liqueur, l'avale, & reprend fa place. Alors le miniftre fe leve, & les touche avec de petits bâtons de bannanier, en les fommant de tomber,
s'ils font coupables ; ou de fe foutenir fur leurs
jambes, & de piffer librement, s'ils n'ont rien à
fe reprocher. Il coupe enfuite une des mêmes
racines dont la liqueur eft compofée, & jette
les morceaux devant lui. Tous les accufés font
obligés de marcher deffus d'un pas ferme. Si quelqu'un a le malheur de tomber, l'affemblée pouffe
un grand cri, & remercie les Mokiffos de l'éclair-
ciffement qu'ils accordent à la vérité. Celui qui a
le moins de force pour fupporter le poifon, eft
déclaré coupable. On donne promtement des
antidotes aux autres, & on les reconduit dans
leurs hutes avec de grandes acclamations (1). &
Les perfonnes riches remettent la liqueur à un de
leurs efclaves ; & fi cet efclave tombe, le maître
doit l'avaler à fon tour. Battell affûre que la cérémonie de l'épreuve fe renouvelle toutes les femaines à Loango, & qu'elle y fait périr un grand
nombre d'innocens.

Les Siamois terminent leurs différends d'une
maniere auffi étrange. Les deux parties avalent

_____

(1) Rel. de Battell dans Prevôt, t. 4.

des pillules purgatives , & celle qui les garde
plus long-tems dans l'eftomac , fans les rendre ,
gagne fon procès.

Il faut bien qu'un peuple groffier raffine fur
la groffiereté des épreuves qu'il emploie. Autrefois lorfqu'un Ruffe prêtoit ferment pour fe dif-
culper d'un crime , on l'obligeoit à ouvrir la
veine d'un chien fous la cuiffe gauche : il en
fuçoit le fang , jufqu'à ce que l'animal mourût
épuifé ; s'il vomiffoit ce fang , ou s'il étoit in-
commodé , on le déclaroit coupable (1).

On raconte des faits merveilleux fur l'épreuve
du cercueil, qui a été long-tems répandue en Allemagne. Quand il fe commettoit un affaffinat , &
qu'on ne connoiffoit pas le meurtrier , on mettoit
le cadavré fur un cercueil , & tous ceux qu'on
foupçonnoit venoient le toucher. On dit qu'on
appercevoit un mouvement dans les yeux , la
bouche , les mains & les pieds , &c. & même que
la plaie faignoit ; & qu'on regardoit comme coupable celui qui tenoit le cadavre dans ce moment.
— C'eft ainfi que parlent les Auteurs , de cette
épreuve ; mais le cadavre n'avoit que des mouvemens naturels. Il eft probable qu'on exami-
noit plutôt le vifage & l'effroi de chacun , &

(1) Voyage de Corneille le Brun , t. 1.

qu'on imagina cette confrontation pour découvrir si la conscience ne trahiroit point le criminel.

Les prêtres inventerent une épreuve analogue
à quelques cérémonies de l'église, & les tribunaux de l'Officialité l'ordonnerent. L'évêque de
Paris & l'abbé de S. Denis se disputoient le pa-
tronage d'un monastere. Le roi Pepin nomma
deux hommes qui terminerent ce procès par l'é-
preuve de la croix. L'homme de l'évêque se lassa
le premier, baissa les bras, & lui fit perdre sa
cause (1).

Dans le royaume de Benin, les épreuves seules
décident tous les procès, & on les ordonne,
même pour les accusations les plus légeres.
On en distingue quatre & une cinquieme, qui n'a
lieu que lorsqu'on a commis un crime capital,
& dont nous parlerons au paragraphe des épreuves sur l'eau.

« Dans la premiere, l'accusé est conduit devant le prêtre, qui graisse une plume de coq, &
lui en perce la langue. Si la plume pénetre aisément, c'est une marque d'innocence ; mais si la
plume s'arrête dans la langue & cause de l'embarras au prêtre, c'est un si mauvais signe, que

_____

(1) Essais hist. sur Paris, par M. de Saint-Foix.

le crime n'a plus besoin d'autre preuve. — Dans
la seconde, le prêtre prend un morceau de terre
qu'il paîtrit & dans lequel il fait entrer sept
ou huit plumes de coq, que la personne soup-
çonnée doit tirer successivement. Si elles sortent
sans peine, c'est un signe d'innocence ; mais si
l'on s'apperçoit de quelque difficulté, c'est une
conviction du crime. — La troisieme se fait en
crachant le jus de certaines herbes dans les
yeux de l'accusé. S'il n'en ressent aucun mal,
il est renvoyé libre ; si ses yeux deviennent
rouges & enflammés, il est déclaré coupable
& condamné à payer une amende. — Dans la
quatrieme, le prêtre frappe trois fois l'accusé
sur la langue, avec un anneau de cuivre chauffé
au feu ; & pour qu'il soit déclaré innocent,
il faut qu'il n'y ait aucune marque de brûlure. «

Nyendal, dont on tire ce passage, fait une
remarque importante : » J'ai été témoin, dit-il,
de ces quatre épreuves ; *tous les accusés furent déclarés coupables.* « Cet événement est naturel, &
les Negres restent dans leur aveuglement, quoique l'expérience dût les en tirer. La premiere
épreuve & la seconde dépendent absolument
du caprice des prêtres, qui sont les maîtres
de condamner ou d'absoudre : mais les peuples

n'entrevoient pas la raifon de ces phénoménes ; & l'idée qu'ils fe forment de la juftice de Dieu , écarte de leurs efprits les réflexions les plus fimples.

Soit qu'on commence par des moyens naturels , foit que tout de fuite on demande à Dieu des témoignages miraculeux, la plupart des épreuves font de la derniere claffe : elles font périr ainfi un plus grand nombre d'innocens , ou elles fauvent un plus grand nombre de coupables.

Une premiere erreur fuffit fouvent pour conduire l'homme à toutes les abfurdités , & l'on ne s'accoutume point à celles qu'on va rapporter.

Les Negres d'Angola mettent du poifon dans un fruit nommé *nichefi ,* que mâche l'accufé : à peine en a-t-il goûté que fa langue & fa gorge s'enflent ; il meurt, fur le champ, fi le prêtre, qui adminiftre l'épreuve, ne lui donne fon antidote ; & ceux mêmes qui échappent à cette opération, confervent des douleurs aigues pendant plufieurs jours (1).

Il y eut dans l'antiquité un peuple qui éprouvoit la chafteté des femmes , en expofant les

_____

(1) Voyage de Merolla.

enfans aux morſures des aſpics & des vipe-
res (1).

Lorſqu'un Indien de la Côte de Coromandel
fait un ſerment, il eſt obligé de mettre la main
dans un pot, où il y a un ſerpent ; & s'il en eſt
piqué, on le regarde comme un parjure (2).

Parmi les différentes épreuves en uſage à Siam,
on expoſe aux tigres deux accuſés , ou deux
hommes qui ont une conteſtation ; celui qu'ils
épargnent eſt cenſé innocent (3), & s'ils ſont
dévorés tous deux, ils paſſent tous deux pour coupables.

On pourroit en citer beaucoup d'autres encore plus ſingulieres. Les peuples recoururent
volontiers à l'épreuve de l'eau & du feu, parce
qu'on connoît bien les effets de ces deux élémens ; mais ces épreuves s'adminiſtrerent de différentes manieres.

Les gangas , ou les prêtres de Congo , approchent de la peau de l'accuſé , une hache brûlante ;
ſi l'accuſation tombe ſur deux perſonnes , ils
mettent la hache entre les jambes de l'un & de

---

(1) Lucain, 1. 9. Tzetz. Chil. 4. Hiſt. 135. Solin,
ch. 1.

(2) Bekker, Monde enchanté , l. 1. ch. 8.

(3) Rel. de la Loubere.

l'autre fans les toucher ; & lorfque l'ardeur du feu ne laiffe aucune impreffion , c'eft une preuve d'innocence (1).

Les Jalofs léchent à trois différentes reprifes un fer brûlant. Les infulaires de Madagafcar y portent fept fois la langue , & on déclare qu'ils ne font point coupables , s'ils réfiftent à cette épreuve (2).

A Siam , on conftruit une foffe de cinq braffes de longueur & d'une de largeur , qu'on remplit de charbons allumés. Les accufés la traverfent nuds pieds d'un bout à l'autre , & celui dont la plante réfifte à l'ardeur du feu , gagne fa caufe. La Loubere obferve que la plante des pieds des Siamois , qui ne portent point de chauffures , eft très-raccornie , & que fouvent le feu ne les bleffe point , quoiqu'ils s'appuient fur les charbons. Deux hommes marchent à côté de celui qui paffe au milieu du feu , & ils preffent fes épaules avec force , pour l'empêcher de fe dérober trop vîte à l'épreuve.

D'autres fois on les contraint à plonger leurs mains dans de l'huile , ou dans une autre matiere bouillante. Un François fe plaignit d'avoir été

---

(1) *Pilgrimages of purchaff*, vol. 5.
(2) Rel. de le Maire & de Barbot.

volé, dit la Loubere : on lui perfuada de remplir fa main d'étain fondu ; elle fut prefque confumée, tandis que le Siamois ne fe brûla pas, & fut renvoyé abfous (1). Le même Voyageur fait cette obfervation. Les habitans du pays ont grand foin de fe familiarifer, dès leur jeuneffe, avec *l'eau & le feu*, & cette précaution eft fort naturelle. Enfin, voici le dernier excès de l'aveuglement ; fi l'une de ces épreuves ne fuffit pas pour indiquer clairement la vérité, on les oblige d'en fubir une autre.

Au Malabar, on applique le fer d'une hache rougie au feu, fur la main de l'accufé, couverte d'une feuille de bananier, & on l'y laiffe jufqu'à ce qu'il ait perdu fa rougeur, c'eft-à-dire environ trois minutes. Alors l'accufé le jette à terre, & préfente fa main à des hommes qui l'enveloppent en y mettant un cachet. Huit jours après, on la découvre en public ; s'il n'y a point d'apparence de brûlure, on renvoie le prifonnier abfous, & s'il y refte une marque de feu, on le conduit fur le champ au fupplice (2).

Les anciens Bretons plaçoient deux barres de fer rouges, à quelque diftance l'une de l'autre ;

---

(1) Rel. de la Loubere.
(2) Voyage de Dellon.

on bouchoit les yeux de l'accufé ; on le faifoit marcher nuds pieds entre ces barres , & on le déclaroit innocent , s'il ne fe brûloit point (1).

La même épreuve fut long-tems en ufage chez nos ancêtres. Le coupable empoignoit un fer chaud, on mettoit enfuite fa main dans un fac qu'on cachetoit ; & pour qu'on le déclarât innocent, il falloit que trois jours après il n'y reftât aucune marque de brûlure.

La religion autorifoit expreffément ces épreuves ; car, aux dixieme & onzieme fiécles , plufieurs abbayes revendiquoient le droit de bénir le feu , & de conferver les fers & les chaudieres (2).

Ces épreuves employées d'abord comme des moyens extraordinaires , s'introduifent bientôt dans la Jurifprudence, & l'on croit que cette méthode fuffit feule pour difcerner l'innocent du coupable , & découvrir dans un procès de quel côté fe trouve la vérité.

Epreuves de l'eau.

L'épreuve de l'eau bouillante reffembloit à celle du feu , puifque l'homme qu'on y plongeoit devoit n'en reffentir aucune brûlure ; & même elle étoit bien plus dangereufe , car il eft moins

_____

(1) Hift. d'Anglet. de Littleton , t. 1.
(2) Hift. Crit. des pratiques fuperftitieufes , t. 2.

aifé

sifé d'empêcher l'action du feu fur tout le corps,
que fur une feule partie. On l'imagina peut être
pour arrêter les fupercheries ; qu'on avoit découvertes dans l'éprèuve du feu , ou pour qu'il ne
reftât plus aucune crainte.

Il y a fur l'éprèuve de l'eau froide des contradictions fans nombre & des différences particu-
lières.

Quand les anciens Gaulois foupçonnoient la
fidélité d'une femme , ils expôfoient fes enfans
fur un fleuve ; il engloutiffoit, dit-on , ceux qui
n'étoient pas du mari, & il conduifoit mollement
les autres jufqu'au rivage (1).

Les juges de Siam ordonnent à deux hommes
qui plaident dé fe plonger en même tems dans
l'eau & d'y refter appuyés contre une perche , & l'on condamne celui qui y refte le
moins de tems (2). On fuit le même ufage au
Pégu (3).

Les Negres de Juida conduifent l'accufé au
bord d'une riviere , qui noye fur le champ
tous ceux qui ont la confcience chargée de
quelque crime ; mais comme les Negres font

(1) Julian. Imp. Epif.
(2) Rel. de la Loubere.
(3) Hamilton, *Account of the East Indies.*

d'habiles nageurs, Bofman fut témoin plufieurs fois de la cérémonie, & l'on ne trouva aucun coupable.

Ceux de Benin croyent auffi qu'une de leurs rivieres foutient l'innocent qu'on y plonge, lors même qu'il ne fait pas nager, & qu'elle engloutit, au contraire, le plus habile nageur, dès qu'il a commis un crime (1).

Dans les épreuves ordinaires, le coupable eft victime de l'action des élémens, & l'innocence attend de Dieu un miracle pour fe juftifier ; ainfi le *jugement de l'eau*, tel qu'on le pratique chez les Negres, femble affez naturel. Cependant cette épreuve vint s'établir en Europe, & on lui donna un fens tout-à-fait différent. On jettoit l'accufé dans une grande cuve pleine d'eau bénîte ; on lioit fa main droite à fon pied gauche, & fa main gauche au pied droit; s'il enfonçoit, on le croyoit innocent, & s'il furnageoit, on jugeoit que l'eau le rejettoit de fon fein, & qu'elle ne vouloit pas recevoir un coupable. Les Negres, qui font cette épreuve dans une riviere, demandent donc, pour marque d'innocence, un figne contraire à celui

_____

(1) Rel. de Nyendal.

que demanderent nos ancétres, qui la faifoient dans une cuve.

Les hommes peuvent arrêter en quelque forte l'action de l'eau , tandis qu'il eft fort difficile d'arrêter celle du feu ; & il eft important d'examiner pourquoi l'on a voulu que dans l'épreuve de l'eau le miracle s'opérât fur le coupable ; au-lieu que dans celle du feu , il devoit arriver en faveur de l'innocent.

M. Ameilhon a fait , fur cette matiere , une très-belle differtation (1) , & à l'aide de la phy-fiologie , il explique comment certains hommes furnagent : il prétend que » les autres épreuves doivent leur naiffance à l'impofture , tandis que celle de l'eau froide doit la fienne à l'expé-rience qu'on avoit faite , qu'il exiftoit des per-fonnes qui avoient la finguliere propriété de ne pouvoir enfoncer dans l'eau. « Ce fyftéme laiffe encore bien des difficultés , & il faut peut-être affigner à l'épreuve de l'eau froide une autre ori-gine. En faifant de nouvelles recherches , voici ce que l'on découvre.

Il fut un tems où l'on jettoit les forciers dans

_____

(1) Voyez les Mémoires de l'Académie des Infcriptions, t. 37. in-4°.

L ij

l'eau, & on ne regardoit pas alors comme innocens ceux qui enfonçoient (I).

Le P. Le Brun nous apprend, qu'on a vu quelques forciers furnager, & l'on difoit qu'ils avoient fait un pacte avec *le mauvais,* pour ne pas fe noyer. On quitta & l'on reprit à différentes époques l'ufage de jetter dans la riviere ceux qu'on accufoit de magie, & l'on difoit toujours, quand ils fe noyoient : *voyez le châtiment de la Providence,* ou bien *ils furnagent, parce qu'ils font forciers.* Ainfi les peuples expliquoient également les faits les plus contraires, & foit que l'épreuve de l'eau froide ait précédé ou fuivi l'ufage de noyer les forciers, elle a toujours dépendu des circonftances & non pas d'un bon raifonnement.

On ne doit pas chercher une caufe raifonnable à ces divers jugemens, puifqu'on paffoit de l'épreuve du feu à celle de l'eau pour le même coupable, & que l'on demandoit ainfi deux miracles différens, dans la même caufe. Il paroît d'ailleurs que le fens qu'on donnoit à l'épreuve, dépendoit abfolument du hafard, & que fouvent les épreuves s'établiffoient dans un canton, où l'on ignoroit des faits qui auroient pu le changer.

(I) Hift. des Pratiques fuperftitieufes du P. Le Brun, t. 2.

Ainfi Grégoire de Tours raconte qu'une femme injuftement accufée par fon mari, fut condamnée à être noyée dans la riviere. On lui mit une groffe pierre au col, elle furnagea. Le peuple ravi déclara qu'elle n'étoit pas coupable (1) ; & fi on l'avoit accufé de magie, on auroit interprété en faveur de fon crime cette preuve, qui fembloit alors un témoignage d'innocence.

Les cérémonies religieufes dont on accompagnoit l'épreuve de l'eau froide, déterminerent probablement le fens qu'on y attacha. On crut que l'eau bénîte devoit repouffer un coupable, & il faut peut-être attribuer aux prêtres l'invention de ce jugement.

Comme on s'acharnoit à pourfuivre les forciers, & que tous les hommes éclairés étoient accufés de magie, il ne feroit pas étonnant que plufieurs euffent échappés aux fupplices, en imaginant l'épreuve de l'eau froide ; car il eft aifé, avec de l'adreffe & de la rufe, de tromper des barbares. Un homme, à qui on va faire fubir l'épreuve du feu, demande l'épreuve de l'eau, il dit à fes juges : *Si je fuis coupable, vous n'avez qu'à me plonger dans l'eau, & demander à Dieu qu'il me faffe furnager.* Cet argument étoit auffi raifonna-

_____

(1) *Ibid.*

ble que beaucoup d'autres fur lefquels on fondoit les épreuves.

Enfin, puifque toutes les conjectures font ici permifes, peut-on dire que l'épreuve du feu découvroit trop de coupables, & que, fans ofer foupçonner les miracles de la Providence, on eut recours au jugement de l'eau froide ; ou que, ne pouvant abolir entierement les épreuves, on inventa celle-ci qui avoit l'avantage de dévouer à la mort un petit nombre de victimes.

Epreuve du duel.

Le duel eft la plus horrible de toutes les épreuves, & il faut que des peuples foient accoutumés aux maffacres, il faut que la vie guerriere ait bien dépravé leurs idées pour imaginer que l'Être fuprême manifefte la vérité par des meurtres, & que l'innocent fera toujours un heureux champion. Les hommes implorent par-tout le Dieu des combats : au moment où deux armées vont enfanglanter la terre, chacune d'elles demande du fecours au Maître du monde, & les peuples policés femblent croire que les vaincus ont tort.

On n'examinera point fi l'épreuve du duel précéda toutes les autres en Europe ; mais on voit que dès les tems les plus anciens, les Gaulois décidoient par un combat fingulier, qui de

deux compétiteurs devoit avoir la préférence,
& même à la mort du grand Druide, on ne fuivoit pas d'autre méthode pour élire fon fucceſ-
ſeur (1). Ces peuples guerriers accordoient naturellement la préférence au plus brave, & en toute occaſion, le courage étoit une préſomption
en faveur du bon droit. Bientôt les diſputes,
conteſtations ou querelles, ſe terminerent par un
combat ſingulier, & l'on y ſoumit tous les accuſés. Gondebaud, roi des Bourguignons, déclara
en ſ01, par une loi expreſſe, que dans les
procès civils ou criminels, le vainqueur auroit
raiſon (2).

On ne manqua pas de juſtifier cette conduite
par des argumens qui paroiſſoient alors fort bons,
& on parlera plus bas de ceux qu'a faits Monteſquieu.

Depuis cette époque, les tribunaux de l'Europe ne préſenterent plus qu'un affreux ſpectacle de combattans & de meurtriers, dont l'imagination peut à peine ſoutenir la vue. Le crime
triomphoit avec audace ; l'innocent perdoit la
vie d'une maniere infâme, & on le flétriſſoit

---

(1) Tacite. N. Damaſc. Veget. *de re Milit.*
(2) *Lex Burgundiorum*, tit. 45. Hiſt. univerſelle des
Anglois, t. 14.

encore après sa mort. De siecle en siecle, on retrouve des vestiges de ces épreuves, & de grands traits capables seuls de peindre les mœurs du tems.

On voulut savoir en 968, si la représentation en ligne directe devoit être admise pour les successions ; les docteurs furent d'avis différent. L'empereur Othon premier nomma deux *braves*, qui se battirent en sa présence pour décider ce point de droit. Celui qui soutenoit la représentation eut l'avantage, & l'on ordonna que désormais elle auroit lieu.

Dans l'onzieme siecle, les femmes accusées d'adultere présentoient au juge un *brave*, qui offroit de forcer, en champ clos, l'accusateur à se dédire. Le vaincu, mort ou vif, étoit traîné sur la claie, & pendu par les pieds.

Sous le regne de Louis le Jeune, les différentes communautés prouvoient souvent, par le duel, qu'un tel village étoit *leur serf*.

S. Louis fit une révolution sur les mœurs de son siecle ; il voulut abolir les épreuves du duel, mais telle étoit la force des préjugés & de l'habitude, qu'il fut obligé de les permettre encore en certains cas, dans celui du meurtre, par exemple, commis en cachette.

Après la mort de S. Louis, on reprit les anciens usages, & Philippe le Bel voyant que l'on ne pouvoit pas plaider sans être obligé de se battre, défendit encore le duel en matiere civile. Ses Ordonnances ne furent exécutées que pendant sa vie, & on le regarda bientôt comme un sacrilége, qui proscrivoit des usages autorisés par Dieu : il est difficile de corriger les tribunaux ; ils sont attachés aux anciennes formes, & pour défendre la constitution de l'état, ils défendent des abus.

Dès que Philippe le Bel fut au tombeau, les juges suivirent l'ancienne routine ; car, sous Charles VI, le Parlement de Paris ordonna le combat singulier entre deux gentilshommes, pour savoir si l'un avoit enlevé la femme de l'autre ; & en 1454, il l'ordonna de nouveau à Jean Picard, que son gendre accusoit d'une familiarité trop grande avec sa fille.

La fureur des duels particuliers devint, enfin, si grande, que, sous Henri III, Quelus & Buffy, se donnerent rendez-vous pour se battre, & leurs peres devoient leur servir de seconds (1).

La Jurisprudence revêtit les lois sur le duel, de tout ce qui étoit capable de faire impression,

_____

(1) Essais hist. sur Paris, t. 1.

& les cérémonies dont on les accompagna mériteroient d'être recueillies. Les peuples étoient contens de cette adminiftration ; car les anciens Auteurs citent des requêtes préfentées aux rois pour leur demander la permiffion du cartel.

Les églifes & les communautés elles-mêmes fe battoient les unes contre les autres, & l'on vit la Chambre des Comptes fe battre contre le Parlement, dans l'Eglife de Notre-Dame, pour la préféance.

Le duel tenoit d'ailleurs à la religion & aux préjugés : on n'enterroit point celui qui étoit tué ; fa défaite paffoit pour une fentence du ciel, & lorfqu'il fuccomboit, on ne doutoit pas que fa querelle ne fût injufte.

On y ajouta une peine capable d'engager les champions à bien faire leur devoir. On coupoit le poing au vaincu ; on crut devoir punir un homme qui combattoit pour une caufe déclarée mauvaife par le ciel (1).

Les prêtres qui, du tems de Gondebaud, avoient défendu le duel par des excommunications (2), ordonnerent enfuite le combat fingulier dans leurs

(1) Voyez les Capitulaires de Charlemagne, & le chapitre 61 de Beaumanoir.

(2) Voyez les Œuvres d'Agobard.

tribunaux, & ils le confacroient par un appareil
religieux : on adminiftroit la communion aux
champions qui alloient fe battre, & les hommes
mariés s'abftenoient du devoir conjugal pendant
huit jours. Ils accordoient des récompenfes à
ceux qui fe battoient le mieux ; & ils affran-
chiffoient le *brave* qui s'étoit battu trois fois,
c'eft-à-dire, qui avoit tué trois hommes. Dans le
même tems les eccléfiaftiques notoient d'infamie
ceux qui fe marioient en troifiemes noces, &
ils caffoient les mariages célébrés entre cou-
fins (1).

Les peuples pratiquent fouvent les épreuves
de bonne foi, & malgré l'expérience, ou malgré
la multitude de coupables qui triomphent, & d'innocens qui périffent, elles fubfiftent très-long-
tems ; car il y a des matieres fur lefquelles les
hommes croyent plus à leurs fyftêmes qu'à leur
raifon.

Réflexions fur les épreuves.

Les magiftrats & les prêtres profitoient des
épreuves ; ils étoient les maîtres de condamner
ou d'abfoudre, & le jugement *de Dieu* confacroit
leur arrêt. Ils pouvoient ordinairement empêcher
l'effet des épreuves : les ferpens, par exemple,
ne bleffent point une main qu'on a frotté de

_____

(1) Voyez le *Vrai théâtre d'honneur*, par la Colombiere.

certaines drogues. Agrippa prétend qu'on peut porter dans sa main un fer chaud, mettre le poing dans du métal bouillant, ou même se plonger tout entier dans le feu sans sentir du mal. S. Epiphane rapporte que des prêtres d'Egypte se frottoient le visage avec de certaines drogues, & le plongeoient ensuite dans des chaudieres bouillantes. Cardan a vu un homme qui se lavoit les pieds & les mains avec du plomb fondu. Sans doute qu'on fit alors de très-profondes recherches sur les moyens d'échapper à l'action des élémens, & il est probable qu'on en découvrit plusieurs. Ces secrets, inconnus du vulgaire, donnoient aux juges un empire d'autant plus grand, qu'ils pouvoient, par intervalles, absoudre ou condamner, au gré du public. La fourberie cependant devoit éclater quelquefois ; mais lorsque les peuples sont fascinés, ils ne voyent pas les faits les plus évidens, & d'ailleurs tout examen sur la divinité, ainsi que sur ses ministres, leur est interdit.

Puisque les épreuves se rétablirent après avoir été solemnellement proscrites dans des tems éclairés, qui sait si on ne vouloit pas prévenir les contestations & arrêter le penchant des peuples pour le crime ou pour les disputes ? On crut peut-être que la crainte seule des épreuves engageroit à mener une vie integre , & cette précaution eſt conforme à l'eſprit & aux mœurs des peuples barbares.

M. de Monteſquieu juſtifie les épreuves de cette maniere. » Dans une nation , uniquement guerriere , la poltronnerie ſuppoſe d'autres vices : elle prouve qu'on a réſiſté à l'éducation qu'on a reçue.....Elle fait voir qu'on ne craint point le mépris des autres , & qu'on ne fait point de cas de leur eſtime. Pour peu qu'on ſoit bien né , on n'y manque pas ordinairement de l'adreſſe qui doit s'allier avec la force , ni de la force qui doit con-courir avec le courage......De plus , dans une nation guerriere , où la force , le courage & la proueſſe ſont en honneur , les crimes véritable-ment odieux , ſont ceux qui naiſſent de la four-berie , de la fineſſe & de la ruſe , c'eſt-à-dire de la poltronnerie. «

» Qui ne voit , continue-t-il , que chez un peu-ple habitué à manier des armes , la peau rude & calleuſe , ne devoit pas recevoir aſſez l'impreſſion du fer chaud , ou de l'eau bouillante , pour qu'il y parût trois jours après , & s'il y paroiſſoit , c'étoit une marque que celui qui faiſoit l'épreuve étoit un efféminé. «

Il conclut que , » dans les circonſtances des tems , où la preuve par le combat & la preuve par le fer chaud & l'eau bouillante, furent en usage, il y eut un tel accord de ces lois avec les mœurs, que ces lois produisirent moins d'injustice qu'elles ne furent injustes, que les effets furent plus innocens que les causes; qu'elles choquoient plus l'équité qu'elles n'en violerent les droits, & qu'elles furent plus déraisonnables que tyranniques (1). «

On ne rapporte point ce passage pour critiquer M. de Montesquieu, mais pour montrer combien on a négligé l'histoire de l'homme, tirée des mœurs & des usages des peuples.

Malgré l'autorité des Historiens, on a lieu de croire qu'on mettoit à ces épreuves des restrictions qui les rendoient moins universelles; que des juges éclairés sacrifioient quelques victimes, pour mieux contenir les autres hommes, & que, sans être aveugles ou de mauvaise foi, ils n'agissoient en cela que par des raisons de politique. Mais soit que ces épreuves se renouvellassent tous les jours, ou qu'on ne les ordonnât que par intervalles, voici des faits positifs. L'homme qui n'avoit pas la peau très-calleuse, ou qui ne l'enduisoit d'aucune drogue, se brûloit en touchant un fer chaud. L'homme, qu'on

_____

(1) Esprit des Lois, l. 28. ch. 17.

plongeoit dans une cuve, ou dans une riviere, se noyoit, si son corps n'étoit pas comme celui des vaporeux, ou des hommes très-gras, c'est-à-dire, s'il n'y avoit pas une cause physique pour qu'il surnageât : enfin, on a rapporté sur les épreuves, des faits qui ont paru fabuleux; mais en les admettant tous, on les explique par des moyens naturels.

LIVRE QUINZIEME.
DES SUPPLICES.

CHAPITRE PREMIER.

Divers genres de supplices.

Tel est le désordre de la nature que les hommes ne peuvent vivre en paix : bientôt il y a des coupables & des scélérats, & les lois sont réduites à prendre le glaive pour les détruire. Mais lorsqu'on voulut purger la société des êtres dangereux qui en troubloient l'harmonie, on rechercha des manieres particulieres de les faire mourir. On voit que les législateurs sont là-dessus très embarrassés ; quelquefois ils adoptent les supplices les plus doux, communément ils emploient les plus cruels, & l'imagination a peine à concevoir tevoir comment l'homme peut supporter de si affreuses douleurs.

Les supplices favorifent la pareffe des légiflateurs & des magiftrats , & comme il eft difficile de choifir d'autres moyens de contenir une nation, ou d'arrêter les crimes, ils établiffent des peines de mort. On a multiplié les fupplices & les bourreaux, avec une profufion révoltante , & l'on croiroit qu'il y a dans la nature un inftinct qui porte à tant de cruauté.

Parmi cette foule immenfe de peuples, que l'hiftoire nous fait connoître, à peine en trouvet-on quelques-uns qui attachent de l'importance à la vie *d'un homme*. D'anciennes lois de Perfe défendoient cependant de faire mourir un citoyen coupable d'un feul crime ; les Francs ne pouvoient être punis du dernier fupplice que pour le crime de lèfe-majefté, ou de trahifon, envers la patrie (1). Il n'étoit pas permis de condamner un Germain à la mort, à moins que le ciel ne femblât prononcer fon arrêt : le chef, dit Tacite (2), n'a droit d'envoyer un *coupable* au

_____

(1) Mémoires de l'Acad. des Infcriptions & BellesLettres, t. 2.

(2) *De Moribus German.* cap. 7.

Tome III.　　　　　　　　　　　　M

fupplice, que par une infpiration & un commandement exprès du Dieu qui préfide aux combats.

Ces préjugés appartiennent à des têtes exaltées, plutôt qu'à des efprits raifonnables, & ils entraînoient, fans doute, beaucoup d'inconvéniens : d'ailleurs il faut que les idées de fierté & de hauteur fe calment dans les grandes fociétés; car l'individu n'eft plus alors compté pour rien & l'innocent eft foumis à des circonftances qui le dévouent fouvent à la mort. Si l'on raffemble cette multitude innombrable d'hommes qui ont péri dans les fupplices, depuis la réunion des peuples, combien n'en a-t-on pas condamné pour des actions indifférentes en elles-mêmes?

Enfin, les fupplices n'infpirent prefque plus de terreur, parce qu'on les a trop employés, & la peine de mort épouvanteroit le crime, fi on l'avoit toujours réfervé pour des cas extraordinaires.

On doit imputer plufieurs de ces abus, à la nature humaine, & non pas à ceux qui gouvernent les états : ils effayent quelquefois bien des expédiens avant d'arriver à cette extrémité, & les fupplices font alors la derniere reffource. Après avoir épuifé toutes les autres, ils recourent à celle ci qui n'eft pas plus efficace, mais elle est plus imposante ; elle se conserve plus aisément, & elle exige moins d'attention de la part des législateurs. Ce raisonnement, sur les peines de mort en elles-mêmes, s'applique encore aux supplices en particulier ; un supplice modéré n'arrête pas les coupables, & on invente d'horribles tourmens.

Les supplices sont presque toujours le désespoir du législateur dans les pays éclairés : il sent que les peines cruelles ne sont pas ordinairement les plus propres à réprimer les crimes ; il voudroit en substituer d'autres, mais il y a tant d'inconveniens de tous les côtés, que le parti de la violence semble encore le plus sûr. On se plaint de la Jurisprudence criminelle des peuples : ce désordre est lié, d'un côté, avec la foiblesse & la corruption de l'homme, & de l'autre, avec l'impuissance & les vues bornées des administrateurs.

Il faut distinguer les supplices établis par les lois, de ceux qu'ordonnent les despotes dans des momens de caprice & de fureur ; mais il est très-important de remarquer que l'homme a du plaisir à ces spectacles, & que l'on aime mieux voir écarteler que pendre. Des peuples entiers, dévouent même des innocens à la mort, & chaçun connoît les combats des gladiateurs &

les combats du Cirque. L'on ne peut douter que les Sauvages ne tourmentent leurs criminels pour s'amufer ; & les légiſlateurs ont raffiné , par ce motif, ſur l'invention des ſupplices. On ne citera que le taureau de Phalaris , le pau-lo des Chinois , & la plupart de ceux qu'imaginerent les empereurs de Rome , lors de la perſécution des chrétiens. Indépendamment de ce plaiſir ſe-cret ; ſouvent encore on a celui de la fureur & celui de la vengeance , & tout concourt ainſi à établir des ſupplices atroces.

Nous allons rapporter ceux qui ſont en uſage chez les différens peuples , & peindre par-là le caractère des nations en particulier & de l'hom-me en général ; mais comme cette partie de ſon hiſtoire attriſte l'ame, l'on eſquiſſera , le plus rapidement qu'il ſera poſſible , un tableau ſi effrayant. On ne s'arrêtera pas toujours à mon-trer le rapport des ſupplices avec les mœurs & l'état du pays qui les adopte , le lecteur eſt accoutumé à cette marche , & on ne feroit que l'ennuyer.

On remarque dans les ſupplices des Sauvages une cruauté lente & froide, ou bien une dureté groſſiere qui reſſemble à leur caractere.

Les Indiens de la Floride amenoient le cou-pable aux pieds du chef de la tribu ; le bourreau le faisoit mettre à genoux, & appuyant le pied gauche sur son dos, il l'assommoit avec son casse-tête (1).

Les Américains de Terre-Ferme enfoncent dans l'urétre de celui qui débauche une fille, un petit bâton hérissé d'épines ; & ils l'y tournent long-tems & à diverses reprises. Ce supplice douloureux cause ordinairement la mort ; mais on laisse au coupable la liberté de se guérir, s'il le peut (2). — Les mêmes Indiens lioient les pieds & les mains des Espagnols, & ils leur versoient de l'or fondu dans la bouche, en disant : *Mange, mange de l'or, chrétien.* Ils leur coupoient, avec des pierres tranchantes, un bras, une épaule, ou une jambe, qu'ils rôtissoient & mangeoient devant eux (3).

Les Iroquois attachent l'extrémité des nerfs de leurs prisonniers à des bâtons, & tournant ensuite ces bâtons, ils roulent les nerfs comme on roule un cordage sur un tour ; le corps se disloque & se plie d'une maniere effrayante (4).

---

(1) Rel. de la Laudonniere.
(2) Voyage de Waffer.
(3) Rel. de Benzoni.
(4) Voyage de la Potherie.

Une femme, qui eut un de ſes parens tué à la guerre, ne ſavoit plus comment tourmenter un François; elle fit rougir un fer qu'elle lui enfonça dans les teſticules (1), & c'eſt, dit-on, le plus affreux de tous les ſupplices.

Les Hurons ſuſpendent à des perches le corps d'un homme aſſaſſiné; le meurtrier eſt placé, pendant pluſieurs jours, immédiatement au-deſſous, pour recevoir ſur ſon viſage & ſur ſes alimens, tout ce qui découle du cadavre; & là, on le tourmente juſqu'à ce qu'il expire (2).

Dans une des iſles Philippines, on attache à un poteau la femme eſclave qui s'enfuit. On lui tourne le viſage en face du ſoleil, & on la laiſſe expirer (3).

L'établiſſement du commerce des Noirs a diminué les ſupplices des Negres de la côte; & l'on vend la plupart des coupables qu'on faiſoit mourir autrefois. Ceux du Cap Verd noyent ce-

(1) *Ibid. t.* 1.
(2) L'Eſcarbot. Champlain.
(3) Voyage de M. Sonnerat à la nouvelle Guinée. L'Auteur dit qu'on tranche ſeulement la tête à l'homme eſclave qui prend la fuite; & le ſupplice eſt probablement plus rigoureux pour les femmes, parce qu'on a plus de dédain & de mépris pour elles. Voyez le Livre des Femmes, Tome I de cet Ouvrage.

pendant plusieurs criminels (1) ; & ceux de Juida
éventrent un meurtrier ; ils lui arrachent les entrailles & ils les brûlent (2) : on remplit ensuite
le corps de sel, & on l'attache sur un pieu, au
milieu de la place publique. Le supplice ordinaire des Quojas est de percer le dos à coups de
javeline. L'exécuteur coupe le cadavre en quar-
tiers, & il les distribue aux femmes du coupable :
on les contraint d'assister à l'exécution pour
recevoir, & jetter sur quelque fumier, ces misé-
rables restes qui servent de pâture aux oiseaux
de proie (3).

Bosman vit exécuter un Negre de Juida qu'on
avoit surpris avec une des femmes du roi. On le
plaça d'abord sur une élévation, pour servir de
but à plusieurs grands, qui lui lancerent leurs
zagayes. On l'amena ensuite auprès de la coupable : on lui coupa les parties viriles à ses yeux,
& on l'obligea de les jetter lui-même au feu.
On les mit tous deux dans une fosse assez pro-
fonde ; le bourreau les arrosa par degrés d'eau
bouillante, & bientôt on couvrit de terre
les deux criminels. D'autres fois cinquante ou

(1) Voyage de Rennefort.
(2) Bosman.
(3) Prevôt, t. 3.

M iv

foixante femmes du prince, dans tous leurs atours, efcortées par des gardes au fon des tambours & des flûtes, viennent répandre elles - mêmes un grand pot d'eau brûlante, fur la tête de leur compagne infidelle.

On retrouve dans les fupplices des peuples à demi barbares, une férocité particuliere analogue à l'état de leur civilifation.

Les Cofaques Donskiens lient les criminels à un arbre, & ils les percent à coups de fléches, ou ils les attachent à la queue d'un cheval, qui les affomme en les traînant fur des chemins rabo- teux.

Les anciens Ruffes empaloient par les flancs & accrochoient par les côtés; & fous le regne de l'impératrice Elifabeth, ces fupplices étoient en ufage : les Sibériens enterrent vifs encore aujourd'hui ; M. Gmelin vit une femme placée debout dans une foffe jufqu'au col ; on foula la terre autour d'elle, & elle vécut treize jours dans cet état.

Les Abyffins affomment les coupables avec des bâtons de deux pieds de long, & terminés par une boule de la groffeur des deux poings (1).

Les rois de Maroc ordonnent fouvent de fçier

_____

(1) Rel. de Lobo.

en travers, en long, ou en croix; un criminel (1), & le même ufage regne dans quelques
parties de la Suiffe.

Hyppomene, roi de l'Attique, avoit une fille
qui aima un fimple citoyen ; il l'enferma dans
l'écurie d'un cheval, à qui on ne donna point de
nourriture, & elle fut dévorée : fon fils commit
un adultere, & il le fit auffi déchirer par des
chevaux.

Les Gaulois gardoient les criminels pendant
cinq ans. Ils les empaloient enfuite & les brûloient en l'honneur de la Divinité, qui *feule peut
ôter la vie d'un homme.*

Tacite nous apprend que les Germains étouffoient dans un bourbier, fous une claie, les *pol-
trons,* les *fainéans* & les *mignons.*

Les peuples policés tâchent de proportionner
les fupplices à l'horreur qu'infpirent les crimes ;
& voici comment les Egyptiens puniffoient les enfans qui tuoient leurs peres. Ils leur inféroient
dans toutes les parties du corps des rofeaux affilés
de la longueur du doigt ; ils en détachoient des
morceaux de chair, & ils les brûloient vifs fur
des épines (2).

---

(1) Braithwait.
(2) Diod. de Sic. liv. 1. fect. 2. Hérodote.

Les Perſes renfermoient un criminel entre deux petits bateaux, de maniere que ſes pieds, ſes mains & ſa tête, paſſoient par des ouvertures. Des bourreaux le forçoient à manger & boire dans cette poſture, en lui piquant les yeux avec des pointes de fer. Ils frottoient de miel ſon viſage tourné vers le ſoleil : les guêpes & les moucherons lui cauſoient d'horribles ſouffrances, & les vers, qui naiſſoient de ſes excrémens, lui dévoroient les entrailles (1). On vivoit ainſi pendant dix-ſept jours. Ces mêmes Perſes écraſoient les empoiſonneurs entre deux pierres ; & ils écorchoient vifs d'autres coupables : les Perſans modernes empalent ou font diverſes inciſions, dans leſquelles ils paſſent des méches qu'ils allument, & qui brûlent juſqu'à ce que la graiſſe du criminel ſoit conſumée.

Les Babyloniens jettoient les criminels dans une fournaiſe ardente, comme nous l'apprend l'écriture (2).

Chez les peuples éclairés, les ſupplices ordinaires ſont aſſez doux ; mais ils deviennent terribles, ſuivant les circonſtances.

Les Macédoniens crucifioient la tête en bas :

___

(1) Plut. *in vitâ Artax.*
(2) Daniel.

les Athéniens faisoient boire du poison (1), &
ils étouffoient quelquefois dans un bain.

On crucifioit de trois manieres chez les Romains. On pendoit les séditieux la tête en bas :
on clouoit d'autres criminels à un arbre par les
parties naturelles ; on leur cassoit les bras & les
cuisses, en les étendant sur une croix, & on leur
perçoit ensuite le côté (2) ; mais, en quelques
occasions, on écarteloit un patient entre deux
arbres courbés avec force. Metius Suffetius fut
écartelé à quatre chars ; & sous les empereurs,
on fouettoit un criminel jusqu'à la mort (3).
On l'enveloppoit de peaux de bêtes, & on l'ex-
posoit à des chiens furieux. On enfermoit les
parricides dans un sac de cuir, avec un singe,
un coq, un serpent & un chien, & on les jettoit
à la mer (4).

Joseph & Pindare nous apprennent, qu'après
avoir placé un patient sur une roue, on la tour-
noit long-tems & avec beaucoup de promtitude

(1) Coll. de Gronov. t. 6. de Jurisdict. veterum Græcorum.

(2) Séneque.

(3) Suétone.

(4) Digest. 48. ad Leg. Pomp. & Cic. pro Sext.
Rosc.

dans un même fens, & tout-à-coup on la retour-
noit brufquement en fens contraire, ce qui déchi-
roit les entrailles.

Apulée, à la fin de l'Ane d'or, parle d'un autre genre de fupplice. On égorgeoit un âne ; on
lui arrachoit les entrailles ; on mettoit une femme dans le ventre de l'animal, & on en recoufoit
la peau, de maniere qu'on ne voyoit que la tête.
On l'expofoit enfuite fur un rocher aux ardeurs
du foleil, & elle étoit rongée vive par les chiens,
les oifeaux de proie & les vers.

Enfin, chacun connoît le fupplice de Mezence,
qui faifoit pourrir un homme vivant fur le cadavre d'un mort. Mais la fuperftition & le fanatifme
imaginerent d'abominables tourmens ; & quoique
les légendes des martyrs chrétiens, dans les premiers fiecles de l'Eglife, foient remplies de fables, on peut admettre fur cette matiere les faits
les plus étranges.

Jofeph dit, en effet, qu'on attacha par derriere, à une boucle de fer placée à terre, les
pieds & les mains de quelques-uns des Maccha-
bées ; qu'on les entoura par le milieu du corps
d'une corde ; qu'on les tira en haut à l'aide d'une
poulie ; qu'ainfi on leur brifa l'épine du dos, &
qu'on leur arracha les bras & les jambes. Le
même Hiftorien ajoute qu'on ouvrit aux autres

les côtés avec des alênes, pendant qu'on les brû-loit, afin que la flamme s'infinuât jufqu'aux en-trailles.

On attachoit des martyrs fur un cylindre fort large qu'on conduifoit en haut d'une montagne efcarpée, & qu'on laiffoit enfuite rouler à travers les rochers & les cailloux ; & même Sainte Cathe-rine fut déchirée fur un cylindre, que l'on avoit eu la précaution de garnir de pointes de fer (1).

On ne prétend pas parler ici des fupplices de tous les martyrs, dans la perfécution des chré-tiens ; car ce travail feroit immenfe.

On plantoit des aiguilles fous les ongles, lorf-qu'on mettoit à la queftion : on condamnoit à être dévoré par les bêtes ; à avoir la barbe, le poil & les cheveux enduits de poix, & à être ainfi brûlé. On tirailloit & rompoit fur le chevalet : on rouloit nud fur des pointes de verre : on brûloit fur des grils ; on couvroit de miel, & on expofoit à la morfure & aux aiguillons des mou-ches : enfin, on fufpendoit le martyr par les pieds, la tête dans une foffe, où l'on mettoit un ferpent & un chien, auxquels on ne donnoit point de nourriture.

_____

(1) Laurentius, *de Tormentis.*

Les fupplices des différens peuples, pendant les fiecles gothiques, n'ont pas de caractère particulier. Ceux qu'emploient àujourd'hui l'Europe entiere, font de trancher la tête, d'étrangler, de rompre & de brûler vifs, de fcier entre deux planches, de fufiller, & même d'écorcher en certaines occafions.

Cependant les Anglois ont eu dans tous les tems des fupplices & des lois pénales atroces, qu'on a déjà comparés à ceux des Japonois. Autrefois ils coupoient en morceaux le coupable de haute trahifon; ils lui arrachoient le cœur & les oreilles, & ils les jettoient dans les flammes (1). On verra plus bas qu'on revêtoit encore ces exécutions d'un appareil barbare. Ils condamnoient un empoifonneur à être bouilli(2), & Labat nous apprend que, dans les colonies, ils puniffent aujourd'hui les Negres & les Indiens qui viennent faire des defcentes fur leurs terres par un fupplice, » dont on ne peut fentir l'horreur, fans connoître la forme d'un moulin à fucre & de fes tambours, où la moindre imprudence expofe les ouvriers à périr. Ils joignent enfemble les pieds du Negre qu'ils veulent punir, &

_____

(1) *Principles of penal Law.*
(2) *Ibid.*

après lui avoir lié les mains à une corde, paſſée dans une poulie attachée au chaſſis du moulin, ils élevent le corps & mettent la pointe des pieds entre les tambours, après quoi ils font marcher les quatre couples de chevaux attachés aux deux bras, & laiſſent filer la corde qui attache les mains, à meſure que les pieds & le reſte du corps paſſent entre les tambours, qui les écraſent fort lentement. «

Les ſupplices établis par les lois font terribles en Orient & dans les pays deſpotiques, & on eſt ſoumis d'ailleurs à tous ceux qu'il plaît aux Sultans d'inventer. On citera d'abord quelques petits états de l'Aſie, pour s'arrêter davantage ſur la Corée, la Chine & le Japon.

A Bantam, on attache les criminels à un poteau, & on les poignarde (1).

Les rois de Ceylan les condamnent à manger leur propre chair & celle de leurs enfans, & après les avoir long-tems tourmentés, ils les font dévorer par des chiens ou écraſer par des éléphans (2).

» Le P. Tachard vit des Macaſſars qui venoient

(1) Rel. d'Houtman.
(2) Rel. de Knox.

de fubir une effroyable torture ; on les avoit roués de coups de bâton ; on leur avoit enfoncé des chevilles fous les ongles, écrafé tous les doigts, appliqué du feu aux bras & ferré les tempes entre deux ais. Ils furent enfuite attachés à terre, pieds & poings liés, le corps nud, autant que la pudeur pouvoit le permettre : dans cet état, on lâcha un tigre, qui, après les avoir flairés, fans leur caufer de mal, effaya de fortir de l'enceinte, haute de quatre pieds. Il étoit midi, qu'il n'avoit point encore touché aux criminels, quoiqu'ils euffent été expofés depuis les fept heures du matin. L'impatience des bourreaux leur fit retirer le tigre pour attacher ces miférables debout à de gros pieux. Cette pofture parut plus propre à animer le tigre, qui en tua trois avant la nuit, & la nuit même le quatrieme. Les exécuteurs tenoient ce cruel animal par deux chaînes, paffées des deux côtés hors de l'enceinte, & le tiroient, malgré lui, fur les criminels, qu'on n'entendit jamais ni fe plaindre, ni feulement gémir. L'un fe laiffa dévorer le pied fans le retirer ; l'autre, fans faire un cri, fe fentit brifer tous les os du bras. Un troifieme fouffrit que le tigre lui léchât le fang qui couloit de fon vifage, fans détourner les yeux, & fans remuer ; le quatrieme tourna autour de fon poteau, pour éviter cet animal furieux ;

furieux ; mais il mourut avec la même conftance que les autres (1). «

Les Malabars hachent ordinairement les criminels à coups de fabre (2).

A Siam , le roi condamne un coupable à être dévoré par des crocodiles & des tigres , ou écrafé par des taureaux. Un vaffal voulut fe révolter ; le prince le fit nourrir quelque tems de la chair qu'on arrachoit de fon corps , & qu'on grilloit enfuite dans une poële (3). Les voleurs avalent trois ou quatre onces d'argent fondu ; & pour exécuter un prince , on l'étend fur une étoffe de couleur écarlate , & on lui enfonce l'eftomac avec un billot (4).

Plufieurs Auteurs (5) reprochent aux Siamois un fupplice infernal. » On ferre fortement le corps d'un criminel ; on le pique avec des inftrumens très-pointus , non pour lui tirer du fang , mais pour l'obliger à retenir fon haleine. On faifit enfuite le moment favorable ; on le coupe brufquement en deux , & on met la partie fupérieure

---

(1) Voyez auffi le Voyage de Forbin.
(2) Voyage de Dellon.
(3) Rel. de Faria.
(4) Rel. de la Loubere.
(5) Glanius , &c.

du corps fur une plaque ardente de cuivre ; ce qui arrête le fang, & prolonge la vie du patient dans des tourmens inexprimables (1). «

Si un foldat Cochinchinois a mérité la mort pour crime de lèfe-majefté, on l'attache nud à un poteau, & chacun de fes camarades lui coupe un morceau de chair (2).

On coupe les pieds & les mains aux meur- triers de quelques cantons de l'Inde ; on les jette dans un champ proche du grand chemin, & on les y laiffe mourir (3).

Les Coréens, à l'aide d'un entonnoir, remplif- fent le corps d'un affaffin, de vinaigre, dans lequel on a lavé le cadavre pourri du mort ; on le frappe enfuite fur le ventre à coups de bâton, jufqu'à ce qu'il expire. On étouffe les voleurs, en les foulant aux pieds (4). Une femme, qui tue fon mari, eft enterrée vive jufqu'aux épaules, au milieu d'un grand chemin, & l'on place près d'elle une hache, dont tous les paffans roturiers doivent lui donner un coup.

La fœur d'un roi de la Corée l'empêcha, par

---

(1) On ne fait pas cependant fi ce fupplice eft poffible.
(2) Rel. de Rhodes.
(3) Rel. de Tavernier.
(4) Rel. d'Hamel.

un charme, de jouir du repos : le prince la fit enfermer dans une chambre pavée de cuivre, au-deſſous de laquelle on alluma un grand feu (1).

Les ſupplices ordinaires à la Chine ſont d'étrangler, de trancher la tête & de *couper en mille piéces :* on punit les rebelles & les traîtres de cette troiſieme maniere. L'exécuteur écorche la tête du criminel, juſqu'à ce que la peau deſcende ſur ſes yeux, afin qu'il ne puiſſe voir ce qu'on lui fait : il coupe ſucceſſivement toutes les parties du corps, & lorſqu'il eſt fatigué de ce ſanglant exercice, il l'abandonne à la fureur de ſes ennemis & aux inſultes du peuple (2).

La baſtonnade eſt ſouvent un ſupplice capital : lorſqu'on la donne ſur les os des jambes, on lie les pieds du coupable ſur un petit banc large de quatre doigts ; on lui met un autre banc ſous les jarrets, & on commence l'opération : ſi on la donne ſous la plante des pieds, on aſſied le coupable à terre ; on lie ſes pieds enſemble par les gros orteils ; on paſſe une piece de bois entre ſes jambes, & l'on ſe ſert d'un bâton de la groſſeur du bras : pour le bâtonner ſur les feſſes,

(1) *Ibid.*
(2) Rel. de Magalhaens.

on le couche à terre, la face en bas. Cent coups de bâton équivalent à la mort, & cinquante produisent quelquefois le même effet.

Un empereur de la Chine, à l'instigation de sa concubine, inventa un nouveau supplice, sous le nom de *Pau-lo*. On éleve une colonne de cuivre, haute de vingt coudées sur huit de diametre, creuse comme le taureau de Phalaris, avec trois ouvertures pour y mettre du feu ; on attache les criminels à cette colonne, qu'ils embrassent avec les bras & les jambes. On dit que la concubine s'amusoit beaucoup à ce spectacle (1).

Les Japonois fendent le ventre des coupables (2). Un étranger, surpris avec une femme, est étendu par terre : deux hommes lui tiennent les bras, & deux autres les jambes ; le cinquieme, qui porte une massue de fer, prend son élan à dix ou douze pas du criminel, & vient, en dansant, écraser la tête de ce misérable (3). On a parlé ailleurs de quelques autres supplices qui peignent mieux le caractère cruel & sombre des Japonois.

———————————————————

(1) Duhalde. Le Comte.
(2) Rel. de Kempfer.
(3) Voyages au Nord, t. 3.

On finira ce chapitre par le supplice des Freres Moraves. Comme ils ont horreur de verser le sang, ils chatouillent le coupable jusqu'à ce qu'il meure.

CHAPITRE II.

Bourreaux.

DANS l'enfance des sociétés, on ne charge personne en particulier de l'exécution des criminels. Lorsqu'on fait périr un coupable, chacun indifféremment exerce les fonctions de bourreau ; & il n'y a ni honte, ni déshonneur, à servir ainsi d'instrument à la Justice. L'Escarbot & Champlain nous apprennent que, chez les Indiens de l'Amérique septentrionale, les parens du condamné le tuent de leurs mains. Les Hottentots amenent un accusé en plein champ devant ses juges : si le crime est prouvé, on l'exécute à l'instant ; le capitaine du kraal fond sur lui, & l'étend à ses piéds d'un coup de massue : toute l'assemblée le frappe ensuite, jusqu'à ce qu'il soit assommé (1).

_____

(1) Rel. de Kolben.

Si un esclave d'Issiny est condamné à mort, un officier du roi court dans les rues comme un insensé, & fait pancher de côté & d'autre un fétiche qu'il porte sur sa tête. Dès qu'il arrive à la place, où l'on a conduit le criminel, il perce la foule, & demande au fétiche, qui doit être l'exécuteur ? Le premier jeune homme qu'il touche de l'épaule, est celui qu'on suppose nommé par le dieu. Il demande encore, si c'est assez d'un seul exécuteur, & quelquefois leur nombre va jusqu'à dix. Le premier tire son poignard & perce la gorge de l'esclave, tandis que les autres tiennent la victime, dont ils font couler le sang sur le fétiche. Les exécuteurs sont impurs pendant trois jours, & ils se bâtissent une cabane loin du village ; mais, durant cet intervalle, ils ont droit de pendre tout ce qui tombe entre leurs mains. Enfin, après diverses purifications, ils retournent triomphans vers leurs compatriotes. Ils arrachent une dent au criminel, qui est mort par leurs mains, & plus ils peuvent en montrer, plus leur réputation est éclatante (1). Personne ne refuse cet emploi, & les fils du roi ne craignent pas de l'accepter.

Ailleurs, on oblige les criminels à s'exécuter

_____

(1) Voyage de Loyer.

eux-mêmes, comme nous le dirons à l'article du Suicide. Le roi d'Ethiopie ne pouvoit pas faire mourir un de ses sujets condamné au dernier supplice. Un officier apportoit la sentence au coupable, qui s'étrangloit de ses propres mains (1).

Une loi de Witolde, prince de Lithuanie, ordonnoit aux criminels de se faire mourir eux-mêmes, afin que l'exécuteur ne commît pas un homicide (2).

Il paroît qu'on n'établit des bourreaux que fort tard : chez les Juifs, les juges exécutoient les criminels, & la même coutume a régné long-tems en Europe. En quelques cantons de l'Allemagne, le plus jeune du corps de ville étoit chargé de cette fonction ; & comme on montroit souvent de la répugnance à l'accepter, on imposa des amendes à ceux qui la refusoient. Une vieille chronique d'Amsterdam nous apprend, qu'alors on fournissoit à ses dépens soixante mille cailloux pour l'entretien du pavé de la ville.

Il n'y a pas long-tems qu'en Islande les *syslomen*, ou sous-baillifs, étoient les bourreaux de l'isle.

_____

(1) Diod. de Sic. l. 3. ch. 4. Hérod.
(2) Mont. l. 3. ch. 7.

Lorsque les sociétés prennent une assiette fixe, on établit des exécuteurs. Ces officiers ne sont pas toujours avilis, & ils remplissoient chez les Grecs une fonction de magistrature : mais ils tombent ordinairement dans le mépris ; car l'habitude de verser le sang humain, rend féroce & cruel, & il est à craindre qu'un bourreau ne se déprave. A Rome, on les reléguoit hors de la ville, & leur métier étoit d'autant plus infâme qu'on les obligeoit à violer les vierges avant de les étrangler (1). Une loi des Rhodiens leur défendoit même d'entrer jamais dans la ville (2).

Mais le despotisme & la superstition qui intervertissent tout, changent quelquefois ces idées. On a vu des princes faire les fonctions de bourreau, & s'amuser à cet exercice : on dit que la capitale du royaume de Maroc n'a eu long-tems d'autre exécuteur que l'empereur lui-même ; que Muley Ismaël a tué dix mille hom-

---

(1) Après la condamnation de Séjan, on traîna en prison sa fille, âgée de huit ou dix ans : elle demandoit sans cesse où *on la menoit*, & *ce qu'elle avoit fait* ; elle disoit *qu'elle ne le feroit plus*, & qu'on *n'avoit qu'à lui donner le fouet*. On la condamna à mort, & le bourreau la viola avant de l'étrangler. *Annal. de Tacite*, L. 5.

(2) Dion. Chrysost. Orat. 31.

mes de fa main , que tous les vendredis , il abbattoit les têtes de cinquante chrétiens ; ce qui paroît un peu exagéré ; & qu'il étoit devenu fi féroce , que , pour montrer fon adreffe , il enlevoit d'un coup de fabre la tête d'un de fes écuyers.

C'eft le roi de Mélinde qui donne la baftonnade : ceux qui la reçoivent baifent les pieds du prince & le remercient. En d'autres pays , on amene au palais les officiers qui ont malverfé : on les couche le vifage contre terre ; le roi prend fon bâton de juftice , & leur en applique autant de coups qu'il le juge à propos (1).

Les Indiens du Malabar obéiffent fans réferve à leur fouverain , & au premier mot qui fort de fa bouche , les naïres de la garde , s'empreffent de faire l'office de bourreau (2).

---

(1) Offor. Ramufio. Davity. Dapper.

(2) Le Voyageur Dellon ajoute qu'il n'y a pas d'autre exécuteur dans la nation ; mais les naïres de la garde n'habitent pas l'intérieur du pays , & on doit relever ici une méprife des Voyageurs qui eft affez finguliere : comme la plupart ne voyent que les capitales , ils jugent par-là du refte de l'empire : ainfi les uns nous difent que chez les Negres , les rois *jugent toutes leurs caufes* , parce qu'ils jugent toutes celles de la capitale : qu'à Maroc , l'empereur étoit *le bourreau de tout l'empire* , parce que Muley Ifmaël prenoit plaifir à exécuter les criminels de fa réfidence , &c.

Le roi de Siam donne à tous les gouverneurs de province des bourreaux pour l'exécution de fes ordres : on les nomme *bras peints*, parce qu'ils fe déchiquetent les bras, & qu'ils mettent fur leurs plaies de la poudre à canon, qui les peints d'un bleu noirâtre (1).

Les exécuteurs chinois font des foldats ; les préjugés n'attachent point de honte à leurs fonctions, & c'eft un honneur de s'en bien acquitter. A Pékin, ils portent une ceinture de foie jaune, c'eft-à-dire, de la couleur impériale : leur fabre eft couvert de la même étoffe, pour montrer qu'ils font revêtus de l'autorité de l'empereur (2).

Lorfqu'on veut accorder une grace à un criminel Japonois, on permet à fon plus proche parent de l'exécuter dans fa maifon, & cette mort qui n'a rien d'honteux pour celui qui la donne eft auffi moins déshonorante pour celui qui la reçoit. Plufieurs demandent la permiffion de s'ouvrir le ventre de leurs propres mains, & c'eft le comble de la faveur de l'obtenir (3). Le public lui-même partage dans cette ifle les fonctions du bourreau : on coupa la tête aux deux

(1) Rel. de la Loubere.
(2) Rel. de Magalhaens.
(3) Rel. de Kempfer.

hommes & à la femme que Sarris vit exécuter. Les fpectateurs effayerent enfuite la bonté de leurs fabres, & taillerent les cadavres en pieces. Ils replacerent les morceaux les uns fur les autres, & ils recommencerent encore cette fanglante boucherie, pour voir qui couperoit le plus de morceaux à la fois.

Quand la fuperftition profcrit un homme, des fanatiques le tourmentent de leurs propres mains. Un Juif fut accufé de blafphéme contre la Sainte Vierge ; on le condamna à être écorché : des chevaliers mafqués, le couteau à la main, monterent fur l'échafaud, & en chafferent l'exécuteur, pour venger eux-mêmes l'honneur de la Sainte Vierge.

Bonner, évêque de Londres, arrachoit la barbe d'un tifferand, qui ne vouloit pas abjurer fes fyftêmes : il fouetta lui-même un autre hérétique ; il tint la main d'un troifieme fur la chandelle, jufqu'à ce que les nerfs & les veines fuffent brûlés, afin de lui faire fentir combien le fupplice du feu eft horrible.

Wryothefly, chancelier d'Angleterre, ordonna de mettre à la torture une jeune & belle femme, qui ne penfoit pas comme lui fur la préfence réelle de Jefus-Chrift dans le Sacrement de l'Euchariftie ; de fon propre bras, il lui déchira

le corps, & enfuite il la jetta dans les flammes (1).

Voici une bifarrerie qu'il faut expliquer. La
profeffion des Tanneurs eft abhorrée au Japon,
parce qu'ils paffent leur vie à écorcher des cadavres, & ils exercent l'office de bourreau (2). — Il
paroît que les Japonois ont un goût très-vif pour
les parfums, & ils déteftent les Tanneurs qui
font fort fales & qui fentent mauvais.

CHAPITRE III.

Appareil des fupplices.

LES attentats que venge la loi font fouvent
irréparables ; mais on cherche à prévenir d'autres délits. On veut intimider le peuple par la
terreur & le remuer fortement par le fouvenir
des châtimens qui attendent les coupables ; &
les exécutions fe font avec appareil. Dans les
fiecles de barbarie, le fupplice des criminels
étoit un fpectacle qu'on donnoit au peuple, &
l'on choififfoit fouvent les jours de fête.

(1) *Principles of penal Law.*
(2) Kempfer.

Le Tunquinois, qui reçoit fon arrêt de mort, eft obligé de fe préfenter avec un bouquet d'herbes à la bouche, parce qu'il mérite de le brouter, & d'être traité comme une bête. — A Fez, on promene le criminel les mains liées derriere le dos, & il annonce lui-même la caufe de fon fupplice.

Il y a des peuples dont le caractere violent eft difficile à dompter, & l'on a recours à des moyens plus durs. Autrefois, en Angleterre, on coupoit les parties de la génération à un criminel avant de l'exécuter ; on les brûloit devant lui, & on lui difoit : *Miférable, tu ne méritois pas de recevoir le jour, & tu n'es pas digne de laiſſer de poſtérité* (1).

Si l'on exécutoit deux criminels à la fois, on amenoit le fecond auprès de fon camarade qu'on coupoit en morceaux : le bourreau s'approchoit de tems en tems de lui, & frottant de fes mains enfanglantées le vifage de ce malheureux, il étoit obligé de lui dire en raillant : *N. comment trouves-tu cette befogne ? eſt-elle de ton goût* (2) ?

Les légiſlateurs & les magiſtrats ordonnerent, par caprice, d'autres raffinemens de cruauté.

---

(1) *State trials*, vol. 1.
(2) *Principles penal of Law.*

Louis XI fait couper la tête à Jacques d'Armagnac, & il veut que ſes enfans, dont le plus âgé avoit à peine douze ans, ſe placent ſous l'échafaud, tête nue, les mains jointes, & vêtus de blanc, afin qu'ils ſoient arroſés du ſang de leur pere.

On répandit ſur les ſupplices un appareil d'un autre genre. Caſimir Liſzynſkly, gentilhomme Polonois, accuſé d'athéiſme, fut brûlé : on mit ſes cendres dans un canon, qu'on tira du côté de la Tartarie.

Les Egyptiens ſentirent de la commiſération pour les criminels, & avant de conduire un homme au ſupplice, on l'étourdiſſoit, en lui faiſant avaler de l'encens (1).

_____

(1) Recherches philoſophiques ſur les Egyptiens, t. 1.

CHAPITRE IV.

Préjugés sur l'infamie des supplices.

CHEZ les Sauvages & chez quelques peuples barbares, la mort d'un coupable ne fait rejaillir aucune infamie sur ses parens. Lorsqu'il se trouve un criminel dans une famille, ses proches s'empressent à l'exécuter eux-mêmes, pour qu'on ne les accuse pas d'être complices.

Il y a des contrées où la nature ne parle plus dès qu'un homme est digne de mort, & où la mere prend des moyens pour arrêter son évasion, comme elle en prend ailleurs pour la favoriser. Diodore de Sicile raconte qu'un Éthiopien condamné à mort forma le projet de s'enfuir, & que sa mere l'étrangla avec une jarretiere, afin de n'être pas déshonorée par cette fuite.

D'autres peuples sentent la fragilité de l'homme, & ils ont de l'indulgence pour les criminels. Ils les traitent comme des malheureux que l'on sacrifie au salut public, sans les haïr & sans les mépriser. Chez les Hottentots, le châtiment efface le crime : la mémoire du coupable n'est point

flétrie, & on célébre ses funérailles avec autant
de respect que s'il étoit mort vertueux (1).
Sur la Côte d'Or, ses parens s'assemblent &
pleurent autour de son corps : ils prennent sa
tête ; ils la font cuire, jusqu'à ce qu'elle soit
dépouillée de toute sa chair ; ils en avalent
le bouillon, & suspendent le crâne à leurs fétiches (2).

Les préjugés naissent à mesure que les sociétés
se policent, & quoique les conseils, les exhortations & les soins des parens, ne puissent pas
triompher d'un mauvais naturel, ou de l'emportement des passions, des innocens partagent la
honte du délit. Ce préjugé est absurde en lui-
même ; il fait bien des victimes, mais il ne faut
peut-être pas regretter qu'il soit répandu parmi le
peuple.

La distinction des rangs amene d'autres préjugés sur l'infamie de certains supplices, & comme si le crime ne faisoit pas rentrer indifféremment
ment tous les hommes dans la classe des coupables, ceux qui périssent par la main du bourreau, conservent encore, sous le fer des lois,
la fierté de leur état. On a donc établi des sup-

_____

(1) Kolben.
(2) Voyage d'Artus.

plices

plices différens pour les roturiers & pour les gens de diftinction, & parce qu'il ne s'agit que de ne pas infliger aux uns & aux autres les mêmes châtimens, on apperçoit une grande variété dans les ufages.

Les Tunquinois étranglent les criminels du fang royal & coupent la tête aux autres (1), tandis qu'en Europe on pend les roturiers & qu'on décapite les nobles.

Les Chinois étranglent auffi un criminel de diftinction, à moins que fes crimes ne le ravalent à la punition du peuple, c'eft-à-dire, à moins qu'on ne lui tranche la tête. Lorfque l'empereur veut donner aux mandarins & aux feigneurs condamnés à mort, une marque de bonté, il leur envoie un cordon de foie. La décolation paffe pour le plus infâme de tous les fupplices, parce que la tête, qui eft la partie principale de l'homme, eft féparée du tronc, & que le criminel ne conferve point, en mourant, fon corps, tel qu'il l'a reçu de la nature. Quand un homme meurt de cette maniere, on croit qu'il a manqué de foumiffion à fes parens, qui lui avoient donné un corps fain & parfait, & on

_____

(1) Rel. de Baron.

achete à grand prix les cadavres de ſes amis, pour y recoudre la tête (1).

Les anciens Mogols ne permettoient pas qu'on pendît les ſectateurs de l'Iſlamiſme, & lorſqu'un Mahométan méritoit la mort, il expiroit ſous le fouet (2).

Il y a des délits qui ne ſuppoſent pas une ame dépravée, & qu'on punit par un ſupplice qui n'eſt point infamant. Ainſi les déſerteurs qui paſſent par les armes ne ſont point déshonorés, & ſi le ſupplice de la corde ne puniſſoit qu'un crime odieux, & ſi la décapitation étoit le châtiment d'un délit moins grand, le préjugé ſur l'infamie de certains ſupplices pourroit être fondé.

Il ſeroit aiſé de s'étendre davantage ; mais quand on a poſé les principes, il faut ſavoir s'arrêter.

---

(1) Rel. de Magalhaens.

(2) Etat civil, polit. & comm. du Bengale, &c. t. 1.

CHAPITRE V.

Châtimens qui donnent quelquefois la mort.
Queſtion.

On parlera ici des châtimens qui donnent ſouvent la mort, ſans que le criminel ſoit condamné à perdre la vie ; & l'on ajoutera quelques obſervations ſur la baſtonnade, le fouet, les gravures au fer chaud & les mutilations. Une légiſlation eſt bien corrompue, lorſqu'on fait mourir un homme contre la teneur des lois, qui ne décernent qu'une ſimple correction.

La baſtonnade eſt un châtiment ſervile, & jamais il ne fut en uſage chez les peuples libres, ou chez les peuples courageux. Dans la Gaule & dans la Germanie, un coup de bâton étoit puni plus ſéverement qu'un meurtre, parce qu'on ſe croyoit déshonoré par cet outrage, & la baſtonnade ne ceſſa d'être infamante à Rome, que lorſque Rome fut corrompue (1).

Quand on donne le grand knout en Ruſſie,

----

(1) Vid. *Lege iſtus fuſtium de iis qui notantur infamiâ.*

on fufpend le criminel à une potence par les deux poignets. Ses deux pieds font liés enfemble, & l'on paffe entre fes jambes une poûtre qui les difloque (1).

La baftonnade eft un châtiment journalier à la Chine ; & chacun eft foumis à cette correction paternelle. L'empereur la fait fubir aux perfonnes d'un rang diftingué , fans cependant les exclure de fa cour. La plupart des officiers du prince font les maîtres d'ordonner le *pant-fe* ; & comme tout eft rempli d'ordonnances & de cérémonies, on donne à chaque inftant des coups de bâton. Un feul tue quelquefois une perfonne délicate ; le patient qui fort des mains du bourreau eft obligé de fe mettre à genoux devant fon juge, de baiffer trois fois le front jufqu'à terre , & de le remercier du foin qu'il a pris de fon amendement (2).

On n'imprima d'abord des lettres fur le corps d'un coupable , que pour le reconnoître , s'il commettoit de nouveaux délits ; mais , dans la fuite , on ne s'arrêta plus. Zonare dit que l'empereur Théophile fit infcrire douze vers fur le front de deux moines ; on lit dans Pétrone,

_____

(1) Voyage de l'abbé Chappe.
(2) Duhalde. Le Comte.

qu'Eumolpe remplit le visage de Giton de lettres gravées au fer chaud, & l'on cite des coupables morts sous les mains de l'opérateur.

Les mutilations sont un châtiment de barbares, comme on l'a vu plus haut ; on a déjà observé que les Indiens d'Achem, à qui l'on coupe les bras ou les jambes, en meurent souvent. La peine de crever les yeux, qui n'est pas moins dangereuse, fut jadis très-répandue, & on employa bien des méthodes.

Les Mingréliens, chez qui cet usage est ordinaire, ont deux plaques de fer de la grandeur d'un sol, attachés au bout de deux pointes qui s'unissent à un manche de bois ; ils les rougissent au feu, & ils les appuient sur les yeux du criminel.

Dans l'empire Grec, on se servit long-tems d'une broche ardente ; Michel inventa le vinaigre bouillant, & la derniere façon prévalut.

Henri, frere de Guillaume le Conquérant, faisoit passer devant les yeux un bassin de cuivre ardent.

Le mot de *torture* inspire plus d'horreur que tout ce que peuvent dire les Ecrivains. Il paroît que l'homme contracte bientôt cet usage ; car les Sauvages tourmentent leurs captifs pour en arracher un aveu. Ce n'est pas l'intérêt de la

Torture.

O iij

vérité qui les anime. S'ils font au captif une
queftion à laquelle il ne peut répondre, ils prennent fon filence pour de l'opiniâtreté; leur colere s'allume, & comme ils croyent qu'il cache
ce qu'on lui demande, ils redoublent les tortures.

Lorfque des magiftrats ou des fatellites inter-
rogent un coupable, ou un innocent, qui n'a
rien à répondre, ou qui cache ce qu'il fait, fouvent on l'applique à la queftion, & il eft vrai de
dire que cette barbarie provient d'un fentiment
naturel d'impatience & de colere qui porte à fe
venger de quiconque heurte nos fantaifies : telle
eft la premiere origine de la queftion.

L'hiftoire de l'homme eft toujours affligeante :
fes paffions enfantent tous les défordres, & l'on
ne conçoit pas un autre arrangement. Des con-
jurés trament dans l'état un complot qui fe
découvre ; on faifit quelques coupables : il eft
important de connoître leurs complices : on les
interroge ; ils s'obftinent à fe taire ; rien ne peut
les forcer à parler : on les menace de la torture ;
on les y met, lors même qu'on n'efpere rien de
cette barbarie, & qu'on en fent l'abfurdité.
On remarquera que des confpirateurs unis entre
eux par l'attachement de la débauche, étoient
encore plus intrépides & plus fermes ; & cette

circonſtance l'introduiſit d'ailleurs dans les anciennes républiques.

On ne met pas moins d'importance, à la vérité, dans d'autres occaſions, & la plupart des gouvernemens appliquent les criminels à la torture : dès qu'on a fait le premier pas, on confond indiſtinctement l'innocent, le coupable & l'accuſé. Lorſqu'un Gaulois de diſtinction mouroit d'une mort qu'on croyoit violente, le ſoupçon tomboit ſur ſes femmes, comme ſur ſes domeſtiques, & on les mettoit tous à la torture (1).

Les tortures ſont infinies, & ſouvent plus douloureuſes que les peines capitales, & les combinaiſons qu'on a faites pour découvrir ce qui cauſeroit le plus de tourment, ſont vraiment admirables. Quelquefois on brûle au feu les extrémités des doigts ; on diſloque les épaules en ſoulevant, avec une poulie, les bras relevés en arriere. Les Chinois placent les pieds de l'accuſé dans des bois creuſés, & on les ſerre de maniere que la cheville en eſt applatie. On appuie les doigts contre des morceaux de bois, & on les comprime très-fortement. D'autres fois on écorche par degrés le corps du criminel,

––––––––––––––––––––––

(1) Cæſar, de Bello Gallico.

& on lui enleve de petites lanieres ou des filets de peau.

Gama revenant en Europe fe plaignit de la trahifon d'un Maure ; il le fit d'abord fouetter ; il ordonna enfuite de le lier par les parties naturelles , & de le tirer de bas en haut avec une poulie (1).

Quand les abus font établis , la raifon & les lumieres les attaquent en vain , & l'habitude a rendu naturels la plupart des maux qui affligent la terre. Les tribunaux eux-mêmes affervis aux anciens préjugés fufcitent des obftacles aux réformateurs. Le roi de Suede vient d'abolir la queftion (2); fes tribunaux lui ont demandé en 1774 un moyen d'engager des voleurs attroupés à révéler leurs complices. Ce prince éclairé leur a, fans doute , répondu qu'il eft fâché de n'en point connoître.

---

(1) Prevôt , t. 1.

(2) L'Empire & la Ruffie viennent de l'abolir également.

CHAPITRE VI.

Supplices qu'on s'inflige foi-même. Conftance dans les fupplices.

POUR mener une vie fans tache , & pour ne pas troubler le repos des autres , l'homme s'apperçut bientôt qu'il faut réprimer fes penchans & dompter fa chair. La divinité fembloit exiger ces facrifices ; on les lui offrit , & , dès ce moment, on ne mit plus de bornes aux tourmens qu'on s'impofa.

Les macérations des Fakirs & des Talapoins font connues, & les légiflateurs ne puniffent pas plus rigoureufement les criminels. Ils fe chargent de chaînes ; ils fe déchirent le corps ; ils prolongent ces tortures pendant des jours , des femaines & des mois entiers.

Les Indiens de Golconde font fouvent des vœux à l'idole de la petite vérole. » On ouvre , avec un couteau, les épaules du fanatique , & l'on y paffe les pointes de deux crocs de fer: ces crocs tiennent au bout d'une folive pofée fur un effieu , porté par deux roues ; de forte que la folive remue librement. L'Indien tient d'une main un poignard & de l'autre une épée. On l'éleve en l'air, & on le traîne dans cet état l'efpace d'un quart de lieue. « Methold, qui en vit accrocher quatorze, s'étonne que la pefanteur du corps ne fît pas rompre la chair.

Les convulfionnaires fe dévouoient en apparence à de plus grandes douleurs encore, comme on peut le voir dans l'ouvrage de M. Morand (1).

Ces pénitences volontaires vont quelquefois jufqu'à la mort. On fait au Bengale une proceffion de l'idole Jagrenat; on la tranfporte d'un temple à un autre, & il y a des miférables qui fe précipitent fous les roues du char, & qui fe croyent fort heureux d'être écrafés (2).

La nature deftine l'homme à toutes fortes de maux; mais elle lui donne un fond de courage qui ne s'affoiblit que dans la fociété. La fermeté & l'intrépidité des Sauvages nous étonneront toujours, & jamais nous ne fentirons bien qu'elle eft leur conftance au milieu des fupplices.

---

(1) Opufcules de Chirurgie, *in* 4°.
(2) Rel. de Mandeflo & de Bernier.

LIVRE SEIZIEME.

HOMICIDE. SUICIDE. SACRIFICES HUMAINS.

CHAPITRE PREMIER.

Homicide.

L'HOMME cherche à détruire tout ce qui blesse ses passions, & rien n'est si commun chez les Sauvages que le meurtre ; mais dès que les sociétés se forment, on commence à sentir de l'horreur pour l'homicide , & lorsqu'on n'est pas à la guerre, on ne se tue plus aussi légérement. Entre les Marianes & les Philippines, on trouve une isle habitée par un peuple qui parle ainsi : *Ce que je vous dis est aussi vrai qu'il est vrai qu'un homme n'en tue jamais un autre ;* & les Samoyedes ne comprennent pas encore

comment un homme peut tuer un de ſes ſem-
blables (1).

Les peuples recommencent bientôt à ſe fami-
liariſer avec ce crime, & le monde entier eſt
devenu un repaire de meurtriers. & d'aſſaſſins.
On rappellera ſommairement les faits épars dans
le reſte de l'ouvrage. La commiſération & la pitié
égorgent les vieillards, les malades & les eſtropiés : les peres tuent impunément leurs enfans,
& les Arméniens & les Parthes conſervoient ce
droit ſur un fils & ſur une fille, lors même qu'ils
étoient en âge nubile. Le droit de la guerre
permet les meurtres les plus crians ; ce n'étoit pas
un péché véniel de tuer des Américains (2), &
des Eſpagnols faiſoient vœu d'en maſſacrer douze
par jour. Dans les premiers tems, on laiſſe à chaque individu le ſoin de ſe venger, & les barbares établirent un tarif pour les meurtres ; les
maîtres tuent leurs eſclaves ; les Spartiates alloient
à la chaſſe des ilotes, & les nobles du Danemarck
tuoient un payſan ou un bourgeois, en mettant
un écu ſur le corps du défunt, &c. &c. &c.

On croit que le meurtrier a du courage,
puiſqu'il étouffe ſa ſenſibilité & qu'il affronte la

(1) Mém. ſur les Samoyodes & les Lapons.
(2) Diſoient des caſuiſtes, comme on l'a vu ailleurs.

vengeance de toute une famille, & fur ce principe, on met l'affaffinat au nombre des grands
exploits. L'habitant de Mindanao qui veut commettre un homicide, amaffe une fomme d'argent
pour arrêter les pourfuites : après fon expédition,
on l'éleve au rang des braves, avec le droit de
porter un turban rouge. Chez les Caraguos, il
faut avoir tué fept hommes pour obtenir cet
honneur (1).

On a déjà dit que des peuples confacrent le
meurtre par la religion ; mais les Idaans, de l'ifle
de Borneo, ont perfectionné ce fyftême : c'eft
un article de leur croyance que tous ceux qu'ils
mettent à mort feront leurs efclaves dans l'autre
monde (2).

Quand les Tartares du Kharafan voyoient un
étranger qui avoit de l'efprit, de la valeur ou de
la beauté, ils le tuoient, afin de s'approprier fes
qualités, ou du moins de les répandre fur leur
nation (3).

Les Catalans apprirent que S. Romuald vouloit quitter leur pays ; ils imaginerent de le tuer,
& de profiter au moins de fes reliques, & des

---

(1) Voyage de Gemelli Careri.
(2) *Sketches of the hiftory of man.*
(3) Voyage de Marco Polo.

guérifons & des miracles qu'elles opéreroient après
fa mort (1).

Dans le royaume de Tangut , on choifit un
jeune homme vigoureux , qui peut , en certains
jours de l'année , tuer toutes les perfonnes qu'il
rencontre ; car on croit que ceux qui meurent
de fa main obtiennent , fur le champ, le bonheur
éternel (2).

Des peuples voifins des Juifs , au lieu d'adopter
la loi de Dieu ne fuivirent que cet ufage : » Si ton
père , ou ton fils , ou ta fille , ou ta femme bien
aimée , ou ton ami qui eft comme ton ame , te
difent en fecret , *allons à d'autres dieux ,* tu les
lapideras (3). «

La politique elle-même , indépendamment de
la guerre & des exécutions judiciaires , commet
d'autres meurtres. Le P. Parennin affure que l'empereur & les mandarins de la Chine , prennent de
tems en tems des mefures, pour que le peuple manque d'alimens, & qu'ils facrifient fept ou huit cents
mille victimes au repos public; mais on a peine à
le croire.

Enfin , voici ce qui fe paffe dans les fociétés
les plus policées : pour mieux extirper les Sau-

(1) Effais hift. fur Paris , par M. de Saint-Foix.
(2) Voyage de Grueber.
(3) Deuter. ch. 13.

vages des environs des colonies, l'Angleterre né rougit pas d'accorder des primes à ceux qui arrachoient des chevelures d'Indiens, & même on a porté la récompenfe jufqu'à cent livres fterling (1).

D'autres nations civilifées tolerent des affaffins qui exercent leur métier publiquement & avec impunité : il femble qu'on adopte les idées des barbares fur les vengeances particulieres. On trouve à Kachao (2) des meurtriers nocturnes qui font connus. Ils portent fur leurs habits une cotte de maille couverte d'un tablier de cuir, rempli de trous, auxquels pendent cinq ou fix piftolets & plufieurs poignards. Ils ont en outre une longue épée dont le fourreau s'ouvre tout d'un coup au moyen d'un reffort, ce qui épargne la peine & le tems de la tirer ; une courte carabine, chargée de vingt ou trente petites balles, & d'un quart de poudre avec un bâton fourchu pour la pofer deffus en tirant. Ces affaffins mercenaires égorgent l'homme que vous leur indiquez (3).

_____

(1) *Hiftory of the colony Maffachufet's bay by Hutchinfon.* On peut y voir de quelle maniere on chaffe les Indiens dans les bois, lorfqu'ils font le plus paifibles.

(2) Ville appartenante au roi de Portugal fur la riviere de San Domingo en Afrique.

(3) Voyage de Brue.

Les peuples contractent auffi des habitudes inféparables du meurtre. Les Indiens s'enyvrent d'opium, & fe précipitant au milieu des rues une arme à la main, ils tuent les hommes qui fe trouvent fur leur chemin, jufqu'à ce qu'ils foient tués où arrêtés eux-mêmes. Il ne faut pas imaginer que cette phrénéfie foit rare ; elle fe renouvelle très-fouvent, & M. M. Banks & Solander en ont vu plufieurs exemples pendant leur féjour à Batavia (1).

Des brigands parviennent à fe faire une jouif-fance des affaffinats. Un chef de voleurs Sibériens avoua, qu'il donnoit le butin à fes compagnons, & qu'on lui livroit toutes les victimes. Il les déshabilloit, & les attachoit nues à un arbre : il leur ouvroit le fein vis-à-vis du cœur, & il avoit, difoit-il, beaucoup de plaifir à voir les mouvemens & les convulfions de ces infortunés (2).

Les Romains formerent un fpectacle de carnage. Ils étrangloient fans fruit les princes efclaves enchaînés au char des triomphateurs. Si l'on en croit quelques Hiftoriens, l'arène des

(1) Voyage de Cook. Cela s'appelle dans le pays courir un muck.
(2) Voyage de l'abbé Chappe.

gladiateurs

gladiateurs étoit couverte en un jour de douze ou quinze cents hommes tués ou eſtropiés ; & les dames exigeoient qu'ils mouruſſent dans une attitude agréable. Enfin, ces maîtres du monde ſe blâſerent ſur ce plaiſir : ils raſſemblerent de tous côtés des nains ; ils les obligerent de combattre les uns contre les autres & de s'égorger.

L'imagination de l'homme s'exalte, il devient furieux ; & ce n'eſt alors qu'une bête plus féroce que le tigre. Un Negre ſoupçonna d'infidélité ſa femme enceinte ; dès qu'elle eut accouché, il écraſa l'enfant dans un mortier, & le jetta enſuite aux chiens (1). Muley Iſmaël avoit deux cents enfans : une nourrice lui en apporta un, qui tendant ſes mains careſſantes vers ſon pere, lui toucha la barbe : Muley le prit par les pieds, & l'écraſa ſur le marbre d'une cheminée.

_____

(1) Voyage de Brue.

CHAPITRE II.

Suicide.

ON ne discutera point la question du Suicide : on a tant écrit de part & d'autre qu'il n'y a plus rien à dire.

L'homme accablé de chagrins, de douleurs & d'ennui, ne tarde pas à trouver que la vie est pénible, & le dégoût devient si fort qu'il cherche à s'en délivrer. Les passions factices des grandes sociétés le rendent sur-tout malheureux, & l'on voit peu de suicides dans les premiers tems ; mais on en trouve déjà des exemples.

Les Kamtchadales se tuent de différentes manieres, ils se serrent quelquefois les testicules jusqu'à s'étouffer (1) ; & les vieux Troglodites qui ne pouvoient plus mener paître les troupeaux s'étrangloient eux-mêmes (2),

Le livre des Supplices apprend à quelle époque & dans quel tems on oblige les criminels à se tuer de leurs mains.

Les anciens gouvernemens avoient sur cette

(1) Hist. du Kamtchatka.
(2) Diod. de Sic. l. 3. ch 17.

matiere des maximes & des lois qui ne reſſemblent pas à celles des peuples modernes, & la
politique & la religion autoriſoient le ſuicide.
Séſoſtris, glorieux & conquérant, ſe donna la
mort, après un regne de trente-trois ans. Tous
les prêtres & tous les Egyptiens louerent une ſi
belle action, & chacun diſoit, que la mort du
monarque étoit digne de la grandeur de ſon
ame (1).

Les habitans d'Abydos ſe tuoient en foule
après la priſe de cette ville, & Philippe fit pu-
blier, qu'il permettoit le ſuicide pendant trois
jours (2).

Les Numantins réſerverent par leur capitula-
tion un jour entier, pour ſe donner eux-mêmes
la mort (3).

Les Athéniens expoſoient à l'aréopage les raiſons qu'ils avoient de ſe débarraſſer de la vie:
cette vaine formalité étoit aſſez inutile; car un
homme pouvoit toujours aggraver ſes chagrins.
Les autres peuples de la Grèce toléroient les ſuicides.

Ils entroient dans le plan de la police des an-

_____

(1) *Ibid.* l. 1. ſect. 2.
(2) Polybe, l. 16.
(3) Appian. *de Bello Hiſpanico.*

ciens légiflateurs, puifque les particuliers fe brûloient en public, & faifoient de ce meurtre un
fpectacle d'appareil. Le fameux Peregrin annon-
ça le jour de fa mort, & le défir de voir une
fête fi nouvelle attira une quantité prodigieufe de
fpectateurs (1).

Rome, au tems de la république, proclamoit
le courage des fuicides. Sous les empereurs, on
fe tua de défefpoir ; la tyrannie révoltoit ces
ames républicaines, qui fe fouvenoient encore
de la liberté. Comme on profcrivit la plupart
des grandes familles, on trouvoit un grand
avantage, dit M. de Montefquieu, à prévenir fa
condamnation par une mort volontaire : on
obtenoit l'honneur de la fépulture, & le teftament qu'on laiffoit étoit exécuté (2). A la fin
du regne de Tibere, il fembloit que le fuicide
fût une maladie contagieufe. Les princes s'irri-
terent ; ils vouloient d'ailleurs ôter à celui qui
fe tuoit les deux avantages dont on vient de
parler, & ils prirent de grandes précautions pour
arrêter cette phrénéfie. Afin d'éluder la loi, les
Romains difoient à un efclave : *je t'ordonne de me*

_____

(1) Voyez le Mémoire de M. Capperonnier, dans les
Mém. de l'Acad. des Infcript. & Belles-Lettres.

(2) Voyez Tacite.

faire mourir, & on décerna une peine de mort contre l'esclave qui obéiſſoit à ſon maître, lorſque celui-ci lui ordonnoit de le tuer (1).

Les dévouemens pour la patrie, ſi communs chez les Anciens, étoient de véritables ſuicides (2). Cette coutume ſacrée ſe perfectionna ; car les ſénateurs Romains les plus illuſtres par leur âge, leur dignité & leurs ſervices, ſe dévouerent ſolemnellement pour la république, après la défaite d'Allia & la priſe de Rome par les Gaulois (3).

La baſſeſſe prit dans la ſuite la place de l'enthouſiaſme républicain & maintint cet uſage : des Romains ſe dévouoient pendant la maladie d'un empereur ; d'autres s'engageoient par un vœu ſolemnel à ſe donner la mort, ou à combattre dans l'arêne parmi les gladiateurs, s'il recouvroit la ſanté. Caligula obligea deux de ces flatteurs d'accomplir leur promeſſe : il voulut aſſiſter au combat de l'un ; on promena l'autre au milieu des rues de Rome, orné de feſtons &

---

(1) Loi premiere au Dig. *de Senat. Conſ. Sillan.*

(2) Voyez la Diſſertation de M. Simon ſur les dévouemens dans le tome 5 des Mémoires de l'Acad. des Inſcript. & Belles-Lettres.

(3) Tite-Live, l. 5.

de bandelettes, & une troupe d'enfans le préci-
piterent enfuite du haut des remparts (1).

Garcillaffo & les autres écrivains de l'hiftoire
du Pérou, fe difputerent, au feizieme fiecle,
pour favoir fi les domeftiques & les concubines
qu'on faifoit mourir à la mort des incas, fe dévouoient volontairement, ou fi on les y contrai-
gnoit. Garcillaffo foutient qu'ils fe préfentoient
d'eux-mêmes, & comme ils venoient en plus
grand nombre que ne l'ordonnoit l'étiquette de
la cour, on étoit fouvent obligé de les renvoyer.

Les grands officiers de la cour du Japon s'engagent quelquefois par un vœu folemnel de ne
pas furvivre à l'empereur; & l'intendant de la
monnoie avoit fait ce vœu lors du voyage de
Sarris (2). Les Japonois mettent dans leurs fuicides une férocité particuliere, & l'on fait l'hiftoire de ces deux feigneurs qui s'ouvrirent le ventre fur l'efcalier du palais (3).

Au Malabar, on condamne des malheureux à
fe facrifier aux idoles: ces victimes s'exécutent

---

(1) Voyez encore la Differtation de M. Simon.
(2) En 1613.
(3) Voyez Kempfer, & le livre des Lois pénales, où
l'on parle fouvent du caractère des Japonois.

elles - mêmes en fe frappant douze fois , avec douze couteaux différens , en douze parties du corps, & en prononçant douze fois : *je me tua moi-même en l'honneur de cette idole* (1).

On célébre chaque année une grande fête dans le royaume d'Arrakan : on fait une proceffion folemnelle à l'honneur de l'idole *Quiay-Pora ;* on promene l'idole fur un grand char , fuivi de quatre-vingt-dix prêtres vêtus de fatin jaune. Les plus dévots s'étendent le long du chemin , pour fe faire écrafer ; ou ils fe piquent à des pointes qu'on y attache à deffein , & ils arrofent l'idole de leur fang (2).

Le dogme de la réfurrection des corps & des préjugés fur le devoir des époufes s'établirent , & les femmes fe tuerent ou fe brûlerent dans le tombeau, ou fur le bûcher de leurs maris. Cette coutume fubfifte en Orient depuis des milliers d'années ; & l'on dit que chez les anciens Hindous toutes les femmes du mort accouroient vers le juge, & qu'elles fe difputoient l'honneur de le fuivre dans l'autre monde (3).

Le roi de Narfingue mourut en 1614 ; fes

---

(1) Prevôt, t. 7.

(2) Rel. de Sheldon. Le même ufage s'obferve auffi à la proceffion de l'idole de Jagrenat.

(3) Boëmus , *Mores Gentium.*

P iv

trois femmes, & entr'autres Obiama, reine de
Paliacate, fe brûlerent avec fon corps (1); mais
il paroît que la mort des femmes du Malabar &
de plufieurs pays de l'Inde, n'eft plus volontaire, & que les prêtres les contraignent à ce
facrifice.

On les brûle de trois manieres : dans le royaume de Guzerate, jufqu'à Delhy & Agra, elles
s'affeyent dans une hutte de rofeaux fecs &
de bambous, & on y met le feu par dehors.
La veuve au Bengale fe tient accroupie fur
un bûcher, qu'on allume au moment où elle
embraffe le corps de fon mari. Sur la côte de
Coromandel, on fait un feu dans une foffe
de dix pieds de profondeur; dès que la flamme
commence à s'élever, les prêtres y amenent la
femme à reculons. On jette dans ces bûchers
des vafes d'huile & de réfine ; tandis que les
muficiens font un grand bruit de tambourins &
de flûtes, pour étouffer les cris de la victime.
Dans un autre endroit de la côte de Coromandel, on enterre les femmes vivantes, & chaque
fpectateur les couvre par pitié d'un panier de
fable (2).

---

(1) Rel. de Floris.
(2) Voyage de Tavernier, l. 3. t. 2.

On donne à ces malheureufes un breuvage qui les étourdit & leur ôte la frayeur qu'infpire l'appareil de la mort. On reviendra fur cette matière au livre des Obfeques & des Funérailles ; mais il faut examiner ici par quelle étrange dépravation on imagina cet excès de folie.

Quand on n'étudie la nature humaine que dans nos climats & nos gouvernemens ; lorfqu'on rapporte tout ce qu'on dit des autres peuples aux préjugés de nos fociétés, à la force de notre imagination & à la trempe de nos ames, on a peine à croire cette coutume : mais l'éducation nous rend fufceptibles de tous les courages. Pour devenir pareils à ces peuples décrits par des Voyageurs, que nous accufons d'exagération & de menfonge, il faudroit feulement que les adminiftrateurs euffent intérêt de nous rendre tels ; qu'ils fuiviffent ce projet avec perfévérance, & qu'ils ébauchaffent, fans fe dégoûter, un ouvrage qui ne feroit achevé que dans quelques fiecles.

Des Indiens fe précipitent fous le char de Jagrenat : les fauvages d'Amérique chantent au milieu des tourmens ; des vieillards fe tuent euxmêmes, ou demandent qu'on les faffe mourir : des efclaves & des officiers fuivent avec joie leur maître ou leur prince dans le tombeau ; des

femmes montent gaiment ſur le bûcher de leurs
maris : Calanus & Peregrin ſe brûlent publiquement au milieu d'une grande fête ; des républicains ſe dévouent pour la patrie, &c. Un habitant des contrées modernes ne peut concevoir
cet excès d'héroïſme & de frénéſie, & il eſt, à
cet égard, comme l'aveugle, relativement aux
couleurs.

Enfin, on s'eſt formé des maximes & des principes ſi différens, que les peuples d'aujourd'hui
ne reſſemblent point du tout aux anciens. Lorſqu'on voulut abolir le ſuicide, on fit des lois
abſolument contraires à celles des Romains. Les
ſuicides, par exemple, étoient enterrés, & même
ils ſe tuoient pour cela, mais un capitulaire de
Charlemagne (1) défend de dire des Meſſes, ou
d'offrir des ſacrifices pour eux.

_____

(1) Voyez le ſixieme capitulaire.

CHAPITRE III.

Sacrifices humains.

D'UN bout de la terre à l'autre, on a immolé des victimes humaines. Les Egyptiens, les Arabes, les Crétois, les Cypriotes, les Rhodiens, les Phocéens & les habitans des autres isles de la Grèce, les Pélasges, les Scythes, les Romains, les Phéniciens, les Perfans, les Indiens, les Chinois, les Maffagetes, les Getes, les Sarmates, les Islandois, les Norwégiens, les Suéves, les Scandinaves & tous les peuples du Nord, les Gaulois, les Celtes, les Cimbres, les Germains, les Bretons, les Espagnols, & les Negres de divers pays égorgeoient autrefois des hommes fur les autels de leurs dieux (1).

Dans les pays du Nord, on immoloit les princes eux - mêmes : on tiroit les victimes au fort, & souvent il défigna les rois. Domalder fut facrifié dans un tems de famine, & Olaüs Tretelger fut brûlé vif à l'honneur de Woden. Les

---

(1) Voyez sur ce chapitre un Ouvrage anglois intitulé : *Observations and inquiries relating to various parts of ancient history, by Jacob Bryant.*

princes alors n'épargnoient pas leurs enfans;
Harald en tua lui-même deux des siens pour
obtenir un vent favorable : un autre en immola
neuf, dans l'espérance de prolonger sa vie, &
de s'approprier les jours qu'on leur retranchoit.
On fait que les Cananéens immoloient sur-tout
leurs fils & leurs filles, leurs parens, & les personnes qui leur étoient le plus cheres.

Il ne faut pas croire qu'on immolât une ou
deux victimes par intervalles. Adam de Brême
dit qu'on respectoit tous les arbres de la forêt
d'Upsal, parce qu'ils étoient tous teints de sang,
& Dithmar de Mersbourg assure qu'à Ledur en
Zélande, on immoloit chaque année quatre vingt-
dix-neuf hommes au dieu Swantowite. Les Carthaginois virent l'ennemi à leurs portes, on saisit
deux cents enfans de la premiere noblesse, & on
les égorgea, avec trois cents personnes qui se dévouerent volontairement. Une loi leur ordonnoit
de n'offrir à Saturne que des enfans d'une illustre
famille (1) ; & Plutarque nous apprend qu'on
imposa une amende aux meres qui laissoient
échapper une marque de tristesse, lorsqu'on les
poignardoit sous leurs yeux.

----

(1) Voyez Diod. de Sic. l. 20. Plutarque, *de Superst.*
Herod. l. 7.

Les supplices de ces victimes sont sans nombre, & on ne rapportera que les principaux.

Les Islandois les écrasoient sur un autel de pierre (1). Les Norwégiens leur enfonçoient le crâne avec un joug de bœuf; & les Gaulois leur brisoient les reins à coups de hache. Les Celtes plaçoient sur un bloc l'homme qu'on vouloit sacrifier, & on lui enfonçoit un grand sabre dans le sternum : les Cimbres lui fendoient le ventre, & ils tiroient des présages de l'écoulement des intestins (2).

Si l'on en croit les rabbins, la statue de Moloch contenoit sept fourneaux, dans lesquels on jettoit les offrandes & les victimes, suivant leur rang : le sixieme fourneau étoit réservé pour le bœuf, & le septieme pour les victimes humaines (3).

Les Albaniens sacrifioient un homme à la Lune : on le nourrissoit bien pendant un an, & on le perçoit à coups de fleches (4).

Les Syriens précipitoient quelquefois leurs enfans du haut d'une montagne escarpée (5).

---

(1) Voyez la Crimogée.
(2) Voyez Bryant, *loco citato.*
(3) Antiq. dévoilée, t. 2.
(4) *Natalis Comes*, l. 1.
(5) Selden, *de Diis Syriæ.*

Les Perses élisoient un captif pour roi de la *féve*, au commencement de l'année, & après l'avoir traité en monarque, on le pendoit (1).

Les druides de Marseille choisissoient en tems de peste un pauvre (2), qu'on nourrissoit pendant un an des mets les plus exquis ; on le chargeoit ensuite des malédictions du peuple, & on l'assommoit.

Les Egyptiens de l'Antiquité noyoient tous les ans une fille dans le Nil, pour obtenir la fécondité de leurs champs, & les Egyptiens modernes observent encore cette coutume. Un gouverneur turc voulut l'abolir ; mais comme le Nil ne monta point à sa hauteur ordinaire, il y eut une révolte (3).

Sur la riviere du Kallabar, les Negres immolent des petits enfans pour le rétablissement de la santé du roi : on lie sur leur poitrine un coq vivant qui ronge leur chair (4). Snelgrave vit aussi deux échafauds sur lesquels les Dahomays

---

(1) Vossius, *de Idol.* l. 2. Strabon, l. 11. Athénée, l. 14. Dion. Chrysost. *in Orat. de regno.*

(2) Ces victimes s'offroient volontairement. Petrone. Sat. Serv. Comm. *in lib.* 3. *Æneidos.*

(3) Voyage de Paul Lucas.

(4) Rel. de Snelgrave.

avoient affemblés quatre mille têtes de prifonniers facrifiés.

Shun-chi, pere d'un des derniers empereurs
de la Chine, fit poignarder trente hommes fur la
foffe d'une maîtreffe favorite, pour appaifer fes
mânes (1).

Au Mexique, un captif montoit nud à l'am-
phithéâtre des facrifices (2) : le prêtre de la
gorge lui mettoit le collier, & quatre autres le
tenoient par les pieds & les mains ; le grand pon-
tife lui fendoit l'eftomac avec un couteau de
pierre ; il en arrachoit le cœur, puis il l'offroit
au Soleil, & il en frottoit le vifage de l'idole (3). Les prêtres rouloient alors le cadavre à
coups de pieds du haut de l'efcalier.

Lorfqu'on immoloit des victimes dans le tems
de détreffe ; on traînoit avec force l'épine du
dos du malheureux fur une grande pierre tranchante & pointue, jufqu'à ce que cette épine fut
brifé, & qu'on vit fortir les entrailles (4).

Il y avoit dans les grandes fêtes d'autres facri-

_____

(1) Lettre du P. Couplet.
(2) On a dit ailleurs que les Efpagnols exagererent le
nombre des victimes humaines que les Mexicains offroient
à leurs dieux.
(3) Herrera. Acofta. Gomara.
(4) Coll. de Bry, grands Voyages, part. 12.

fices qu'on nommoit des *écorchemens d'hommes*.
Les prêtres écorchoient plufieurs captifs , & ils
revêtoient de leurs peaux des miniftres fubalternes , qui alloient chanter & danfer à la porte des
maifons ; & ceux qui ne donnoient rien étoient
frappés au vifage d'un coin de la peau qui laiffoit
des traces de fang. La cérémonie ne finiffoit que
lorfque la peau commençoit à fe pourrir , & jufqu'à cette époque , on amaffoit de grandes richeffes (1).

On contracta fi bien l'habitude de répandre
du fang qu'on offrit celui des animaux , quand on
n'ofa plus verfer celui des hommes. Un prince
Mogol ordonna un facrifice de neuf cents chevaux & de neuf mille moutons ; & à la dédicace du
Temple de Salomon, on égorgea vingt-deux mille
bœufs & cent vingt mille brebis (2).

Le peuple de Rome fut yvre de joie les trois
premiers mois du regne de Caligula , & on immola cent foixante mille victimes (3).

---

(1) *Ibid.*
(2) Liv. 3. des Rois , ch. 8. v. 63.
(3) Suétone.

LIVRE DIX-SEPTIEME.

MALADIE. MÉDECINE. MORT.

CHAPITRE PREMIER.

Médecins. Art de la Médecine.

QUOIQUE les Sauvages ayent peu de maladies, ils ne tardent pas à inventer des remédes ; & ceux qui font là-deffus des recherches, deviennent infenfiblement médecins. Leur fecours, fouvent nuifible au malade, influe rarement fur fa fanté : c'eft le repos & la diete qui opérent la guérifon ; mais on croit qu'ils tiennent en léurs mains la puiffance de guérir, & l'on a du refpect pour eux.

Ces médecins trompent aifément la peuplade :

ils s'approprient la gloire d'une guérison que fait la nature, & l'on imagine qu'ils ont des lumieres furnaturelles. Ils deviennent charlatans, & la docilité du vulgaire leur en facilite les moyens : on est perfuadé qu'ils parlent aux êtres invifibles.

On les prend pour des jongleurs & des forciers, & ils mêlent à leurs opérations des farces myftérieufes. Malgré la vénération qu'ils infpirent, fi le malade meurt, ils effuyent cependant des reproches ; & comme eux feuls appliquent les remédes, il faut qu'ils fe juftifient par la fuperftition. Leur profeffion eft dès-lors facrée, & afin d'en écarter les hommes foibles, ils les affujettiffent à des épreuves extrêmement dures : les peuples eux-mêmes impofent quelquefois aux adeptes un pénible noviciat.

» Le Sauvage des environs de la Cayenne, qui veut être médecin, paffe d'abord dix ans (1) chez un ancien *piaie*, qui l'inftruit, & qui obferve s'il a les qualités néceffaires. Quand le tems de l'épreuve eft arrivé, on prefcrit au novice un jeûne fi rigoureux, qu'il ne lui refte plus de forces. On lui révéle les myfteres de l'art qui confiftent en évocations, & on le fait danfer juf-

---

(1) Il doit avoir plus de vingt-cinq ans.

qu'à ce qu'il tombe fans connoiffance. On le
ranime, en lui appliquant des ceintures & des
colliers de groffes fourmis noires, & à l'aide d'un
entonnoir, on lui injecte dans les entrailles un
grand vafe de jus de tabac. Cette médecine lui
caufe des évacuations de fang qui durent plufieurs jours : on le revêt enfuite de la puiffance
de guérir ; mais il doit jeûner pendant trois ans,
& ne manger la premiere année que du millet &
de la caffave : on lui permet, la feconde, d'y
ajouter des crabes ; & la troifieme, de petits
oifeaux : les liqueurs fortes lui font interdites.
On ne l'appelle auprès d'un malade que lorfqu'il a fini ce cours d'épreuves (1). «

L'apprentiffage n'eft ailleurs qu'une école de
fourberie : pour être jongleur au Canada, il faut
d'abord s'enfermer dans une cabane, & paffer
neuf jours fans manger : le novice tenant une
gourde remplie de cailloux, fait un bruit con-
tinuel, invoque l'*efprit* par des cris, des hurlemens & des contorfions épouvantables ; & il
dit en fortant, qu'il a reçu le don de guérir les
malades, de chaffer les orages & de changer le
tems.

Il y a un inconvénient à fe déclarer jongleur

_____

(1) Voyage Equinoxial de Biet.

ou forcier ; car les peuples peuvent fe plaindre
toutes les fois que le malade ne guérit pas, &
les Indiens de l'ifle Hifpaniola tirerent avec raifon cette conféquence. Ils demandoient au mort,
fi c'étoit par la faute des opérateurs qu'ils le
voyoient fans vie : on imagina fouvent que le
cadavre répondoit, *oui* : on fe jettoit fur les jongleurs, & on les mettoit en pieces.

L'intempérance, la débauche, l'ufage des alimens nuifibles & le luxe, énerverent peu-à-peu
les nations. La profeffion des médecins s'étendit, & devint encore plus importante : il y eut
des pays où la nature enfantoit beaucoup de
maladies, & l'on établit un régime diététique fi
minutieux, qu'on mit les médecins aux gages de
l'état. Il n'en coûtoit rien aux Egyptiens pour
fe faire traiter quand ils étoient à la guerre,
ou qu'ils voyageoient : mais l'ignorance & la
fuperftition donnerent à l'art un caractère de
barbarie, qu'on ne peut comparer qu'à la médecine des Sauvages. Au lieu de s'appuyer fur
l'expérience, on fuivit une ancienne routine,
& fans examiner l'âge & le tempérament des
malades, on prefcrivoit les mêmes remédes à
tout le monde. Si le malade ne guériffoit pas
en obfervant le traitement prefcrit dans les livres
facrés, on ne pourfuivoit pas le médecin ; mais

on le puniſſoit de mort, s'il s'en écartóit (1). Chaque médecin ne guériſſoit d'ailleurs qu'une maladie ; les uns traitoient les maladies des yeux, les autres de la tête, ou des dents : ceux-ci s'adonnoient aux opérations de la chirurgie, & ceux-là guériſſoient les maladies intérieures (2).

La médecine traîne après elle une foule d'abus, ſur-tout dans les tems d'ignorance : on voit, en effet, que des peuples s'en dégoûterent, & qu'ils eurent une ſorte de mépris pour cet art. Les Babyloniens ne voulurent point avoir de médecins ; ils aimoient mieux expoſer leurs malades ſur les places, afin que les paſſans puſſent les voir & leur indiquer des remédes, s'ils en connoiſſoient. Une loi de l'état aſtreignit le public à ne pas refuſer ces ſecours (3).

Les Romains, qui ſubordonnerent toujours à l'art de la guerre, la profeſſion la plus utile, les mépriſerent, parce que leurs ſoins avoient *quelque choſe de ſervile & même de ſale :* la loi puniſſoit leur négligence ou leur impéritie ; elle les condamnoit à la déportation ou à la

---

(1) Diod. de Sic. l. 1. ſect. 2.
(2) *Ibid.*
(3) Hérod. l. 1. Strabon, l. 16.

mort (I). Cette profeſſion parut dans la ſuite indigne d'un homme libre ; elle ne fut alors exercée que par des eſclaves (2), & l'art lui-même partagea mieux encore leur baſſeſſe.

Les châtimens & les menaces qu'eſſuient les médecins de la Cochinchine, les ont réduit à n'entreprendre la guériſon des malades, que lorſ-qu'ils comptent en venir à bout.

Les peuples perdoient inſenſiblement le reſ-pect qu'ils avoient pour la médecine & les méde-cins cherchoient à la conſerver. Il ſurvint une époque où ils imaginerent de faire vœu de con-tinence.

Enfin, chez les peuples raiſonneurs, les méde-cins cachent l'inſuffiſance de l'art, ſous un jargon de vaines paroles : comme la ſcience en impoſe toujours à cette époque de la civiliſation, ils maintiennent leur autorité par des termes empi-riques.

_____

(I) Voyez la loi *Cornelia de Sicariis*. Inſtit. I. 4. tit. 3. *de Lege Aquilâ*, part. 7.

(2) Laurentius, *de Medicis & Balneis*. Coll. de Gro-novius, t. 9.

CHAPITRE II.

Manieres de guérir. Remédes.

QUE peuvent faire, à la vue d'un malade, des Sauvages qui ne connoiffent ni l'organifation du corps humain , ni les propriétés des plantes ? le tourmenter par des remédes groffiers , & re-courir au jongleur & à la fuperftition.

Plufieurs Indiens de l'Amérique feptentrionale fecouent le malade d'une maniere brufque & violente ; ils le ferrent ; ils lui foufflent deffus : le village & les devins s'attroupent, & ils l'agi-tent en chantant , & en faifant des mafcarades & des bouffonneries. Chez les Sauvages de la Floride, il refpire des fumigations , qui lui cau-fent des vomiffemens : d'autres le plongent tout nud dans l'eau, ou dans la neige au milieu de l'hyver : ailleurs on l'oblige de danfer, & on lui proftitue des filles & des femmes (1). Les peu-ples du Pérou traînent dans la riviere celui qui a la fiévre, & on lui donne enfuite des coups

---

(1) Voyage de la Potherie & les autres Voyageurs.

Q iv

de fouet, jufqu'à ce qu'il court à perte d'haleine autour d'un grand feu.

La plupart fondent ce traitement fur un fyftême affez fingulier ; ils croyent qu'un malade eft un homme dont *la trifteffe & la maladie* (qu'ils perfonnifient) fe font emparés ; que s'il ne fe leve plus, s'il ne danfe & ne rit plus, il faut qu'il fe remue, qu'il faute & qu'il ait de la bonne humeur pour chaffer *la maladie.* Enfin, ils imaginent que la mort n'eft qu'un état de repos, & afin de l'écarter, ils font un grand bruit (1).

Ils reconnoiffent bientôt que ces traitemens font nuifibles au malade ; & dans leur ignorance, ils l'abandonnent au forcier. Les jongleurs du Canada entonnent d'une voie effrayante des chanfons fur l'efficacité de leurs remédes : ils invoquent en danfant les efprits de l'air & des enfers, & tirant d'un fac quelques grains de terre, des feuilles & du bled roulés enfemble, ils les appliquent fur la partie affligée. Souvent on croit que le malade eft enforcelé : alors le jongleur fe précipite fur lui ; il fuce fa peau ; il s'agite, & le preffe fortement pour en arracher le charme ; il montre enfuite quelque chofe qu'il tire de fa bouche & qu'il dit être le charme.

_____

(1) Voyage de Champlain, &c.

Les Negres d'Iſſiny ſe contentent de colorer un malade avec différentes peintures à l'honneur des dieux fétiches ; & on lui donne un cordial, ſans lui faire rien changer à ſa maniere de vivre (1).

Suivant les inſulaires de Madagaſcar, un malade a perdu ſon *eſprit*, & on charge le prêtre de le chercher. Celui-ci va la nuit ſur les cimetieres, & tenant ſon bonnet ouvert, il évoque l'ame du pere du malade ; il lui demande, où eſt allé *l'eſprit de ſon fils ou de ſa fille ?* Il ferme enſuite le bonnet, & court vers le malade, en diſant qu'il tient l'eſprit. Pour le faire rentrer dans le cerveau du malade, il lui met le bonnet : s'il meurt, le ſorcier aſſure que *l'eſprit s'en eſt retourné*, parce qu'on ne l'a pas bien gardé (2).

L'eſprit des premieres peuplades ſe perfectionne : on croit que les maladies viennent du ſang, & la chirurgie commence à naître.

Les Indiens de Terre-Ferme aſſeyent le malade nud devant un homme, qui, à l'aide d'un arc, lui tire ſur toutes les parties du corps, avec une promptitude ſurprenante de petites fleches ; qui ſont arrêtées par un cercle pour qu'elles ne

---

(1) Voyage de Loyer.
(2) *Drury's hiſtory Flacourt.*

pénetrent pas trop avant. Dès que le sang jaillit, les spectateurs applaudissent, par des sauts & des cris, à l'habileté de l'opérateur (1).

Les Sauvages de la Floride ouvroient, avec une coquille, le front du malade ; ils en suçoient le sang, qu'ils rejettoient ensuite dans un vase (2).

Les Hottentots appliquent souvent les ventouses : le malade se couche à terre ; le médecin tâte, & suce la partie affectée ; il y pose ensuite un cornet, dont les bords sont aigus ; il le presse fortement : après l'avoir retiré, il fait deux incisions de la longueur d'un pouce, & il y replace ensuite le cornet, jusqu'à ce qu'il soit rempli de sang (3).

Dans l'une des Cyclades, on expose les malades sur la fumée brûlante d'un volcan : les Anglois ont vu un pere qui tenoit ainsi son enfant exposé à la chaleur (4).

Plusieurs Negres se tirent du sang d'un coup de couteau ; ils laissent couler la blessure aussi long-tems qu'ils le jugent nécessaire (5).

---

(1) Rel. de Waffer.
(2) Rel. de la Laudonniere. Coll. de Bry.
(3) Kolben.
(4) Second Voyage de Cook.
(5) Artus. Villaut. Bosman. Barbot.

Les Lapons n'ont point de médecins ; ils se contentent de brûler ou de scarifier eux-mêmes la partie malade (1).

Les nations barbares conservent plus ou moins long-tems ces premiers usages. Les Bukkariens imaginent que si l'on ressent de la douleur, il y a un être mal-faisant qui s'obstine à la causer, & qu'on ne le chassera qu'en amputant la partie malade ; mais comme l'incision seroit dangereuse, on en a imaginé une qui ne blesse point. Le mullah lit un passage de son grimoire ; il souffle sur le malade, & il passe à diverses reprises un couteau tranchant autour de ses joues (2).

Les Tonquinois saignent principalement au front : ils emploient un os de poisson, qu'ils enfoncent dans la veine. Ils appliquent aussi en différens endroits du corps des feuilles d'arbres séches & humectées d'encre de la Chine d'un pouce de diametre, & ils les allument, ce qui cause une douleur extrême (3).

Si l'on croit les Siamois, en comprimant le corps, on parvient à faire sortir *la maladie*, ainsi

---

(1) Voyez les différens Voyages en Laponie.

(2) Hist. des Turcs & des Mongols , & Abulghazi Khan.

(3) Rel. de Baron , dans Churchill.

qu'en preſſant une veſſie , on chaſſe l'air qu'elle renferme. Un malade ſe couche à terre ; on lui amollit le corps , & on le foule aux pieds. On aſſure que les femmes groſſes recourent à cet expédient , pour accoucher avec plus de faci‐ lité (1).

La ſuperſtition ou des raiſonnemens faux dé‐ truiſent l'effet des remédes , & de‐là proviennent les biſarreries qu'on voit dans le traitement des malades.

Les Coréens abandonnent comme des peſti‐ férés ceux qui ont une maladie contagieuſe ; ils les reléguent dans de petites huttes de paille , au milieu des champs. Les parens & les amis ſont obligés d'en prendre ſoin , & le malheureux qui ne connoît perſonne , meurt ſans qu'on y faſſe attention (2).

L'approche des malades n'eſt permiſe en Tar‐ tarie qu'à ceux qui les gardent. Dès qu'un hom‐ me ou une femme tombent malades, on annonce, par un ſignal placé ſur la porte, qu'on ne peut pas les viſiter ; & les grands du pays entretien‐ nent des gardes autour de leurs maiſons ; on a peur qu'un malin eſprit , ou un vent nuiſible ,

(1) Rel. de la Loubere.
(2) Rel. d'Hamel.

ne s'introduise avec ceux qui viendroient les voir (1).

Les Mongols suivoient autrefois le même usage (2).

Une loi défendoit aux insulaires de Délos de mourir dans cette isle, rendue sacrée par la naissance d'Apollon & de Diane ; les femmes ne pouvoient pas non plus y accoucher, parce que Latone y avoit fait ses couches : on portoit les femmes en couche & les malades dans une isle voisine (3).

Chez les nations policées, la médecine n'est plus un art ; on l'établit sur des principes comme les autres sciences ; & on ne peut trop admirer avec combien de sagesse & de modération les Anciens lui prescrivirent des bornes. Comme elle est incertaine en elle - même, elle dégénere en verbiage, depuis que l'esprit humain a voulu trop raisonner sur les anciens aphorismes ; & l'on est indigné, lorsqu'on voit dans la pharmacie, quel appareil de drogues & de préparations on emploie pour guérir des malades. Il étoit naturel de chercher

---

(1) Voyage de Rubruquis.
(2) Abulghazi Khan.
(3) Strabon, l. 10.

des remédes compliquées à des maladies que les hommes s'opiniâtroient à compliquer eux-mêmes; mais voici pourquoi on ne sentit pas le point où il falloit s'arrêter.

La métaphysique s'empara de toutes les sciences, & la médecine, qui ne devoit être qu'un recueil d'expériences & de faits, ne fut plus qu'un assemblage de sophismes & de raisonnemens.

Les Arabes cultiverent la médecine, & leur imagination ardente la remplit de pratiques idéales & minutieuses.

Les Juifs ont fait long-tems en Europe le commerce des drogues & des remédes; leur avarice les multiplia sans cesse, & forma, sur leur efficacité une infinité de systêmes.

Les prêtres cultiverent la médecine seuls; ils la surchargerent d'ordonnances puériles, & ils acheverent de la rendre minutieuse.

Enfin, l'étude de la nature apprit à connoître les propriétés des corps, & l'on fit de cette découverte un étrange abus. Dans la composition des remédes, on voulut, par exemple, adoucir l'âcreté d'une plante par les qualités anodines d'une autre, & l'imagination calcula l'heureux effet du mélange de toutes ces vertus.

Tout concouroit d'ailleurs à perpétuer l'enfance de cet art ; car l'expérience, qui en eft la bafe, a été long-tems profcrite.

Les hommes refuferent eux-mêmes de prendre certains remédes, qui répugnoient à leur délicateffe. Plotin aima mieux mourir que de recevoir un lavement, & les Mingreliens ont aujourd'hui les mêmes préjugés.

Il s'introduifit à différentes époques des ufages qui retarderent de plufieurs fiecles les progrès de l'art : au tems de Louis XI, les vieillards apople&iques buvoient du fang d'enfant pour fe rajeunir, & le monarque lui-même en but.

La fuperftition rallentit ces progrès d'un autre côté. La diffection du corps humain paffoit encore pour un facrilége au fiecle de François Premier, & Charles-Quint demanda aux théologiens de Salamanque, fi l'on pouvoit en confcience découper un cadavre, afin d'en connoître la ftru&ure.

La charlatanerie commence à perdre fon crédit, & fi les déclamations & les railleries des poëtes & des philofophes font fouvent outrées, la raifon reprend enfin fon empire : on profcrit ces ordonnances, & ces remédes par lefquels on a défiguré le plus refpe&able des arts.

CHAPITRE III.

Maladies incurables. Vieillesse. Mort.

L'HOMME touche à la fin de sa carriere, & à cette triste époque, on va voir de nouveaux désordres.

Lorsqu'un Sauvage est à l'agonie, & qu'il n'y a plus d'espoir de le guérir, ses parens & ses amis ne savent que faire ; ils l'abandonnent quelquefois à son sort, & ils ôtent de devant leurs yeux ce malheureux qui les attriste & auquel ils ne peuvent être d'aucun secours.

Des Indiens de l'Amérique portoient un homme mourant dans une forêt : après l'avoir attaché à deux arbres, ils dansoient tout le jour autour de lui ; le soir, ils mettoient à ses côtés de l'eau & des vivres pour quatre jours, & ils s'en alloient. Si le malade revenoit parmi ses compagnons, on le recevoit avec joie : s'il mouroit, on ne s'en embarrassoit plus (I).

Dans le royaume de Nekbal, on porte ainsi hors de la ville les malades dont on n'espere plus

_____

(I) Coll. de Bry, grands Voyages, partie 10.

la

la guérifon, & on les jette dans une foffe remplie de cadavres (1).

Bientôt on fe perfuade que c'eft une bonne action de terminer les douleurs incurables des malades, & malgré les ordonnances, on voit encore dans les grandes fociétés des hommes qui font le même raifonnement.

Les infulaires de Socotora laiffent fouffrir les malades le moins qu'il eft poffible : les malades eux-mêmes demandent cette faveur à leurs parens. On leur donne alors une liqueur blanche, qui eft un poifon très-actif (2).

Afin d'abréger les fouffrances & l'agonie des mourans, au royaume de Matamba, on les prend par les bras ou par les jambes ; on les éleve en l'air ; on pouffe des cris & des hurlemens, & on les laiffe tomber à terre avec violence (3).

Les habitans du Congo imaginent qu'on ne fort de cette vie miférable que pour entrer dans une autre remplie de jouiffances & de plaifirs,

---

(1) Voyage de Grueber.

(2) Offorius, l. 5. Maffæus, l. 3.

(3) Labat. Après avoir confidéré quelque-tems ce malheureux, ils le baifent, & fe roulent par terre comme des furieux ; ils le preffent fur leur fein, pour montrer que fa mort les met au défefpoir.

& que c'eſt contribuer au bonheur d'un malade que l'aider à mourir promptement. Ils lui ferment la bouche & le nez ; ils lui donnent des coups de poing, ou ils lui foulent la poitrine (1).

On enſevelit une Groënlandoiſe veuve, vieille & malade, qui n'a ni enfans ni famille ; & l'on dit que c'eſt une œuvre méritoire de l'empêcher de languir dans un lit de douleur (2). Sur le même principe, on enterre, avec ſa mere, un enfant à la mammelle, lorſqu'il ne peut trouver de nourrice. Si le pere eſſaye de le nourrir pluſieurs jours ; bientôt ſon courage l'abandonne, & il le ſacrifie (3).

Les Troglodites tuoient les malades dont ils n'eſpéroient pas la guériſon, & même ceux qu'un accident avoit mutilé, parce que c'eſt un crime capital de s'obſtiner à vivre, dès qu'on ne peut plus contribuer au bien public (4).

L'uſage ſi répandu d'égorger ou d'abandonner les vieillards, a quelquefois pour origine la néceſſité ou la pitié.

---

(1) Voyage de Labat.
(2) Rel. de Crantz.
(3) *Ibid.*
(4) Hiſt. Univ. des Anglois, t. 12.

Des Sauvages ne peuvent les foigner, ni leur fournir de la fubfiftance, puifque les jeunes gens, les plus robuftes, ont peine à pourvoir à la leur. Comment fupporter fans ceffe ce trifte fpectacle? ils prennent le parti de s'en débarraffer. On appliquera aifément l'un ou l'autre de ces deux principes aux différentes contrées. Les Groënlandois & les Hottentots les reléguent dans une ifle déferte (1).

Des peuples guerriers, comme les Hérules, les abandonnent ailleurs par férocité (2).

Cette coutume devient fi publique, que les vieillards s'y foumettent de bon cœur, & on inftituera peut-être des cérémonies qui nous paroîtront fort étranges. On a répété fouvent que les Troglodites décrépits fe faifoient attacher à la queue d'un taureau, qui les traînoit jufqu'à ce qu'ils euffent expiré, & qu'on les étrangloit, s'ils ne vouloient pas mourir de cette maniere (3); mais cela eft difficile à croire.

Les Voyageurs accréditent d'autres menfonges: on dit, par exemple, que des peuples de

---

(1) Rel. de Crantz, & Rel. de Kolben.
(2) Procope.
(3) Hift. Univerf. des Anglois qui citent les Auteurs originaux, t. 12.

l'antiquité portoient aux marchés certains vieillards & les hommes atteints d'une maladie incurable , & qu'on les vendoit à des antropophages. Il n'eft pas plus vrai-femblable que chez les Tartares du Dagheftan les vieillards ferviffent de but aux enfans qui tiroient de la fleche , & que d'autres peuples tuaffent ceux qui ne fe foutenoient pas fur un arbre qu'on fecouoit avec violence.

J'aimerois mieux croire ce que rapporte Boëmus des anciens Hindous (1). Comme ils mangeoient les cadavres , ils tuoient les malades affez promptement , parce que la maladie corrompt les chairs.

Les Hiftoriens & les Voyageurs rapportent d'autres ufages qu'on abandonne à la critique du Lecteur. Les vieillards de la Baye d'Hudfon ordonnent à leurs enfans & à leurs amis de les étrangler : lorfque le jour eft arrivé , ils fe mettent dans une foffe ; ils fument d'abord du tabac , & boivent de la liqueur ; enfin, à un certain fignal , on leur met la corde au col (2).

Louis Bartheme affure qu'il vit tuer à Java

_____

(1) Boëmus , *Mores Gentium.* Ce fait cependant eft encore fufpect , puifque le même Auteur dit que les Indiens voifins ne tuoient point d'animaux , à caufe du dogme de la métempfycofe.

(2) Rel. d'Ellis & de Jérémie.

tous ceux que l'âge ou les infirmités rendoient incapables de travail. Les Triballiens immoloient leur pere affoibli par l'âge (1). Les vieux Massa-getes demandoient à être hachés en morceaux avec de la chair de mouton & mangés ensuite : on jettoit dans des lieux écartés , pour y être dévorés par les bêtes féroces (2) , ceux qui mouroient dans leur lit, & la politique fortifia peut-être ce préjugé pour se débarrasser des ci-toyens inutiles (3). Enfin , les Venedes, peuples de Germanie , ont tué leurs vieillards jusqu'au commencement du quatorzieme siecle.

Dans les pays où les malades meurent paisi-blement, c'est un spectacle intéressant de voir le sauvage ou l'homme barbare aux prises avec la mort : il est tranquille & ferme, & son cou-rage va jusqu'à l'insensibilité.

Les Ostiakes montrent une résignation apa-thique. S'il leur survient un ulcere à la jambe , au visage, ou au ventre ; ils remarquent sans émo-tion qu'il s'étend & ronge peu-à-peu toutes les parties du corps (4).

---

(1) L. 2. des Topiques d'Aristote, chap. dernier.

(2) Strabon , l. 11.

(3) On dit que les Bactriens & les Caspiens avoient la même usage.

(4) Descript. de la Russie de M. de Strahlembergh.

Les cérémonies des peuples à cet inftant fatal font infinies; elles découlent de la fuperftition & des idées qu'on fe forme de la mort.

Plufieurs Indiens de l'Amérique feptentrionale égorgent autant de chiens qu'ils en peuvent trouver; ils croyent que les ames de ces animaux vont avertir que le mourant eft prêt de fe rendre dans l'autre monde. On fait cuire enfuite leur chair, pour augmenter les mets du feftin (1).

Dès qu'un Groënlandois eft à l'agonie, on lui met fes bottes, fes habits les plus beaux, & on lui attache les jambes contre les hanches (2).

Les Lapons donnent un verre d'eau de vie à l'homme qui fe meurt, & ils détruifent fa cabane au moment qu'il expire, de peur que l'ame du défunt ne nuife à ceux qui oferoient l'habiter (3).

Sur la côte de Coromandel, on porte les mourans derriere une vache; on l'excite à lâcher fon urine : fi leur vifage en eft couvert, l'affemblée faute de joie, car c'eft une marque qu'ils feront placés parmi les bienheureux.

Les Chinois couchent à terre un mourant,

(1) Lafiteau.
(2) Rel. de Crantz.
(3) Voyage de Regnard.

afin que sa vie finisse où elle a commencé. Les bonzes viennent avec de petits bassins, des sonnettes & d'autres instrumens, faire un grand bruit. Dès qu'il expire, on met dans sa bouche un bâton qui l'empêche de se fermer : les prêtres assurent alors que l'ame est partie, & sur le soir, trois ou quatre d'entre eux courent par la ville, & sonnent de la trompette, afin de la rappeller. Ils chantent au milieu des campagnes ; s'ils trouvent une grosse mouche, ils s'efforcent de la prendre ; & s'ils en viennent à bout, ils vont la mettre dans la bouche du mort, en disant qu'ils rapportent son ame (1).

On a cité, dans l'Avertissement de cet Ouvrage, l'effet d'un autre usage, & on a dit combien les compilateurs sont ridicules (2).

En raisonnant sur les maladies & sur la mort, l'esprit des mortels, frappé de terreur, dut imaginer bien des chimeres & enfanter des usages révoltans.

Suivant quelques peuples d'Afrique, on ne

(1) Rel. de Navarette & de Duhalde.
(2) Voyez Kirchman , *de Funeribus Romanorum* ; Meursius , *de Funere liber singularis* ; Josephus Laurentius, *de Funeribus antiquorum tractatus* ; Quenstedius , *de Sepulturâ veterum.*

meurt jamais de mort naturelle ; & au Congo, à Angola, à Loango, on fait de grandes recherches pour connoître la caufe de la mort d'un Negre : on perfécute ceux qu'on foupçonne, & on les oblige à fe purger par les épreuves ordinaires (1). Lorfqu'on leur dit que l'homme doit finir tôt ou tard ; ils répondent que *cela eft vrai, mais que les amis de l'autre monde ne fe preffent pas d'appeller à eux les vivans.* Afin d'être plus conféquens dans leur principe, ils ont imaginé un autre fubterfuge : on conjure l'enganga de révéler fi le Negre de qualité, qui eft mort, a été tué *par fon mokiffò*, ou fi fon ennemi l'a fait mourir par fortilége. Le prêtre fe frotte les mains, & fi, immédiatement après, il les frappe l'une con-tre l'autre, on croit que la perfonne eft morte par la volonté du mokiffo : mais, s'il attend quelques minutes pour les frapper, ils con-cluent qu'il y a eu du fortilége. Alors on lui demande, *qui eft l'affaffin ? étoit-il des amis ou des ennemis du mort ? eft-ce un homme ou une femme ? où demeure-t-il ? de quel mokiffo s'eft-il fervi ?* Si l'enganga ne répond pas d'une maniere fatis-faifante, on paffe deux ou trois mois à courir d'un bout du royaume à l'autre, en confultant

_____

(1) Rel. d'Ogilby.

les prêtres & les mokiſſos, juſqu'à ce que les
ſoupçons tombent ſur une perſonne, ou ſur un
village en particulier ; dans le dernier cas, on
s'adreſſe au roi, qui fait ſubir à tout le monde
l'épreuve du bonda. Alors neuf ou dix officiers
ſomment la bourgade entiere de comparoître :
on n'oſe point s'abſenter, de peur de paroître
coupable. Les hommes & les femmes s'approchent : on préſente la liqueur à tous les accuſés,
& pendant qu'ils boivent, les juges frappent un
tambour avec un petit bâton : on leur ordonne
enſuite de marcher & de tomber, s'ils ſont criminels, ou de ſe tenir ſur leurs jambes & d'uriner librement s'ils n'ont rien à ſe reprocher : on
condamne le premier qui a le malheur de tomber (1).

Des nations féroces & guerrieres imaginent
de nouvelles extravagances. Les Gaulois crurent
que l'on pouvoit appaiſer la colere des dieux
& racheter ſa vie par celle d'un autre homme ;

_____

(1) Voyez Dapper & Battel.

Si l'on en croit Hendreich, les criminels condamnés à une peine capitale, pouvoient ſeuls annoncer la mort
d'un proche parent, parce que celui qui apportoit une
nouvelle ſi affligeante, devoit, diſoit-on, mourir dans peu,
ou du moins ne jamais reparoître en préſence de ceux à qui
ils l'avoient annoncé.

& quand ils étoient en danger de mourir, ils payoient quelqu'un qui se dévouoit à la mort pour eux. On trouvoit des infensés qui se vendoient ainsi, parce qu'indépendamment de l'argent qu'ils laissoient à leur famille, ils espéroient une vie plus heureuse (1).

Enfin, les Sauvages eux-mêmes cherchent des breuvages d'immortalité : tous les Indiens des Antilles croyoient que la nature cache, dans le continent, des eaux qui rajeunissent les vieillards. Lors de la découverte de l'Amérique, quelques Espagnols coururent dans ce pays chercher ces breuvages, plus encore que des métaux : la premiere expédition ne revint point, & au lieu de penser que les équipages avoient péri, on dit qu'ayant découvert le secret d'une jeunesse éternelle, ils ne se soucioient plus de sortir de ce séjour de délices.

Les peuples raisonneurs (2) voulurent aussi réaliser les fables des poëtes sur la fontaine de Jouvence, & l'on a vu mourir une multitude de foux, victimes de ces systêmes.

_____

(1) Céfar.

(2) Les alchymiftes, dans les fiecles d'ignorance, travaillerent long-tems à la panacée univerfelle : on recourut enfuite à la transfufion du fang, & cette pratique eut de zélés fectateurs.

Les Scythes & les Chinois (1) infecterent les Perfans de cette erreur ; & elle s'eſt perpétuée en Aſie, où elle ſubſiſte encore.

Quand les Mongols envahirent la Chine, elle produiſoit tant de maux, qu'ils jetterent au feu tous les livres qui traitoient de ces breuvages : les adeptes dès-lors étudierent & travaillerent en ſecret.

Le P. Trigaut, qui étoit à Pékin avant la conquête des Mandhuis, aſſure que preſque tous les magiſtrats & les mandarins de cette ville, adoptoient ce préjugé (2) ; & actuellement les bonzes de la ſecte de Laokium ſont fort adonnés à la recherche du reméde univerſel (3). Leur fondateur connoiſſoit, dit-on, ce ſecret qui s'eſt perdu ; & ſa ſecte s'appelle la ſecte des *Immortels*.

---

(1) On dit que les Chinois cherchoient ce breuvage dans des fiecles antérieurs à notre ère. Rech. phil. ſur les Egyptiens & les Chinois, t. 1.

(2) *Exped. apud Sinas.*

(3) Duhalde.

LIVRE DIX-HUITIEME
ET DERNIER.

OBSEQUES. FUNÉRAILLES.
SÉPULTURES. ENTERREMENS.

CHAPITRE PREMIER.

Obſeques. Funérailles.

LES cérémonies & les uſages des peuples aux obſeques & à l'enterrement des morts, dans les premiers tems de la ſociété, forment un ſpectacle intéreſſant. Bientôt l'appareil factice & les fimagrées qu'on y joint, font difparoître la ſenſibilité; mais les funérailles inſpirent toujours de l'attendriſſement.

Il y a des peuples qui tourmentent leurs mala-

des, & qui fe livrent autour d'eux à la danfe &
à la joie, comme on l'a dit plus haut : au moment
de la mort, la gaité difparoît ; & on n'en voit pas
un qui ne foit affligé. Leur douleur manque fouvent de délicateffe ; car dans les émotions violentes, on devient infenfé ou ridicule ; mais au milieu
de tant d'extravagances, on trouve de l'intérêt.

On accompagne les gémiffemens & les pleurs
de quelques cérémonies pour les rendre plus au-
guftes ; & ceux-mêmes qui confervent les corps
dans leurs cabanes les placent, avec une forte de
pompe religieufe, dans le lieu qu'on leur deftine.

Ces lamentations portent le caractère des enfans, dont l'ame tendre eft véritablement affligée, quoiqu'ils fe confolent bientôt. Dès qu'un
Otahitien eft mort, les parens viennent déplorer
cette perte par des cris & des exclamations paffionnées qu'ils proferent en chœur, & le moment
d'après, ils rient & parlent fans la moindre apparence de chagrin (1).

Plufieurs de ces ufages ont une fimplicité qui
en fait le charme : les habitans d'Otahiti reçoivent fur des morceaux d'étoffe les larmes qu'ils
verfent, & ils les offrent au défunt (2).

---

(1) Voyage de Cook.
(2) *Ibid.*

Les Attigouautans & d'autres Sauvages de la nouvelle France, enterroient d'abord les morts dans des lieux féparés ; mais enfuite les familles ou les villages recueilloient les offemens, & on célébroit une fête générale, où chaque bourgade apportoit les fiens. On les dépofoit en tas ; on mangeoit en fautant ; & après les avoir placés tous enfemble dans la même foffe, les Indiens s'exhortoient mutuellement à la paix (1).

Aux ifles Mariannes, une mere coupe les cheveux de fon fils pour les conferver : elle porte pendant plufieurs années une corde fur la poitrine ; elle y fait autant de nœuds qu'il s'eft paffé de nuits depuis la mort de fon enfant (2).

On conduifoit le corps embaumé d'un Scythe chez fes parens & fes amis, qui le régaloient tour-à-tour ; & on l'enterroit après cette cérémonie, qui duroit quarante jours (3).

On aime à voir les témoignages d'attachement que donnent les peuples, quoiqu'ils y mêlent de la brutalité. Les Negres de Quojas font autour du corps une efcarmouche qui dure affez long-tems : ils fe mettent à genoux & dé-

(1) Voyage de Champlain.
(2) Hift. des ifles Mariannes.
(3) Herod. l. 4.

cochent des fleches devant eux, pour annoncer qu'ils se vengeront de quiconque osera mal parler de leur ami (1).

Quand les obseques sont finies, on les recommence à certains intervalles, afin de ne pas oublier le défunt, & cette coutume assez générale s'observe chez les Sauvages avec plus d'exactitude & de solemnité que parmi nous. Il n'est pas besoin de dire qu'ils répandent alors des larmes passageres qui se tarissent le moment après comme celles des enfans.

Les insulaires d'une des Larrons, y emploient tous les ans une semaine entiere. Ils louent un grand nombre de pleureuses, & les voisins viennent grossir l'assemblée ; ils sont attirés par le repas, & ils désirent d'ailleurs obliger un compatriote qui leur rendra le même service dans l'occasion. On pousse des cris la nuit, & l'on s'enyvre le jour ; on rappelle au milieu des lamentations, la vie & les actions du mort ; on loue sa force, sa taille & sa beauté : s'il survient quelque chose de plaisant, ils rient à gorge déployée, & ils boivent ensuite un coup pour se remettre à pleurer (2).

---

(1) Prevôt, t. 3.
(2) Voyage de Mindana.

Les Negres du Monomotapa rendent tous les huit jours une espèce de culte aux os de leurs parens ; & revêtus d'habits blancs, ils leur présentent différens mets.

Les cérémonies funebres, chez les Negres de la Côte d'Or, recommencent douze années après l'enterrement ; les femmes reprennent le deuil & paroissent aussi affligées que le premier jour de leur veuvage (1).

Les principales coutumes des peuples barbares sont fondées sur le dogme de la résurrection des corps, ou plutôt sur cette persuasion intérieure que nous vivrons au-delà du tombeau. On met près du défunt des étoffes, des alimens & des fruits, & même on a soin d'entretenir ces provisions : ainsi les Negres de Sierra - Leona portent chaque jour de l'eau fraîche sur la biere des morts (2).

Ce même usage devient plus ou moins grossier, suivant les circonstances & les préjugés. Les Sauvages des environs de Québec enterrent, avec le défunt, tout ce qu'il avoit, chaudieres, fourures, haches, casse-têtes, arcs, fleches, habits (3), &c.

____

(1) Prevôt, t. 4.
(2) Voyage de Finch.
(3) Voyage de Champlain.

Les

Les Negres de la Côte d'Or y ajoutent les uftenfiles dont il a fait ufage pendant fa vie, & du vin de palmier, s'il aimoit le vin (1).

Aux ifles Philippines, à côté de la biere du mort, on en remplit une feconde de fes meil-leurs habits & de fes armes, fi c'eft un homme; & de fes outils, fi c'eft une femme (2).

En général, les Negres fe contentent de fuf-pendre à un poteau fon arc, fon carquois & fa zagaye.

Une Livonienne met fur la biere de fon mari, du fil & une aiguille; elle auroit honte s'il paroif-foit dans l'autre monde avec des habits déchi-rés.

Les payfans de Courlande donnent de l'ar-gent aux morts; on croit qu'ils vivroient mifé-rables dans l'autre vie, s'ils n'avoient pas de quoi fournir à leurs befoins; & les Tonquinois rem-pliffent auffi la bouche des perfonnes riches, de piéces d'or & d'argent (3).

---

(1) Villaut. Barbot. Bofman. Artus.

(2) Voyage de Gemelli Careri.

(3) On reviendra tout-à-l'heure fur cet ufage : cet argent eft communément deftiné aux befoins du mort dans l'autre monde; d'autres fois on l'envoie à Caron, &c. fui-vant la Mythologie des différens peuples.

Tome III.   S

Les Oftiakes les enterrent avec des marmites & des cuilleres, afin qu'ils n'ayent pas faim, fi les dieux ne les invitent point à manger.

Les Lapons ne jettent dans les tombeaux qu'une hache, un caillou & un morceau d'acier pour faire du feu.

D'autres peuples du Nord y placent des fouliers, afin que le défunt *marche d'un pas ferme* dans l'autre monde.

Les Gaulois brûloient les corps, & ils jettoient des lettres dans le bûcher, comme fi le mort eût pu les recevoir & les lire.

Les Tartares Eluths enterroient toujours avec le mort, fon meilleur cheval (1).

On remplissoit jadis le caveau du roi d'Afem des idoles d'or ou d'argent qu'il avoit adorées, de fes femmes & de fes officiers ; & on y renfermoit un éléphant, douze chameaux, fix chevaux, & quantité de chiens de chasse, pour qu'il ne manquât de rien (2).

Ces mêmes idées produifirent de nouveaux ufa-

---

(1) Hift. des Turcs & des Mongols.

(2) Rel. de Tavernier. Ces animaux qu'on laissoit mourir de faim, devenoient fans doute enragés, & fe dévoroient naturellement ; pourquoi ne crut·on pas que c'étoit manquer au respect dû au roi?

ges également abfurdes. Les Incas raffembloient
avec un foin extrême leurs poils & les rognures de
leurs ongles, & ils les cachoient dans des fentes de murailles : les Parfis étendent ce foin
jufques fur leur barbe ; ils recueillent tout ce
qui fe détache de leur corps, foit par pourriture
ou autrement, & ils le portent une fois l'année au lieu de leur fépulture. Les cimetieres,
dit Ovington, exhalent une puanteur infuppor-
table.

On ne s'arrêta point, & enfin l'on enterra des
vivans avec les morts. Tout concourut à cette
abominable erreur : quand on eft très-affligé,
on ne tient point à la vie ; on défire de rejoindre
la perfonne qu'on vient de perdre, & la moindre
impulfion fuffit pour nous y réfoudre.

La fuperftition encouragea ces dévouemens,
& les prêtres des nations fauvages en tiroient un
grand parti.

Bientôt on fit ces facrifices fur le tombeau des
chefs, comme on l'a dit au livre cinquieme.

Quelques morts volontaires acheverent de
déterminer les peuples, & on immola des hommes
fous toutes fortes de prétextes.

Les Sauvages commencent par enterrer avec
leur mere, les enfans à la mammelle, parce qu'on
feroit embarraffé de les nourrir ; & cet ufage

étoit univerfel au Darien & à la nouvelle Grenade.

Les infulaires des Philippines égorgeoient déjà un homme à la mort d'une perfonne riche (1).

Dans le pays de Quojas , & chez la plupart des Negres , on étrangle des efclaves , après les avoir nourris quelque tems de mets délicats (2).

A Loanda , le nombre des victimes eft proportionné au rang & aux richeffes du défunt : on entaffe les cadavres les uns fur les autres, au lieu de la fépulture (3).

Il falloit que la phrénéfie fût bien violente ; puifque les Indiens , qui croyent la tranfmigration des ames , font tombés dans la plus abfurde contradiction. Les veuves du Malabar , & de quelques autres contrées de l'Inde , fe brûlent malgré ce dogme.

Les peuples qui ne tuoient point d'efclaves, ni de domeftiques , imaginerent qu'une époufe doit accompagner fon mari , & ce préjugé fe répandit fur-tout en Orient , où le fexe eft fort maltraité. Il paroît que l'habitude & la fuperfti-

_____

(1) Voyage de Gemelli Careri.
(2) Prevôt , Hift. des Voyages , t. 7.
(3) Jarric , vol. 2. Dayity. Dapper.

tion, maîtrisent tellement les femmes qu'elles se
dévouent elles-mêmes à ces sacrifices : un Tartare
de distinction mourut à Pékin, en 1668, une de
ses concubines, âgée de dix-sept ans, vouloit
lui donner cette marque d'affection en dépit de
ses parens. Navarette assure qu'il a vu un vice-
roi de Canton, prier au lit de la mort celle de
ses femmes qu'il aimoit le plus, de ne pas l'abandonner dans le voyage qu'il alloit entreprendre.
Cette femme lui en fit la promesse, & elle se
pendit (1).

On ne négligea rien de ce qui pouvoit mieux
perpétuer cet usage. Les Américains étourdis-
soient par des breuvages, les femmes & les esclaves qu'ils sacrifioient à la mort des Caciques.
Les Orientales avalent des boulettes de feuilles
de tabac, écrasées & réduites en pâte ; elles boivent ensuite un verre d'eau, ce qui les jette dans
le délire, & dissipe la frayeur de la mort.

Rome fit un spectacle de ces meurtres ; elle
méprisa ces usages superstitieux, & cependant
les conserva. On égorgeoit des vivans en l'honneur des morts : des gladiateurs combattoient
devant le bûcher ; on donnoit à ce massacre le
nom de *jeux funéraires*, & des hommes ordon-

_____

(1) Rel. de Navarette & Duhalde.

noient en mourant qu'il y eût à leurs obfequés un combat de vingt gladiateurs (1).

L'habitude de répandre du fang fur les tombeaux devint infurmontable : fi les captifs & les gladiateurs n'en fourniffoient pas affez pour arrofer les bûchers, les perfonnages du deuil fe déchiroient les joues (2); & comme l'un & l'autre ne fuffifoient point, on immola des brebis, des bœufs, des oifeaux, des chiens & des chevaux (3).

Les obfeques font fouvent accompagnées de danfes & de repas dans les premiers tems de la fociété, ce qui eft affez naturel. La mort infpire la paix; elle fait fentir le befoin de la concorde: les peuples connoiffent alors le prix de l'amitié, & ils mangent enfemble pour cimenter leur union.

Afin de mieux rappeller le fouvenir du mort, on fe nourrit des animaux qui lui appartenoient. Les peuples du Nord mangent après l'enterrement le renne (4) qui a traîné le corps à la fépul-

_____

(1) Kirchman, *de Funeribus Romanorum*, qui cite les Auteurs originaux.

(2) Servius, *in duodecimum Lib. Æneidos*.

(3) Kirchman, *loco citato*.

(4) Ils en ramaffent enfuite les os qu'ils vont enterrer avec la figure du défunt.

ture : ils s'enyvrent en chantant les louanges du défunt, & à la fin du repas, on boit le *vin du bienheureux,* pour annoncer qu'il est délivré des miseres *de cette vie.*

Chez les Tartares, tributaires de la Russie, on égorge le meilleur de ses chevaux, & les parens, les amis & les domestiques viennent s'en régaler.

Cette premiere idée mene à l'indécence & à la folie : il est impossible d'être sobre dans ces repas, & si l'on en croit des Voyageurs, qui peut-être ont pris des abus particuliers pour une coutume générale, on se livre à d'infâmes débauches. Mérolla dit que les Negres de Loango boivent & dansent long-tems ; qu'ensuite l'assemblée se renferme au milieu des ténébres, & que les hommes & les femmes (**1**) s'approchent pêle-mêle sans aucune distinction. Le son des tambours donne le signal, & excite la lubricité. On ajoute même que tout le monde peut aller prendre part à ces plaisirs, & qu'une mére a beaucoup de peine à retenir sa fille.

---

(1) Suivant Mérolla, la femme du mort se livre à tous ceux qui demandent ses faveurs, pourvu qu'on ne dise pas un mot, tandis qu'on est avec elle ; mais le témoignage de cet écrivain, n'est pas d'un grand poids.

Les Negres donnent à ces feſtins le nom de *folgars*, & il eſt inutile de dire, qu'ils vendent des eſclaves, afin de n'y pas manquer d'eau-de-vie.

La douleur extrême ne connoît point de frein : on pardonne tout à un homme très-affligé, & comme l'affectation du ſentiment eſt de tous les pays, on exagere ſa douleur & les uſages biſarres commencent à s'établir.

A Otahiti, le premier perſonnage du deuil porte un gros bâton armé d'une dent de goulu de mer ; & dans un tranſport de fureur, que ſa douleur ſemble lui inſpirer, il court ſur les hommes qu'il voit, & il les bleſſe dangereuſement. Les inſulaires s'enfuient avec la plus grande précipitation à l'arrivée d'un convoi, & ils grimpent au haut des arbres, lorſqu'ils ſont ſurpris (1).

Dans la ſuite, ces ſimagrées prennent un autre caractère. A Rome, on mêloit aux funérailles, des blaſphêmes & des actions frénétiques. Suétone dit qu'à la mort de Caligula, » on démolit les temples ; on renverſa les autels des dieux ;

_____

(1) Ils prennent d'ailleurs la fuite par quelque idée ſuperſtitieuſe, comme les montagnards d'Ecoſſe qui s'enfuient encore aujourd'hui à l'approche d'un convoi.

on chaffa les pénates des maifons, & on jetta des petits enfans à la voirie (1). «

La douleur aime à fe répandre : on parle aux morts, comme s'ils étoient encore en vie, & ces queftions extravagantes n'annoncent d'abord que de l'affliction ; mais ces tendres plaintes dégénerent en demandes puériles.

La coutume d'interroger un mort varie fur les différentes côtes d'Afrique. Ici, les parens l'élevent fur leurs épaules, & le prêtre lui demande, s'il n'eft pas vrai que telle raifon a été la caufe de fa mort : fi ceux qui foutiennent le cadavre font une inclination de tête, c'eft une réponfe affirmative : s'ils demeurent immobiles, on croit que le mort a répondu, *non.* Les prêtres de la côte d'Akra prennent le cadavre par le nez, & lui difent : » quel motif avez-vous eu de nous quitter ? que vous manquoit-il ? qui faut-il accufer de votre mort (2) ? « Ailleurs, on lui demande : » N'étiez-vous pas content de vivre avec

---

(1) Voyez Suétone : *Quo defunctus eft die lapidata funt templa, fubverfæ deûm aræ, lares à quibufdam familiares abjecti, partus conjugum expofiti.*

(2) Barbot. Bofman, &c. Cette derniere queftion tient à la croyance des Negres, dont on a parlé ailleurs, *que perfonne ne meurt de mort naturelle.*

nous ? quel tort vous a-t-on jamais fait ? n'étiez-vous pas affez riche ? n'aviez vous pas affez de belles femmes ? «

A la mort d'un pere de famille riche, les Albanois s'écrient : » Pourquoi nous quitter, puifque vous aviez du bien, & une famille foumife à vos volontés ? «

Il n'y a pas long-tems que les parens & les amis d'un Ruffe s'affembloient autour de lui ; & l'appellant par fon nom, ils lui difoient en pleurant : » Ne parles-tu plus ? pourquoi n'as-tu pas repouffé la mort ? étois-tu dans le befoin ? tes affaires n'alloient elles pas bien ? te fervoit-on mal ? n'avois-tu pas une femme aimable ? te manquoit-elle de fidélité (1) ?

Si jamais la fuperftition fut excufable, fi jamais la mélancolie qu'elle produit fut intéreffante, c'eft dans ce moment terrible où l'on fe voit privé tout-à-coup d'une perfonne qui nous eft chere. Les ames paffionnées fe nourriffent de chimeres : le matérialifte lui-même invente des fyftêmes ridicules & adopte des pratiques puériles. Par-tout il fe mêle aux obfeques des ufages fuperftitieux ; & ils font affez reffem-

_____

(1) Nouv. Mémoires de la Ruffie.

blans, quoique les diverses religions leur donnent un différent caractère.

Au Congo, dès que le cadavre est dans la fosse, un homme s'approche à reculons, & le couvre de mortier : les assistans viennent aussitôt le pétrir avec leurs pieds, afin d'enfermer l'esprit du défunt, & qu'il ne songe pas à s'enfuir (1).

Quand un homme expire au royaume d'Arrakan, des domestiques ou des parens frappent des instrumens de cuivre (2), pour éloigner un chat noir : si ce chat passoit sur le cadavre, on imagine que l'ame erreroit honteusement dans ce monde, privée du bonheur qui lui étoit destiné. On a soin d'ailleurs de peindre sur le cercueil des figures de chevaux, d'éléphans, de vaches, d'aigles, de lions, &c. afin que l'ame puisse trouver un logement honorable ; ou l'on y représente par humilité des rats, des grenouilles & d'autres vils animaux (3).

A la Chine, on appelle l'ame du mort, & on la conjure de revenir ; on suspend un bâton

---

(1) Voyages de Labat.

(2) Les Anciens chassoient aussi les génies malfaisans par le bruit de quelques poilons de cuivre.

(3) Rel. de Sheldon.

d'appui dans un temple, pour qu'elle puiſſe s'y repoſer : on fait auſſi des tablettes, nommées *tablettes des morts*, où l'on croit qu'elle eſt bien aiſe de ſe réfugier ; enfin, on met dans la bouche du défunt une piéce de monnoie d'or ou d'argent, du riz, du froment, des perles & d'autres bagatelles (1).

Les Ruſſes placent entre ſes doigts ce paſſeport : » Nous, patriarche, &c. certifions que N. porteur de nos lettres, a toujours vêcu en bon chrétien, faiſant profeſſion de la religion grecque, & bien qu'il ait péché, qu'il s'en eſt confeſſé, & qu'il a reçu l'abſolution & la communion ; qu'il a révéré Dieu & ſes Saints ; qu'il a fait ſes prieres ; qu'il a jeûné aux heures & aux jours ordonnés par l'Egliſe, & qu'il s'eſt ſi bien conduit avec moi, qui ſuis ſon confeſſeur, que je n'ai point de ſujet de me plaindre, ni de lui refuſer l'abſolution de ſes fautes. En foi de quoi, nous lui expédions les préſentes, afin que S. Pierre, en les voyant, lui ouvre la porte du paradis. «

Les Lapons Moſcovites donnent au mort une bourſe remplie d'argent, pour payer à S. Pierre

─────────

(1) Rel. de Navarette.

Son droit d'entrée. Les Anciens mettoient déjà un écu dans la bouche du défunt, afin qu'il ne fût pas arrêté par Caron (1), & ils y ajoutoient même un gâteau de miel, afin d'appaifer le chien Cerbère (2).

Une idée bifarre fuffit pour enfanter les coutumes les plus extraordinaires ; & voilà pourquoi on en trouve tant chez les Sauvages.

Les Caraïbes jettent ce qui a touché la perfonne du mort. Ceux qui habitent la même cabane, expofent leurs effets à l'air, jufqu'à ce que l'odeur du cadavre foit évaporée. Le corps ne fort jamais par la porte, mais par la fenêtre (3). Autrefois à la Chine, on prenoit les mêmes précautions, on difoit que cette porte entretiendroit trop long-tems la douleur : un empereur effaya d'abolir ce préjugé ; il défendit d'ouvrir au palais de nouvelles portes, pour conduire le corps de fa femme à la fépulture (4) : mais l'ufage fubfifte toujours dans les provinces éloignées de Pékin.

Les Hottentots qui affiftent à un convoi funé-

---

(1) Lucien. Juvenal.
(2) Meurfius, *de Funere.*
(3) Voyages de Labat.
(4) Duhalde.

bre, s'accroupissent au retour devant la hute : deux vieillards étrangers pissent sur l'assemblée ; ils y jettent ensuite des cendres, & les assistans s'en frottent le corps (1).

Le convoi d'un noble de Caçongo ne marche qu'en droite ligne, sur un chemin couvert de feuilles & de branches ; s'il se trouve au passage un mur ou une maison, on l'abat sur le champ (2).

Les Komaniens plaçoient sur les tombes la figure du mort, le visage tourné vers l'Orient, & tenant une tasse à la main (3).

L'empereur du Mexique étoit porté sur un trône, au lieu de sa sépulture ; & pendant la marche, un prince du sang lui souffloit des alimens dans la bouche avec une sarbacanne d'or.

En Egypte & au Mexique, il y avoit un chien à la tête du convoi ; & sur les anciens tombeaux des princes & des chevaliers françois, on en voit communément un à leurs pieds.

A la Chine, des hommes portent pendant les obseques des figures de carton, qui représen-

(1) Kolben.
(2) Voyage de Merolla.
(3) Voyage de Rubruquis.

rent des esclaves, des tigres, des lions, des chevaux (1), &c.

Les Romains louoient un pantomime de la
taille & de la figure du mort : il contrefaisoit son
air, sa contenance & ses gestes, & l'on eût cru
que le défunt lui même marchoit à son convoi (2).

Un chanoine d'Evreux fonda un Obit pour
le repos de son ame : il ordonna d'étendre sur
le pavé au milieu du chœur un drap mortuaire,
& de mettre aux quatre coins, quatre bouteilles
de bon vin & une cinquieme au milieu ; il déclara que le tout appartiendroit aux chantres de
l'église (3).

Si on examine les obseques, dans les différens
pays & aux différentes époques de la civilisation,
il sera facile d'expliquer ce qu'elles renferment
de singulier.

Dans la douleur, on prend une couleur lugubre, & on dédaigne les ornemens. Les Otahi-
ciens se mettent nuds, & se noircissent le corps

---

(1) Rel. de Navarette. L'usage des Romains étoit plus
raisonnable : on portoit aux funérailles les portraits de ses
ancêtres, & l'on defendit aux parens de Libon d'y jamais
montrer le sien. Annales de Tacite, l. 2.

(2) Suétone, *in Vespas.*

(3) Voyez les Mémoires pour servir à l'histoire de la
fête des Foux.

pendant le convoi : on fit cette opération à M. Banks, qui eut la curiofité d'y affifter (1).

Il eft important de conftater que le défunt eft mort d'une mort naturelle ; & chez les Caraïbes, il faut que toute la famille vienne s'en affurer : fi une feule perfonne manquoit à le voir, les autres Indiens jugeroient qu'on a commis un meurtre, & ils fe croiroient obligés de tuer un des parens (.2).

Les Negres de Cacongo & d'Angola n'enfeveliffent un mort, que lorfque toute la famille eft affemblée, & l'éloignement des lieux n'eft pas un prétexte de s'abfenter (3).

On veut tirer quelques leçons de cette mort : le chef des Sauvages de la Louifiane fait l'éloge du défunt, & les affiftans vont les uns après les autres fe préfenter nuds devant lui ; il leur applique à chacun, d'un bras vigoureux, trois coups d'une laniere large de deux doigts, en difant : *fouvenez-vous que pour être un bon guerrier, comme le défunt, il faut favoir fouffrir* (4).

---

(1) Voyage de Cook.

(2) Voyages de Labat.

(3) Voyage de Merolla.

(4) Effais hift. fur Paris. M. de Saint-Foix l'a appris de M. de Kerlerec, qui a été long-tems gouverneur de la Louifiane.

La

La famille du mort ne veut pas paroître in-
fenfible, & au dernier foupir, on pouffe des gémiffemens & des cris qui attirent toute la bourgade : chacun exagere fon affliction, & les lamentations n'ont plus de bornes. Les Negres
fur-tout qui aiment les farces, comme on l'a
dit tant de fois, font de grands pleureurs ; en divers cantons les femmes, & particulierement les
vieilles, hurlent, comme des Bacchantes, autour
du défunt : elles prennent des poftures extravagantes : les unes, armées de piques, cherchent
la perfonne qui manque ; elles feignent même
d'ouvrir la terre, pour voir fi elle n'y eft pas ca-
chée : d'autres courent dans les maifons que fré-
quentoit le mort, & demandent : *Ne l'avez-vous
point vu ?* on leur répond, *il eft parti ;* & elles recommencent leurs cris (I).

Si la douleur ne fournit pas des larmes affez
abondantes, la plupart des Negres fe mettent
dans le nez du *filiquaftre,* ou poivre indien, afin
de pleurer davantage (2).

A la mort d'un prince, ou de quelque per-
fonnage de qualité, on fixe pour les cris un tems
qui eft ordinairement de quinze jours ou d'un

(I) Voyage de Loyer.
(2) Voyage de Merolla.

mois : ils commencent au lever du foleil & durent jufqu'au foir. Comme les habitans des lieux
voifins envoient aux pleureurs, des vaches, du
riz & des volailles, on paffe la nuit à chanter &
danfer au milieu de la bonne chere (1).

Les parens, les amis & même des étrangers,
fe rendent, les mains fur la tête, auprès du cadavre d'un feigneur de Loango ; ils l'affeyent fur
une natte ou fur un bloc, en le foutenant par
des étais : pendant qu'on lui fait les ongles &
les cheveux, & qu'on l'oint de takol, les femmes
danfent & chantent la nobleffe de fon origine,
fa puiffance & fes richeffes (2).

Les Oftiaques cachent leur tête & ne quittent
point le cadavre pendant plufieurs jours ; &
durant cet intervalle, ils ne ceffent d'hurler d'une
maniere épouvantable.

Les Egyptiens fe couvroient la tête de boue
& pleuroient dans les rues, jufqu'à ce que le
corps fût inhumé (3).

Pour montrer plus d'affliction, on continue
les mêmes fimagrées pendant la marche du
convoi.

_____

(1) Prevôt, t. 3. & *Paffim.*
(2) Rel. d'Ogilby.
(3) Diod. de Sic. liv. 1. fect. 2.

Au Tonquin, les fils s'appuyent fur de gros bâtons dans la crainte que l'excès de la douleur ne les faffe tomber. L'aîné fe couche à terre par intervalles, & laiffe paffer le corps de fon pere fur lui ; & lorfqu'il fe releve, il pouffe des deux mains le cercueil en arriere, comme pour engager le mort à remonter au féjour des vivans (1).

On crut devoir embellir & parer le cadavre, & ce goût de la propreté fe retrouve chez les fauvages, chez les peuples barbares, & même chez les peuples policés.

Les Indiens, alliés de la nouvelle France, oignent fes cheveux & fon corps d'huile ; ils appliquent du vermillon fur fon vifage, & ils le couvrent de beaux plumages & de verroteries (2).

Les Hottentots le peignent en jaune (3).

Quelques Negres fe contentent de le laver ; d'autres l'enduifent de diverfes peintures, frifent fes cheveux, & le parent des bijoux qu'il avoit raffemblés pendant fa vie (4).

(1) Rel. de Baron.
(2) Voyage de la Potherie, t. 2.
(3) Kolben.
(4) Voyage de Loyer & les autres Voyageurs.

Les anciens Ruffes mettoient le mort nud fur une table, & le lavoient avec de l'eau chaude pendant une heure entiere (1).

A la Chine, on le lave, & on le revêt de fes plus riches habits & des marques de fa dignité, s'il en avoit une (2).

On ne tarda pas à joindre aux funérailles des emblêmes allégoriques, & tel fut probablement l'origine d'un ufage particulier aux Romains. Les hommes y affiftoient la tête voilée & les femmes le vifage découvert (3); — on vouloit peut-être repréfenter la vie & la mort.

Les légiflateurs s'occuperent de ces marques de douleur, & ils publierent des ordonnances fur la maniere dont on devoit être trifte. D'autres politiques écarterent les idées lugubres de l'efprit des peuples; & pour ôter cette mélancolie qui détache de la terre & fait oublier la patrie, le gouvernement fe mêla plus particulierement des obfeques.

Une loi d'Athènes défendoit d'affifter aux

---

(1) *Defcriptio orbis Terræ Michaëlis Mæandri.*

(2) Navarette & Duhalde.

(3) Plut. Prob. 14. Les femmes fe découvroient plutôt que les hommes, fans doute parce qu'elles étoient voilées dans un autre tems, & que ur vifage plus animé repréfente mieux la vie.

Funérailles d'un mort dont on n'étoit pas parent (1).

Les Mefféniennes ne pouvoient jamais y affifter, afin que l'on entendît moins de lamentations (2).

Dans les premiers fiecles de l'Eglife (3), on le
défendit aux femmes par une autre raifon ; on ne
penfa pas que la décence leur permît de paroître
ainfi en public.

Les fauvages & les peuples barbares pronon-
cent ordinairement l'éloge funébre de tous les
morts, & cette inftitution n'a rien de ridicule.
Le tableau de leurs vertus, vraies ou fauffes,
attendrit les vivans : on rend hommage à leurs
belles actions, & qui pourroit alors manquer
d'indulgence pour leurs foibleffes ? Dans les pre-

---

(1) Cic. de *Legibus*.

(2) Ælien, l. 6. *ut lamentatio minueretur*. Les Spartiates furent traités d'inhumains, parce qu'ils obligerent
les Mefféniennes prifes à la guerre, d'y affifter. On s'éten-
dra davantage dans le chapitre du deuil.

(3) Synefius epif. 3. S. Chryfoft. l. 3. dit : *Novit enim
ingeniofus ferpens ille, vel per bona fuum ipfius virus
diffeminare ; ac ideò oportet undequacumque tanquam muro
circumfeptam effe virginem, ac toto anno perrara domo
egredi ; idque demum cum inexcufabiles & neceffariæ ur-
gebunt caufæ.*

T iij

miers tems de la société, la bourgade en chœur fait souvent ces éloges, & cette cacophonie ne laisse pas d'être intéressante. Chez les Negres, les femmes & les jeunes filles seules remplissent quelquefois les fonctions d'orateurs, comme si on avoit jugé qu'elles loueront le défunt d'une maniere plus sensible.

On passe sur les formes qu'a pris le même usage chez les peuples polis (1). On ne parlera que des Egyptiens, parce qu'ils tiennent plus particulierement au plan de cet Ouvrage, & qu'ils ressemblent peu aux autres nations. Quarante juges montoient sur un tribunal ; on amenoit le mort à leurs pieds, & la loi permettoit à tout le monde de porter des plaintes contre lui ; on le privoit de la sépulture, s'il y avoit des accusations graves : si personne n'en formoit, ou si on les reconnoissoit pour des calomnies, les parens quittoient le deuil, & louoient eux-mêmes le défunt ; l'assemblée applaudissoit à l'oraison funébre par de nouveaux éloges (2).

Lorsqu'on a déposé le corps au lieu de la sépulture, le moment où il faut s'en séparer est

_____

(1) On peut voir l'Ouvrage éloquent de M. Thomas, sur les éloges.

(2) Diod. de Sic. l. 1. sect. 2.

touchant, & tous les peuples l'ont bien fenti : les uns l'embraffent pour la derniere fois ; d'autres fondent en larmes fur le cercueil, fans pouvoir le quitter. Dans quelques cantons de la Guinée, on couvre le mort d'un appentis, élevé de deux ou trois pieds : chaque perfonne du convoi va fe traîner fous cet hangard, & y faire fes derniers adieux (1).

A Afem, les parens & les amis du défunt tirent leurs braffelets & les anneaux qu'ils portent aux jambes ; les jettent dans le tombeau comme un témoignage d'attachement (2) : & autrefois on y laiffoit quelques-uns de fes cheveux (3).

On imagina différentes manieres de faire ces adieux au défunt, ou de montrer dans la fuite qu'on fe fouvenoit de lui. Au nord de l'Angleterre, un étranger paffe rarement près d'un tombeau, fans y jetter une pierre : quand les montagnards de l'Ecoffe demandent une grace à leurs maîtres ; ils finiffent leurs placets par ces mots : *& le fuppliant ajoutera une pierre à votre tombeau.*

---

(1) Coll. de Bry, petits voyages.

(2) Rel. de Tavernier.

(3) Voyez Ovide, Stace, Pétrone, Sophocle, Euripide, &c.

Aux ifles Hébrides, les cimetieres font des amas
de cailloux proportionnés au rang & à la qualité
des perfonnes (1).

Bientôt les gens riches ne fouffrirent pas que
leurs obfeques reffemblaffent à celles des pauvres ; & l'on s'embarraffa moins de donner aux
morts des marques de piété, que de fatisfaire la
vanité de la famille. Des peuples facrifient alors
une partie de leur fortune. Les pauvres infulaires
de Mindanao emploient tout ce qu'ils ont pour
vêtir un mort d'habits neufs, & lui faire de belles
funérailles : on plante des arbres & des fleurs
autour du fépulcre ; on y brûle des parfums ; &
fi c'eft un chef, on fufpend des étendards blancs
aux quatre côtés (2).

Ces prétentions ne pouvoient manquer de
devenir ridicules : un grand nombre de chevaux
affiftoient aux funérailles des perfonnes de diftinction chez plufieurs nations de l'antiquité.

Les Siamois aiment à donner beaucoup d'élévation au bûcher. La Loubere raconte qu'aux
obfeques d'une reine les échafaudages étoient fi
hauts, qu'on employa une groffe machine d'Europe, pour y monter la biere. Le bûcher des

_____

(1) *Pennant's Voyage to the Hebrides.*
(2) Voyage de Gemelli Careri.

grands feigneurs & des princes du fang eft allumé par le roi : mais le monarque ne fort pas de fon palais ; il lâche un flambeau le long d'une corde qui aboutit à fes fenêtres.

Un Siamois parvenu déterre fouvent le cadavre de fon pere, fi on ne lui fit pas à fa mort des funérailles dignes de fa fortune préfente ; & il recommence fes obfeques (1).

Une loi de la Chine oblige de lier un coq blanc fur le cercueil ; mais on l'enfreint fouvent, parce qu'il eft difficile de trouver des coqs de cette couleur (2).

Les Chinois attachent une fi grande importance à la maniere dont on les enterrera, que fouvent ils fe procurent une biere vingt ans avant leur mort : on célébre, par une fête, l'heureux jour où on l'apporte dans fa maifon ; on l'expofe en public des années entieres, & l'on prend plaifir à s'y placer. L'empereur a aufli la fienne. On a vu des enfans fe louer, ou fe vendre, afin d'acheter un cercueil à leur pere ; & les pauvres ne ceffent de travailler, jufqu'à ce qu'ils en ayent un. Toutes les bieres font enduites à l'intérieur de bitume & de poix, & vernies avec

---

(1) Rel. de la Loubere & de Tachard.
(2) Voyage de Gemelli Careri.

foin au-dehors : on y met un petit matelas, une couverture, des oreillers, du charbon, de petits guichets pour les lampes, des ciseaux pour fe couper les ongles (1), &c.

Il y eut des pays où l'on réprima fagement ce luxe : ainfi Solon défendit à Rome les fépulcres qui ne pourroient pas être faits en trois jours par dix ouvriers (2).

Le croiroit-on ? on exigea des contributions pour enterrer les morts, & on refufa la fépulture fi l'on ne pouvoit pas payer ce droit. En quelques pays de l'Inde, on expofe le corps des pauvres au milieu de la rue, afin d'implorer la charité des paffans jufqu'à ce qu'on ait la fomme qu'il faut.

En 1440, le cimetiere des Saints Innocens fut fermé pendant quatre mois, parce que l'évêque de Paris vouloit trop d'argent pour fes droits : il excommunioit même ceux qu'on enterroit fans payer.

Dans la fuite, on obligea les mourans à faire des dons à l'églife. Au feizieme fiecle, les curés de Paris n'enterroient point un homme, qui ne léguoit pas quelque chofe au clergé (3). Une

_____

(1) Rel. de Navarette & Duhalde.
(2) Cic. de Legibus, lib. 2.
(3) Fievret, Traité de l'abus.

peſte ſurvint : les malades ne penſoient gueres à teſter ; un grand nombre de cadavres reſterent pluſieurs jours ſans ſépulture ; comme ils achevoient d'infecter l'air, on la leur accorda, *ſans tirer à conſéquence.*

A la fin des obſeques, des peuples barbares croyent avoir contracté quelque ſouillure, & ils ſe purifient. Les Negres font encore ici des farces. Les femmes de la Côte d'Or ſe rendent aux bords de la mer, ou à la riviere la plus voiſine ; elles y entrent juſqu'au nombril, & ſe jettant de l'eau au viſage, elles ſe lavent mutuellement, tandis que le reſte du cortége joue des morceaux de muſique : l'une de ces femmes va prendre la veuve du défunt, s'il en a une, l'amene dans l'eau, la renverſe ſur le dos, & lui lave toutes les parties du corps (1).

(1) Prevôt, t. 4.

CHAPITRE II.

Sépultures. Manieres d'enterrer.

Soit qu'on regrette la perfonne qui vient de mourir, foit qu'on ait peu d'attachement pour elle, les manieres d'enterrer qu'on imagine dans les premiers tems, annoncent de la tendreffe, & l'on oublie tout alors pour fuivre la voix de la nature.

La mort adoucit les caractères les plus fauvages, & laiffe dans l'ame une impreffion de mélancolie qui fe manifefte par des ufages touchans: les fépultures & les cérémonies funéraires font encore plus intéreffantes chez les peuples barbares, qu'au milieu des nations polies. La fuperftition ne tarde pas à s'en mêler, mais la fuperftition n'a rien ici que d'humain.

Aucune confidération factice n'affoiblit le fentiment qu'éprouvent les Sauvages, & ils s'y livrent fans réferve. L'indépendance & la pofition où ils fe trouvent leur permet de faire des cadavres ce qu'ils veulent, & la puanteur ne rallentit pas leur zèle. Chacun difpofe à fa maniere du corps de fa femme, de fon pere ou de fes enfans, & l'infection n'étant pas beaucoup à craindre parmi ces bourgades peu nombreufes , on invente toutes fortes de fépultures ; on adopte infenfiblement celle qui convient davantage , & il s'établit une coutume générale.

L'habitude détruit bientôt la fenfibilité ; on fuit l'ufage par routine , & le fauvage qui conferve le corps de fon pere dans fa çabane , s'accoutume à le voir fans émotion ; mais on ne cherche ici que l'efprit des coutumes , & il importe peu qu'on l'ait oublié.

Les infulaires de Formofe ne peuvent fe féparer fi-tôt de leurs morts ; ils les placent dans leur maifon fur un petit échafaud ; ils allument du feu pour les fécher , ce qui caufe une grande puanteur. Le neuvieme jour , on les enveloppe de nattes , & après les avoir mis fur un autre échafaud plus élevé , on les entoure d'étoffes. On garde ainfi le corps trois ans , & on enterre enfuite le fquelette (1).

Les habitans de la Corée ne les enterrent qu'après le même efpace de tems (2).

Les Indiens de la Cayenne enterrent un vieillard au milieu du carbet où il a vécu : lorfque

(1) Rel. de l'ifle Formofe , par Candidius.
(2) Duhalde.

le cadavre eſt pourri , les habitans des huttes
voiſines s'aſſemblent ; on déterre les os ; on les
brûle , & on en garde la cendre pour la boire
dans une fête (1).

La ſenſibilité des Iroquois paroît encore plus
active : ſi l'un d'eux meurt à la chaſſe pendant
l'hyver , ils le ſuſpendent à des arbres pour le
faire geler ; & ils vont l'enterrer le printems à
coté de ſa cabane : ils viſitent ſouvent les cadavres ; ils les chargent de peintures , lorſqu'ils
ſont à demi pourris ; ils leur donnent de nouveaux habits, & ils raccommodent la foſſe (2).

Les Ethiopiens imaginerent un raffinement
qui leur fait honneur ; après avoir ſéché les
corps , ils les enduiſoient d'une couche de plâ-
tre blanc , ſur laquelle ils traçoient groſſierement
l'image du défunt , & ils les renfermoient enſuite
dans une caiſſe tranſparente (3) , afin d'avoir toujours ces traits ſous les yeux.

Il eſt impoſſible de conſerver les corps près
de ſoi , dès que la peuplade a pris de l'accroiſſe-

---

(1) Voyage de Froger.

(2) Voyage de la Potherie.

(3) Hérod. l. 2, & Diod. de Sic. l. 3. Les uns diſent
que cette caiſſe étoit de cryſtal , & d'autres de verre ; mais
il eſt probable qu'alors on ne connoiſſoit pas le verre.

ment. On y fubftitue un ufage plus fimple ; on
en garde quelque partie , & la fenfibilité commence à perdre fa délicateffe pour devenir grof-
fiere. Plufieurs Sauvages arrachent les dents d'un
mort ; ils lui coupent les ongles ou un doigt , &
ils les portent foigneufement avec eux.

Si un Madagafcarien meurt chez l'étranger ou
à la guerre , on lui coupe la tête qu'on envoie à
fes parens (1).

Les Effedons façonnoient en forme de coupe
les crânes de leur pere , & ils s'en fervoient enfuite dans les repas (2).

Ce fut par ce motif que les Samoyedes-
Soegtfies porterent d'abord fur eux les offemens
de leurs ancêtres ; on perdit enfuite de vue l'origine de cet ufage , & maintenant ils s'en fervent
dans leurs enchantemens.

Ce même ufage reprend fa premiere délicateffe parmi les grandes nations. Si un Chinois
meurt à Bantam , on brûle fon corps , & on envoie fes cendres à fes amis. Les peuples de l'antiquité donnoient aux morts les mêmes témoignages d'attachement , & chacun fait quel foin
ils avoient des urnes funéraires.

---

(1) *Drury's hiftory Flacourt.*
(2) Hift. anc. des peuples de l'Europe , t. 3.

Il se forma sur les bords du Nil un peuple mélancolique, dont on a parlé souvent : quoique sa civilisation fût très-avancée, il voulut conserver les corps, suivant l'usage des premiers tems, & se repaître de ce spectacle ; mais comme tant de cadavres auroient infecté le pays, on perfectionna l'art d'embaumer, & on imagina les momies. Cette coutume, loin de nourrir la sensibilité des Egyptiens, les attristoit peut-être sans les émouvoir (1).

Les officiers, chargés de l'arrangement des momies, formoient un grand corps : les uns (2) désignoient, sur le côté gauche du mort, le morceau de chair qu'il falloit couper ; le *coupeur* (3) l'enlevoit ensuite avec une pierre d'Ethiopie : les *saleurs* introduisoient leur main dans le corps, & ils en tiroient les viscetes, excepté le cœur & les reins ; un autre les lavoit avec du vin de palmier & des liqueurs odoriférantes. En oignant

---

(1) On pèut voir ce qu'on a dit plus haut du caractère & des mœurs des Egyptiens.

(2) Ceux-là s'appelloient les *écrivains*.

(3) Par une étrange contradiction le *coupeur* étoit obligé de s'enfuir aussi tôt, parce qu'on le pourfuivoit à coups de pierres, & il encouroit la malédiction publique ; car ils détestoient un homme qui fait une blessure à un corps de la même nature que le sien.

le corps, pendant trente jours, de gomme, de cédre, de myrrhe, de cinnamome, & d'autres parfums, ils lui rendoient fa première forme : les poils, les fourcils & les paupieres fembloient fe ranimer, & on retrouvoit les anciens traits du vifage.

Les Egyptiens riches gardoient dans leurs maifons tous leurs ancêtres ainfi confervés; les pauvres laiffoient les cercueils à côté de leur lit, & d'autres les dépofoient dans un tombeau, où ils alloient les voir de tems en tems. Un fils plaçoit, près de lui, le corps de fon pere, que fes crimes ou fes dettes avoient privé de la fépulture ; & s'il venoit à bout de juftifier fa mémoire, ou de fatisfaire les créanciers, il l'enterroit honorablement. On donnoit les corps de fes parens pour fûreté d'une dette que l'on contractoit, & ceux qui ne les retiroient pas étoient déclarés infâmes (1).

Toutes ces marques de tendreffe & d'amour parurent infuffifantes à d'autres peuples ; ils voulurent enfevelir les morts dans leur propre fein.

Les infulaires des Marianes défoffent les cadavres; après en avoir brûlé la chair, ils avalent

(1) Diod. de Sic. l. 1. fect. 2.

la cendre dans du vin de cocos (1), & quelquefois ils fucent en outre la cervelle ; ils arment
des lances avec les os (2).

Les Callaties, peuple de l'Inde, fe nourriffoient de la chair de leurs parens, & lorfque
Darius leur confeilla de les brûler, ils fe récrie-
rent contre cette propofition *qui leur fit horreur* (3).

Cet ufage, faint en lui - même, fut bientôt
accompagné de quelque affreufe cérémonie.
Dès qu'un pere de famille mouroit chez les Iffedons (4), on amenoit des moutons & des bœufs ;
on les coupoit en morceaux, ainfi que le cadavre ; on mêloit enfemble les chairs, & on les
mangeoit dans un feftin.

Si l'on en croit Marco Polo, les Tartares du
Dragoyan appellent les forciers auprès d'un malade, & ils l'étranglent, s'ils difent qu'il doit
mourir ; ils coupent le cadavre en pieces, & ils
le mangent fur le champ.

La fenfibilité diminue à mefure que la peu-

---

(1) Voyage de Mindana.
(2) *Churchill's Coll. of Voyages*, t. 4.
(3) Hérod.
(4) *Ibid.* Les Iffedons étoient un peuple voifin des
Scythes.

plade fe multiplie ; la néceffité force d'oublier ,
pour ainfi dire , fes proches , & l'on n'a plus
un grand foin que des chefs. Des Indiens de
l'Amérique feptentrionale, & en particulier les
habitans de la Virginie , confervoient ainfi leurs
caciques : ils fendoient la peau le long du dos ,
& l'enlevoient adroitement fans la déchirer ;
comme ils décharnoient enfuite les os fans toucher les nerfs , la charpente demeuroit entiere :
après avoir féché les os au foleil , ils les re-
mettoient dans la peau , qu'ils préfervoient de
la corruption , & qu'ils tenoient humide avec
de l'huile : on rempliffoit de fable fin les intervalles ; on recoufoit la peau , & on portoit , au
lieu de la fépulture , le corps préparé de cette
maniere. Lorfque la chair étoit entierement feche , on la mettoit aux pieds du cadavre dans
un panier , & des prêtres gardoient le tombeau (1).

Les Indiens des bords de l'Orenoque laiffent
pourrir les cadavres de leurs chefs, & dès que les
chairs font confumés , ils ornent le fquélette de
joyaux & de plumes de diverfes couleurs , & ils
le fufpendent dans une cabane (2).

_____

(1) Rel. de la Virginie , & Lafiteau.
(2) Voyage de Raleigh.

V ij

Les infulaires des Canaries plaçoient les cadavres de leurs chefs debout dans une grande ca-
verne, & on leur mettoit un fceptre à la
main (1), &c. Duret dit qu'il en a vu trois cents,
dont la peau étoit feche comme du parche-
min.

Quant aux hommes vulgaires, on eft embarraffé de cette multitude de cadavres qui empoi-
fonnent la contrée : il paroît que l'efprit des peuples a fait de longues recherches fur la maniere
dont on pourroit s'en débarraffer ; mais malheu-
reufement leurs découvertes, relatives à un pays
particulier, ne font d'aucune utilité pour le refte
de la terre.

Maniere de difpofer des morts, qui ne con-viennent qu'à de pe-tites peu-plades. La nature du climat, la pofition & l'étendue
du pays, ainfi que beaucoup d'autres circonftan-
ces, influent fur les fépultures ; & il y en a un
grand nombre qui ne conviennent qu'à de petites
peuplades.

Les Troglodites replioient la tête d'un mort
entre fes jambes, & ils le lioient avec des branches d'aube-épine : on expofoit le corps fur une
colline, & on lui jettoit des pierres *en riant*,
jufqu'à ce qu'on ne le vît plus (2).

---

(1) Voyage de Nichols.
(2) Diod. de Sic. l. 3. ch. 17.

Les Hottentots replient aussi les jambes vers la tête ; & après l'avoir enveloppé de peaux comme un fœtus, ils le traînent dans des fentes de rocher, ou dans des tanieres de bêtes sauvages (1).

Les Tartares Kiergesses choisissent un arbre, auquel on les suspend après leur mort, & les Goths pendoient jadis les corps de leurs princes à des chênes.

Les habitans des isles du roi George enferment d'abord les cadavres dans des caisses ; & ils en tirent ensuite les ossemens qu'ils attachent à des arbres, avec des noix de cocos & d'autres provisions (2).

Les Indiens des côtes du Chili n'enterrent point leurs morts ; ils se contentent de les placer sur des échafauds élevés de six pieds, en leur donnant l'attitude d'un enfant dans le ventre de sa mere (3).

Les Otahitiens suivent le même usage ; mais ils enterrent les ossemens, lorsque les cadavres tombent en pourriture (4).

---

(1) Kolben.
(2) Voyage du Commodore Biron.
(3) Suppl. au Voyage d'Anson.
(4) Voyage de Cook.

V. iij

Les anciens habitans de la Colchide couvroient les morts de peaux, & ils les fufpendoient en l'air avec des chaînes (1).

Plufieurs Negres & en particulier les Serreres, enterrent les morts dans des huttes rondes, pareilles à leurs propres habitations : ces cabanes font entourées de rofeaux, qu'on enduit de terre détrempée. Les cimetïeres reffemblent à un fecond village, & même ces maifons des morts font en plus grand nombre que les maifons des vivans (2).

Cependant les cadavres infectoient les vivans, on chercha des moyens de prévenir la corruption; & la tendreffe & le refpect qu'on avoit pour les morts furent dès-lors fubordonnés au befoin : la fuperftition dénatura dans la fuite & corrompit les ufages.

Les infulaires de la Taprobane laiffoient les morts fur le rivage après le reflux, afin que le

---

(1) Voyez Elien & Apollon. de Rhodes.

(2) Voyage de Brue. La barbarie des Negres eft inconcevable, & cette habitude de faire des villages de mort à côté des maifons des vivans, fe retrouve fur prefque toute la côte. Les grandes peuplades la confervent fort tard, & l'on ne peut douter que l'infection des cadavres n'entretienne l'épidémie qui y regne fi fouvent.

flot vint les couvrir de fable & leur élever un tombeau (1).

Les Ethiopiens Icthyophages se contentoient de les exposer au reflux, qui les emportoit en pleine mer (2).

Les Péoniens les jettoient dans des étangs (3).

D'autres peuples eurent de la répugnance à se séparer des morts pour toujours, & malgré leur embarras & malgré le voisinage de l'Océan, ils n'adopterent point cette sépulture.

Les insulaires des Baléares les mettoient dans des urnes, & ils leur cassoient les membres à coups de massue, pour les y faire entrer plus aisément ; ils les couvroient ensuite d'un grand tas de pierres (4).

Les peuples de Chio les piloient dans un mortier, & jettoient les cendres au vent.

Nos barbares ancêtres inventerent une maniere de disposer des morts qui est très - dégoûtante : ils coupoient en morceaux ; ils faisoient bouillir & saloient les cadavres (5). C'est ainsi

---

(1) Diod. de Sic. l. 2, ch. 31.
(2) *Ibid.*
(3) Traité de l'Opinion, t. 6.
(4) Diod. de Sic. l. 5. ch. 14.
(5) Jean Juvenal des Ursins.

qu'on prépara celui d'Henri V, roi d'Angleterre, mort à Vincennes en 1422.

Ces expédiens, souvent impossibles, n'étoient pas d'ailleurs sans inconvéniens ; & l'on fit manger les corps par des animaux, afin que leur chair n'infectât point la contrée : ce que cette action a de révoltant & de barbare, n'arrêta pas les peuples ; car, dans la nécessité, ils prennent les partis les plus violens.

Si on l'examine, on découvre aisément les raisons qui les séduisirent ; & l'on n'est point étonné de l'étendue de cette coutume.

Sans citer toutes les nations qui l'ont suivi, on rapportera les principales différences qu'on y apperçoit.

Les Kamtchadales jettent leurs morts aux chiens : comme ils ont oublié l'esprit de cet usage, ils disent que ceux qui sont ainsi dévorés, auront de très-bons chiens dans l'autre monde, & que les esprits malins exigent cette sépulture (1).

Les Hircaniens entretenoient des meutes, qui dévoroient tous les cadavres (2).

_____

(1) Hist. du Kamtchatka.
(2) Cic. Tuscul. quæst.

Si l'on en croit des Hiftoriens, les Médes qui nourriffoient des chiens de la plus groffe race, leur livroient un malade, lors même qu'il n'étoit encore qu'à l'agonie : ils avoient honte de mourir dans un lit, ou d'être dépofé en terre (1).

On a dit au Livre de la guerre, qu'on leur donnoit auffi à manger les corps des ennemis tués fur un champ de bataille.

Les Néorites, peuples de l'Inde, abandon-noient le corps aux animaux carnaffiers : les pa-rens le portoient dans un bois, & après l'avoir mis nud, ils le laiffoient en proie aux animaux de la forêt (2).

En Perfe, on les plaçoit au haut d'une tour, & ils étoient mangés par les oifeaux : un prê-tre les y dépofoit, en difant : » Notre frere, durant fa vie, étoit compofée de quatre élémens ; à préfent qu'il eft mort, que chacun reprenne ce qui lui appartient ; que la terre retourne à la terre, l'air à l'air, l'eau à l'eau, & le feu au

---

(1) Bardefanes, *apud Eufeb. præpar. Evangel. l. 6.* Malgré la crédulité que doit infpirer cet Ouvrage, un pareil fait femble mal vu & mal préfenté : on les étouffoit peut-être lorfqu'on défefpéroit de leur guérifon, & on les jettoit tout de fuite aux chiens.

(2) Diod. de Sic. l. 17. ch. 57.

feu (1); & cet ufage s'eſt ſi bien conſervé, qu'il ſubſiſte encore aujourd'hui.

Quand un Parſis eſt mort, on le porte à la campagne, & on attire un chien vers le corps avec du pain ; ſi l'animal monte deſſus, & lui arrache ce morceau de pain de la bouche, c'eſt une marque aſſurée du bonheur du défunt ; mais ſi le chien n'en approche pas, on déſeſpere de ſa félicité : on livre enſuite le corps aux vau- tours, & on va voir lequel des yeux ils man- gent le premier, pour en conjecturer de nouveau s'il eſt heureux (2).

En d'autres cantons de la Perſe, les cimetieres reſſemblent aux nôtres : on fait une foſſe, & on éleve au-deſſus une grille : on y place le mort ; il ſert de pâture aux oiſeaux de proie, & les os tombent d'eux-mêmes dans la foſſe (3).

Toutes ces manieres de diſpoſer des morts n'étoient pas ſans inconvéniens ; enfin, on les brûla.

La plupart des nations de l'antiquité (4)

(1) *Lord's Rel. of the Perſées.* Hyde, *de Rel. veter. Perſ.*

(2) Voyage d'Ovington, t. 2.

(3) Voyage de Mandeſlo.

(4) Il faut remarquer qu'on enterroit les enfans qui n'avoient pas quarante jours, & ailleurs on ne les brûloit que lorſqu'ils avoient des dents. Pline, l. 7. ch. 16.

adopterent cette coutume, & il y a dix-neuf cents ans qu'on la fuivoit dans les Gaules & dans la plus grande partie de l'Europe ; il a fallu l'abolir, parce que les arts, la population, les défrichemens & le luxe, ont déraciné les forêts, & il n'y a plus affez de bois.

Des nations de l'Orient, & en particulier les tartares Mongols, les habitans du Malabar & quelques Siamois, les brûlent encore : à Ceylan, on n'accorde cet honneur qu'aux perfonnes de qualité (1).

Cette maniere de difpofer des morts eft, fans doute, préférable aux autres, quoiqu'elle répugne d'abord à la fenfibilité ; cependant il n'eft pas poffible de l'employer par-tout.

L'enterrement eft la méthode la plus naturelle & la plus fimple, & c'eft auffi la plus commune : mais dans les grandes nations & dans les grandes villes, cette multitude de morts entaffés infecte l'air & engendre des épidémies, & l'on cherche à diminuer ces funeftes effets.

Les Babyloniens enterroient les corps dans du miel & de la cire (2). A Siam, pour que les

---

(1) Rel. de Knox.
(2) Hérod. l. 1. Strabon, l. 16.

inteftins n'exhalent pas une odeur infecte, on les confume avec du mercure qu'on verfe dans la bouche (1). Les Indiens de l'ifle Efpagnole (2) vuidoient foigneufement le corps & le féchoient au feu.

Platon nous a confervé une loi d'Egypte, qui défendoit d'enterrer par-tout où un arbre pouvoit croître.

En voici une autre de Théodoric : » Celui qui enterrera dans la ville de Rome, fera dépouillé de la quatrieme partie de fes biens, s'il en a.; & s'il n'en a point, il fera battu de verges & chaffé (3).

Ces fépultures varient fuivant les différens lieux, & l'on fait quelle doit être l'influence de la fuperftition.

Des fauvages de l'Amérique feptentrionale croyent que les hommes ont deux ames : l'une va fe transformer en tourterelle dans un autre pays ; la feconde ne quitte jamais les corps, & ne fort de l'un que pour entrer dans un autre : ils enterrent les petits enfans fur

_____

(1) Rel. de Tachard.
(2) Hift. de Saint Domingue.
(3) Ch. 3. *Theod. regis edicti in Codice legum anti-quarum.*

le bord des grands chemins, afin que les femmes
en paffant recueillent leurs ames, qui n'ont pas
joui long-tems de la vie, & qui font empreffées
d'en recommencer une nouvelle (1).

Au Chaco, on enterre les morts au lieu même
où ils expirent ; on place un javelot fur la foffe,
& on y attache le crâne d'un ennemi & fur-tout
d'un Efpagnol : on ne paffe plus dans cet endroit, jufqu'à ce que le mort foit entierement oublié (2).

A Ceylan, les morts de baffe extraction font
jettés dans des creux au milieu des bois (3).

Les Coréfiens ne les enterrent que pendant le
printems & l'automne ; on dépofe fous une hutte
de chaume ceux qui meurent en été & en hyver,
pour attendre le tems de la fépulture (4).

Parmi les Negres, les uns les placent nuds
dans la foffe (5) ; les autres ramenent les
talons fous les feffes, de forte que le cadavre reffemble à une boule (6). Les bieres, aux

---

(1) Voyages de l'Efcarbot & de Champlain.
(2) Hift. du Paraguay.
(3) Rel. de Knox.
(4) Rel. d'Hamel.
(5) Prevôt, t. 3.
(6) Voyage de Loyer.

environs du Cap des Trois pointes, n'ont que quatre pieds de long : on plie le corps en deux, & souvent on lui coupe la tête (1). Au royaume de Golconde, on ensevelit les morts les jambes croisées, dans la posture où ils s'asseyent (2).

Les Danois déposoient autrefois, dans la calle des vaisseaux, les hommes qui se distinguoient par de grandes actions.

Le peuple du Pégu fait les funérailles d'un Talapoin ; il brûle son corps & jette ses cendres dans la riviere : on enterre ses os au pied de l'arbre sous lequel il se couchoit pendant sa vie (3).

Les Chinois de Batavia n'enterrent jamais deux cadavres dans le même endroit ; & les cimetieres des environs de cette ville occupent un espace immense : comme ils craignent que les cendres ne se mêlent avec la terre, ils entourent le corps d'une biere formée d'un tronc d'arbre, creusé comme un canot, & ils enduisent l'extérieur d'une couche d'un mortier, appellé *Chinam*, qui devient aussi dur que de la pierre (4).

---

(1) Barbot.
(2) Rel. de Metholde.
(3) Voyage de Sheldon.
(4) Voyage de Cook.

L'infection cependant n'épouvanta pas des républicains. Lycurgue ordonna, par une loi, d'enterrer les cadavres dans la ville de Lacédémone ; il vouloit accoutumer les Spartiates à honorer les défunts, & à ne pas craindre la mort (1).

Un oracle prédit aux Tarentins que la république deviendroit plus floriffante, *fi unà cum pluribus habitarent ;* & ils en conclurent qu'il ne falloit point fortir les morts de la ville (2).

Comme les prêtres percevoient un droit fur les fépultures, on imagina d'enterrer dans les églifes les perfonnes riches. La vanité dédaignoit encore le vulgaire après la mort ; & pour n'être pas confondu dans les cimetieres du peuple, on paya cherement le droit d'infecter les temples. Enfin, la piété elle-même concourut à cet abus : on penfa que les morts feroient plus foulagés par les prieres des vivans, & les vivans eurent plus de confolation d'aller, au pied des autels, pleurer fur la tombe des morts.

Les églifes furent bientôt des cloaques infects ; & cet abus eft difficile à déraciner, parce que les

---

(1) Plutarque.
(2) P. Victor, l. 2. Var. Lect.

préjugés le lient à la religion. Le Danemarck, la Ruſſie & le Milanès ont déjà défendu d'enterrer dans les villes : en 1765, le Parlement de Paris fit inutilement la même défenſe : un ſage archevêque vient d'interdire ces ſépultures à ſon diocèſe ; ſa prohibition a d'abord rencontré beaucoup d'obſtacles, mais on eſpere que tout le royaume imitera bientôt ſon exemple.

Tel eſt l'ordre des ſociétés, que la ſenſibilité & l'attachement s'oppoſent aux meilleurs projets : il ſeroit utile de reléguer les morts dans des cantons éloignés des villes & des villages, & même de les traîner à la mer ; mais il faut des précautions pour les arracher à la tendreſſe qui s'en empare.

Il ſera toujours difficile de tirer du milieu de la foule les corps qui meurent & s'y pourriſſent journellement. Parmi les différentes manieres d'enterrer qu'on vient de voir, il n'y en a point qui nous convienne mieux que celle que l'on ſuit : il ſuffiroit de la perfectionner & de concentrer dans la terre les exhalaiſons putrides des cadavres, & il ne ſeroit peut être pas difficile d'imaginer un ciment ou mortier qui produiroit cet effet (1).

_____

(1) Tel que celui des Chinois de Batavia.

Ce

Ce chapitre ne renferme que les manieres générales de difpofer des morts ; il y en a de particulieres dont on ne parle point. Ainfi My-ceris, roi d'Egypte, fit conftruire en bois doré une vache dont l'intérieur étoit creux, & il y mit le corps de fa fille qu'il aimoit tendrement (1) ; & les foldats d'Alaric détournerent un fleuve fur le tombeau de ce prince, afin de le dérober à la vengeance des Romains.

_____

(1) Hérodote.

CHAPITRE III.

Deuil. Manieres de le porter ; pleureurs ,
pleureuses , &c.

LES Sauvages fe livrent aux derniers tranf-
ports de la douleur ; ils fe mutilent ; ils fe font
des bleffures ; & , après ces momens de ferveur,
ils ne manqueroient pas de s'en repentir, fi cette
folie ne devenoit un ufage.

Ces extravagances infpirent encore de l'intérêt.
Une femme veut donner à fon mari des preuves
d'attachement, elle affronte la douleur ; elle fe
mutile ; elle verfe fon fang, & en blâmant fon
erreur, il faut admirer fon zèle.

L'affectation de fe déchirer le corps , n'annonce pas toujours de la fenfibilité & de la douleur , & fouvent elle ne prouve que la férocité.
L'ame des barbares eft rarement émue ; elle eft
dure & fermée au fentiment ; & leurs démonftra-
tions de tendreffe n'en font que plus exagérées.
On peut voir au Livre feptieme , combien de
peuples fe coupent alors les doigts.

Les Otahitiens en deuil , & fur-tout les femmes , s'enfoncent à plufieurs reprifes la dent d'un

goulu de mer dans la tête ; ils reçoivent leur sang sur des morceaux d'étoffes qu'ils jettent auprès de la biere ; & ils recommencent tout-à-coup ces blessures long-tems après que le deuil est fini (1).

Les Zélandois ont de larges cicatrices sur les bras, les cuisses, la poitrine & les joues ; & à peine, dit le Capitaine Cook, en trouve-t-on un seul de l'un ou de l'autre sexe, qui ne porte ces vestiges de douleur (2). Les insulaires d'Amsterdam se coupent des morceaux de chair sur les joues (3).

Les progrès de la société détruisent ordinairement ces coutumes, mais des peuples guerriers les conservent par politique & d'autres par préjugés. On rend des honneurs funebres aux Negres de Bissao qui périssent dans les combats, & des femmes s'arrachent les cheveux au son du tambour, & se déchirent la peau (4). A la mort d'Attila, les Huns couperent la moitié de leurs cheveux, & tirerent du sang de leur visage,

---

(1) Voyage de Cook.
(2) *Ibid.*
(3) Second Voyage de Cook.
(4) Voyage de Brue.

afin de mieux honorer un guerrier fameux par tant de victoires (1).

Lorfqu'on porte un Circaffien en terre, fes parens hurlent d'une maniere épouvantable ; ils fe coupent le vifage & d'autres parties du corps avec des cailloux tranchans.

Solon ne défendit aux Athéniens de s'égratigner le vifage qu'aux enterremens des morts qui ne feroient pas leurs parens (2).

Ces marques d'affliction font trop violentes pour être durables ; & les hommes foibles ou dégoûtés des mutilations & des bleffures, imaginent d'autres amputations ; car il faut bien témoigner fa douleur par quelque chofe d'extraordinaire.

Les infulaires de Mindanao fe rafent la barbe & les fourcils dans les tems de deuil (3).

Les Géorgiens qui refpectent leur barbe, comme tous les Mufulmans, font le même facrifice.

Les Tonquinois fe coupent les cheveux jufqu'aux épaules, & les Athéniens, vaincus par les

---

(1) Hift. anc. des peuples de l'Europe.

(2) Plut. in vitâ Solon. Cic. de Legibus.

(3) Gemelli Carreri. Plufieurs autres peuples fuivent cet ufage.

Spartiates, ne permirent aux sujets de la république de nourrir les leurs qu'après avoir effacé la honte de cette défaite (1).

On remarque de la diversité dans cet usage, & on coupe, ou on laisse croître les cheveux, suivant qu'on les porte, ou qu'on ne les porte pas dans un autre tems : car Hérodote cite des nations qui ne coupoient ni leur barbe, ni leurs cheveux en signe de deuil ; & après la mort de Jean II, roi de Portugal, on ne porta que des habits de bure, & l'on ne put se rafer à Lisbonne pendant six mois.

Les Spartiates, qui portoient les cheveux courts, les laisserent croître en signe de joie, après la victoire dont on a parlé tout-à-l'heure (2).

Quelques Grecs suivoient une autre coutume, dont le scholiaste d'Euripide nous apprend la raison. Les hommes, en deuil, nourrissoient leur chevelure, & les femmes la rasoient. Une armée Athénienne fut massacrée à Ægine, & il n'en resta qu'un soldat qui vint annoncer cette triste nouvelle : les femmes de désespoir

---

(1) Hérodote, l. 1.

(2) C'est d'après l'un de ces principes qu'on rasoit à Rome les esclaves qu'on affranchissoit.

X iij

le tuerent avec les épingles de leurs cheveux ; & un décret du fénat leur défendit de porter à l'avenir des épingles & des cheveux pendant le deuil.

Il paroît cependant que les hommes jouif- foient de leur autorité , & qu'ils facrifioient la chevelure des femmes pour conferver la leur. Suétone (1) rapporte qu'à la mort de Germa- nicus , de petits rois tributaires raferent la tête de leurs femmes , afin de montrer une plus grande douleur.

Il fut impoffible de s'arrêter : Des peuples , & entr'autres les Perfes , à la mort de Mafiftius leur général (2) , couperent les crins des che- vaux. Alexandre l'ordonna , par un édit, à la mort d'Epheftion ; & même les Grecs , dans les deuils folemnels , tondoient plufieurs efpèces d'ani- maux , afin que tout portât l'empreinte de la douleur (3).

Bientôt on porta le deuil des animaux , com- me celui des hommes , & on fe rafa : on parle ailleurs des obfeques qu'on fait à des che- vaux.

---

(1) Dans la vie de Caligula.
(2) Plut.
(3) *Archæologia græca* , l. 4. cap. 5.

Les Egyptiens se rasoient à la mort du bœuf Apis (1), & la famille où il mouroit un chat se rasoit tout le corps, sans en excepter les sourcils (2). Crassus ne rougit point de s'habiller en noir, & de pleurer une murene qui mourut dans son vivier (3).

Peu-à-peu la douleur devient raisonnable, ou du moins elle n'a plus rien de cruel. Des sauvages se contentent de se mettre nuds & de pousser des sanglots.

A la mort d'un grand de Juida, son fils passe communément un an sans approcher de la maison qu'il habitoit; &, pendant cet intervalle, il n'a pour vêtement qu'un pagne de natte (4). Les Mingréliens en deuil ôtent leurs habits, & ils sont nuds jusqu'à la ceinture.

Les Syriens se cachoient plusieurs jours dans des antres ou des lieux obscurs, pour y pleurer sans être interrompu.

En Egypte, on se couvroit la tête & le visage de boue; & afin de donner à tout un appareil lugubre, s'il survenoit à Carthage une

---

(1) Plut. & Pline, l. 8.
(2) Diod. de Sic. l. 1.
(3) Macrob. l. 3. Saturn. cap. 15.
(4) Voyage de Desmarchais.

X iv

calamité publique, on tendoit en noir les murs de la ville (1).

Il fembla qu'on dut oublier jufqu'aux befoins du corps. Dans le pays de Quojas, on jeûne dix jours à la mort d'un fimple particulier, & trente pour le roi, ou pour un grand de l'état : on jure de ne point manger de riz pendant cet efpace de tems, de ne pas boire plus de liqueur que n'en contient un *petit vafe, qu'on a foin de montrer,* & de ne pas approcher des femmes (2).

Les extravagances naquirent en foule. Les Juifs montoient fur les toits des maifons, pour donner un plus libre effor à leur douleur (3).

Une Oftiaké, qui a perdu fon mari, taille promptement une idole qu'elle habille des vêtemens du défunt : elle la couche une année entiere avec elle, & la place le jour devant fes yeux, afin de s'exciter à pleurer. Quand le deuil eft fini, l'idole eft reléguée dans un coin, jufqu'à ce qu'on en ait befoin pour une autre cérémonie (4).

---

(1) Hendreich.
(2) Prevôt, t. 3.
(3) Ifaïe, chap. 22.
(4) Rel. de Muller.

Chez presque tous les peuples policés ou sauvages, on employe des pleureurs à gages, & surtout des femmes ; & cet usage, ridicule en lui-même, répand un air de deuil sur le convoi, & nourrit la douleur.

Les féroces insulaires des Larrons louent dans les funérailles beaucoup de pleureuses (1).

En plusieurs cantons de l'Afrique, & sur-tout chez les Geres, les femmes du voisinage s'assemblent dans la maison du mort, & si le nombre n'est pas assez grand, on en prend d'autres à gages : elles poussent des gémissemens & des soupirs en cadence, & elles versent des larmes : on leur sert par intervalles de l'eau-de-vie & du vin de palmier, & elles recommencent leurs simagrées, dès qu'il survient quelqu'un (2).

Ces simagrées s'accroissent à mesure que la sensibilité diminue, & il y a des grandes nations où la police se mêle du deuil.

A la mort d'un Coréen, ses fils portent le deuil pendant trois ans ; ils ne peuvent alors exercer aucun emploi, & on les oblige d'abandonner leur charge. La loi ne permet pas de

----

(1) Voyage de Mindana.
(2) Voyage de Brue.

coucher avec fa femme, & les enfans qui naif-
foient font déclarés bâtards : ils font revêtus
d'un cilice & d'une longue robe de chanvre,
& ils entourent leurs chapeaux d'une corde, au
lieu de crépe ; ils ne fortent pas fans bâton, &
comme ils ne fe lavent point, on les prendroit
pour des mulâtres (1).

Au Tonquin, le fils aîné porte trois ans &
trois mois le deuil de fon pere : il n'a qu'un
habit couleur de cendre & un bonnet de paille ;
il n'habite point fon logement ordinaire, & il
couche à terre fur des nattes. L'abftinence qu'on
lui impofe eft rigoureufe, & s'il manquoit à
ces lois féveres, on le priveroit de la fucceffion (2).

On abdique auffi fes charges à la Chine, &
on châtie rigoureufement les époux, fi la femme
devient enceinte pendant le deuil, qui eft de trois
ans (3).

L'homme fe laffe de gémir ou de pleurer, &
il eft naturellement joyeux & ferein : la douleur
s'affoiblit d'ailleurs d'elle-même ; la raifon vient

_____

(1) Rel. d'Hamel.
(2) Rel. de Baron.
(3) Voyage de Navarette & Duhalde.

la calmer , & l'on tâche d'oublier les pertes que l'on a faites.

Chez les Eskimaux , les meres ne pleurent leurs enfans que vingt jours ; les voisins envoyent ensuite un présent au pere , qui donne un festin (1).

Quelques Indiens de l'Amérique septentrionale écartoient de leurs yeux tout ce qui avoit servi à l'usage du mort : ils s'abstenoient de prononcer son nom , & ceux qui s'appelloient de la même maniere en prenoient un autre ; c'étoit un outrage de dire à ces Sauvages, *ton pere est mort ;* un mari ne pleuroit jamais sa femme , *parce que les larmes ne conviennent point aux hommes* (2).

La douleur détache de la terre & donne de l'indifférence pour ce qui se passe dans le monde : ces dispositions ne conviennent point aux chefs des états ; on essaye d'éteindre la sensibilité, & l'on punit ceux qui ne veulent pas s'endurcir.

Voici tout le deuil des Algériens : on n'allume pas de feu dans la maison du mort durant trois jours ; les femmes se couvrent une semaine d'un

---

(1) Hist. de la nouvelle France.
(2) Lafiteau.

voile noir, & les hommes ne se rasent point pendant un mois (1).

Lycurgue défendit les pleurs & les gémissemens dans les funérailles ; comme il vouloit forcer les Spartiates à la constance, il établit une
peine sévere contre celui qui poussoit un cri en
public ; il fixa la durée du deuil à onze jours, & le
douzieme, on reprenoit les habits ordinaires,

Un législateur des Lyciens ordonna de se
vêtir d'habits de femmes, si l'on vouloit pleurer
ou porter le deuil ; il croyoit que l'affliction ne
convient qu'à des caractères efféminés (2) : son
peuple, en effet, ainsi que celui de Coos, ne
témoignoit sa douleur dans les funérailles que par
des festins (3).

Numa borna à dix mois le terme du plus long
deuil, & il défendit de pleurer les enfans qui
mouroient avant trois ans (4).

Les Albaniens perfectionnerent cette politique ; c'étoit un *crime* de prendre soin des morts,
ou même d'en parler (5).

---

(1) Voyages de Shaw, t. 1. Tassy, l. 2. ch. 5. Marmol. Dapper.

(2) Plut. *Consol. ad Apollonium,* Meursius, *de Funere*

(3) Heraclides, *in Ponticis.*

(4) Plutarque.

(5) Strabon.

Pour mieux infpirer le mépris de la mort, on établit des réjouiffances autour des tombeaux. Les Japonois célébrent une grande fête fur la cendre de leurs parens ; & ils les invitent à un feftin qui dure trois nuits : Sarris fut témoin, en 1613, de ces cérémonies.

La danfe eft prife indifféremment pour un figne de douleur ou de joie; & , en effet, il y a des danfes lugubres, comme celle des Madagafca-riens & de David.

Les couleurs du deuil ne font pas par-tout les mêmes : le noir, chez les Japonois, eft la cou-leur de la joie, & le blanc celle de l'affliction (1); & au royaume de Pégu, c'eft le jaune.

Enfin, ceci dépend des conventions, & tout devient une marque de deuil, lorfque l'ufage eft reçu : les infulaires de Madagafcar, dans le tems d'affliction, fe peignent le vifage de blanc, de noir & de jaune (2).

A la fin des funérailles, les Hottentots facri-fient une brebis, l'héritier du mort fufpend à fon coude la coëffe du ventre, & il la porte jufqu'à ce qu'elle tombe en pourriture (3).

----

(1) Lettres du P. Charlevoix.
(2) *Drury's hiftory Flacourt.*
(3) Kolben.

CHAPITRE IV.

Respect pour les morts.

QUOIQUE les Arabes Nabatéens dédaignassent les cadavres, & qu'ils enterraffent leurs rois dans du fumier (1), les premieres peuplades ont ordinairement du refpect pour les morts, & la piété & la tendreffe concourent à les rendre facrés.

La profanation d'un cimetiere étoit la plus grande de toutes les injures chez les Indiens de l'Amérique feptentrionale (2).

La honte de laiffer enlever par l'ennemi les bleffés & les morts, caufa plufieurs fois la défaite des Tafcalans : ils ne craignoient pas de rompre leurs rangs & de s'expofer au feu dés Efpagnols pour en prendre foin.

Les peuples de l'antiquité lierent par la fuite ce refpect à la religion, & l'on ne pouvoit y manquer fans être facriléges.

Cette extrême vénération paffa chez les bar-

_____

(1) Hérodote & Strabon.
(2) Voyages de l'Efcarbot & de Champlain.

bares : » Si quelqu'un , dit la loi des Bava-
rois (1), en tirant fur des oifeaux de proie , qui
dévorent un cadavre , bleffe le cadavre , il payera
douze écus. «

Elle enfanta même des lois très-injuftes ; car
Solon défendit de dire *aucun mal* des morts (2) ;
comme s'il ne falloit pas flétrir ou juger les mauvaifes actions des coupables.

On conferva bientôt comme des reliques les
os de quelques mortels. Si l'on en croit Pinto ,
il vit, au palais du Calaminham , des tablettes
d'ébene , incruftées d'yvoire , & remplies de têtes
humaines, & on lui apprit que c'étoient celles des
grands hommes de la nation.

Mais la moindre idée bifarre fuffit pour détruire ces hommages. Les anciens Danois croyoient
beaucoup aux revenans , & fe battoient contre
les fpectres. On les prenoit pour des morts qui
venoient tourmenter les vivans ; & il y avoit plufieurs manieres de s'en délivrer. On coupoit la tête
des cadavres ; on l'appliquoit fur leurs parties
naturelles, & on les empaloit enfuite : fouvent on
les déterroit , afin de les brûler & de jetter les
cendres à la mer , &c.

_____

(1) *Legis Bawariorum ,* tit. 18.
(2) Plutarque.

Enfin, on crut que l'attouchement d'un cadavre fouilloit. Les Parfis enfeveliffent, avec la
mort, la terre fur laquelle il a rendu l'ame : s'il
leur arrive de toucher aux os d'une bête morte,
ils font obligés de jetter leurs habits, de fe purifier & de faire une pénitence de neuf jours ; &
pendant cet intervalle, ni les femmes, ni les enfans n'ofent les approcher (1).

D'autres idées affermirent ce préjugé, & l'on
établit des réglemens ; autrefois pour confacrer
une églife où l'on enterroit des morts, il falloit
enlever les cadavres & la purifier, & même abattre
la charpente & les murs, & la reconftruire de
nouveau (2).

---

(1) Rel. de Mandeflo.
(2) Lib. 5°. *Capitul. Caroli & Ludovici imperat.*

F I N.

Nota. *Il y a, dans cet Ouvrage, quelques fautes
d'impreffion, & des mots pris les uns pour les autres,
qu'on ne corrige point.*

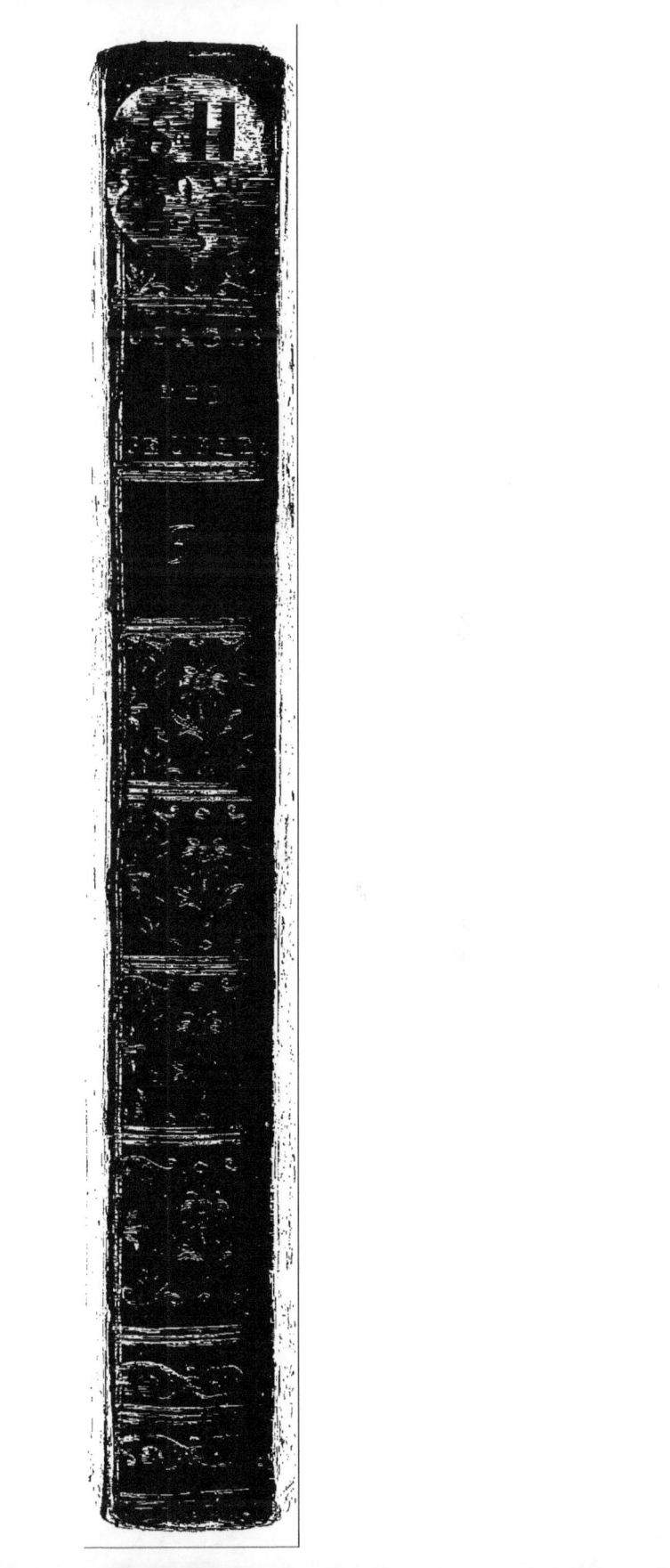